棄婦超搶手

6 完

灩灩清泉 著

風文創 1174

風 文創 1174

目錄

第五十一章

次日寅時末，江意惜送孟辭墨出門後，交代水靈道：「天亮去客房守著，洵兒醒來後讓他來浮生居。」

「是。」

早飯後，水靈去了外院客房找人。

外院西南邊有幾個連在一起的小院，被一片小樹林包圍，十分幽靜，其中一個院子住著曲修和扈季文，他們正在用功準備下個月的殿試，江洵住最左邊的小院。

旺福和江大都起來了，正坐在院子裡低聲閒聊著，江大還以為妹妹是來找他的，笑道：「妹妹有什麼事？」

水靈道：「舅爺呢？」

「二爺還沒醒，他昨天怎麼了？」

江大和旺福很納悶，舅爺來的時候高高興興，晚上怎麼成了那副樣子？

水靈如今非常有公府大丫頭的覺悟，皺眉道：「主子沒說，咱們奴才就不要多打聽。大奶奶讓我來守著，等舅爺醒來，請他去浮生居敘話。」又把手中的包裹打開。「這是我給祖父買的補藥，這是給小姪子做的衣裳鞋子。」

江大笑得見牙不見眼。「妹子的手越發巧了，還會做衣裳了。」

水靈有些臉紅。這些衣裳鞋子大多是姊妹們幫她做的，她只縫了少部分，那些針腳不勻的地方就是她的傑作。

巳時初江洵才起來，他神色萎靡，嘴邊的燎泡起了一長串。

水靈說了主子的意思，江洵搖頭道：「妳回去跟我姊說，我無事，先回家了。」

現在的他不想面對任何人，只想獨處，這裡是別人家，不能在這裡任性。

他連早飯都沒吃，就領著江大和旺福要回去了，水靈喊道：「天還下著雨，奴婢去叫輛馬車吧？」

「雨不大，無須。」

江大還是把斗篷和蓑衣給主子套上，三人步出成國公府大門。

幾人正要走進江府所在胡同，樹下走出一個丫頭擋住去路。

小丫頭打著油紙傘，穿著綠衫，很是面熟，她自我介紹道：「江二公子，奴婢夏柳，是鄭姑娘的丫頭。」

江洵這才認出來，是鄭婷婷的丫頭，他下馬說道：「妳家姑娘有何事？」

夏柳紅了臉，鼓足勇氣輕聲說道：「我們姑娘被長輩訓斥，禁了足，她讓奴婢來跟公子帶句話，她對公子癡心不改，非公子不嫁。」

江洵感動得眼圈發紅，胸中的鬱氣隨風飄散。他覺得，姑娘家都能做到這一步，他作為一個男人，不能什麼都不做。

他說道：「回去跟妳家姑娘說，我的心意跟她一樣，非卿不娶。明天休沐，鄭家長輩都在家，我會親自去鄭家跟長輩表明心意，他們若不同意，我就等，還請鄭姑娘愛惜身體，等到我娶她的那一天。」

夏柳眼裡漾出笑意，姑娘一腔癡情沒有錯付。「奴婢會跟姑娘說的，也請江二公子保重。」

當江洵回到自己小院，秦嬤嬤嚇了一跳。「哎喲，二爺這是怎麼了？」

她知道二爺昨天去找二姑奶奶，卻不知他們說了什麼。

江洵把下人遣下，神情更加嚴肅。

「嬤嬤，昨天我姊跟我說了我娘和鄭叔的事，妳是扈家老人，我娘的事妳肯定清楚，請妳再說仔細一些……」

夏柳回到院子，鄭婷婷還在抄《女誡》。長輩以她患病為由，今天沒讓她去大長公主府，實則罰她禁足三個月，抄《女誡》三十遍。

鄭婷婷聽了夏柳的話，喜極而泣。她看向窗外，濛濛雨霧裡，滿院子落英繽紛，盡頭那兩扇大門關得緊緊的。

長輩們怕她「亂跑」，不僅禁了她的足，門口有婆子看守，晚上還要鎖院門。

因為她說，她要出家當姑子。

這不是危言聳聽。鄭婷婷第一次對男人動心，是看到江洵以後，英武俊朗、彬彬有禮，總是面帶笑意……

後來她陸續從江意惜和鄭玉那裡得知江洵的各種情況，勤奮上進、開朗豁達、武藝超群、不近女色，想盡快撐起二房，讓二房的人不再受欺負……

鄭婷婷理想中的良人，就是這樣。

她為他心動，卻不敢說出來，聽從家裡訂了那門親，可結果讓她傷透了心，想盡辦法終於退了親，卻惡言惡語滿天飛。

那次她去浮生居散心，江洵也去了，漫漫風雪裡，江洵對她說了一句話。「妳是好姑娘，那個人不值得妳託付。」

望著那個匆匆走遠的背影，她覺得是不是自己聽錯了？可她想了又想，少年的確說了那句話。

之後兩人又有幾次見面，她看得出來，江洵看她的眼神不同於看別人，帶著熾熱和關心。她明白了，他的心同自己一樣，傾慕著對方。

後來聽說，江洵更用功了，迫切想在春闈中取得好成績。她直覺，江洵那麼做，有一部分原因是為了自己，再後來，父母也看上了江洵的人品和前程，有心把她許給他，她歡喜不已，等著做他的新娘。

不承想，祖父和父母又變卦了，嫌棄江家門戶低，哪怕江洵已成了晉和朝最年輕的探花，被封為御前二等帶刀侍衛，長輩們依然不同意，還在為她另說親事……

她怎麼可能會答應嫁給別人？所以她說若長輩逼她逼緊了，索性就出家當姑子。

不過現在，江洵要她等他，好，那她就等。明天江洵要過來面對自家長輩，她是不是也應該做點什麼，給他添把火……

想通了，鄭婷婷附在夏柳耳邊輕言幾句，夏柳有些害怕地問：「姑娘，能行嗎？」

「能行。聽我的，妳照我說的做……」

兩人密談了一會兒，夏柳去耳房吃晌飯。因她回來得晚，別人都吃過了，耳房只有另一個丫頭冬兒在。

冬兒說道：「飯菜還是熱的，妳慢慢吃，我去服侍姑娘。」

「不用了，姑娘歇下了，不許人去打擾。」

冬兒方坐下，指著窗外嘟嘴罵道：「咱們現在出個門都不容易，那兩個婆子就像閻羅婆似的守著。」

夏柳默默吃了一會兒，突然像想到了什麼，皺眉說道：「不對，姑娘剛才不太對勁，還說活著沒意思，該不會想不開吧……」

話沒說完，她就丟下筷子起身往外跑，冬兒也嚇得跟在後頭。

她們衝進上房，再跑進臥房，正好看到鄭婷婷站在椅子上，腦袋正在往一個白套子裡面鑽。

兩個丫頭嚇壞了，尖叫著撲過去，抱住鄭婷婷的腿哭道：「姑娘！妳怎麼能這麼想不開……」

鄭婷婷哭道：「我不想活了，活著還有什麼意思……」

哭鬧聲把其他的丫頭、婆子都引了過來，乳娘郭嬤嬤更是哭得傷心。「姑娘這是要老奴的命啊……」

有人跑去正院向謝氏稟報，謝氏也嚇壞了，一路哭著跑過來。

次日，小雨依然下著，江洵穿戴好正準備出門，寶簪來報。「二爺，老太太請你去如意堂。」

昨天老太太讓他去如意堂，他找藉口推了。

他說道：「回去跟老太太說，我有急事必須出去一趟，下晌回府，我再去給她請安。」

他知道老太太會問他的親事，他不知該如何回答，也很無奈，跟鄭家的親事沒定下來，照老太太的性子，以後她和家裡跟自己的嫌隙會越來越大。

江洵帶著江大和旺福去了鄭少保府。

鄭老少保正在外書房生孫女的氣。魂被那小子勾走了，還要上吊自殺，太氣人了！

鄭統領和鄭玉正勸著老爺子，門房來報，武襄伯府的江洵求見。

鄭老少保把手裡的茶盅重重一擱，沈聲罵道：「混帳東西，還敢來這裡礙眼，讓他滾！」

鄭玉道：「祖父息怒，孫兒覺得，還是見見好，看他怎麼說，若說得不好，祖父也可以出出氣不是？」

他的目的當然不是讓老爺子出氣，而是讓老爺子和父親見見江洵，給他個機會。

鄭老少保想想也是，又喝道：「讓他滾進來！」

走進來的江探花穿著月白色箭袖挑金中衣，外罩靚藍色繡團花甲衣，腰繫玉帶，頭戴束髮金冠，一副玉樹臨風、英武俊秀、沈穩幹練樣，幾人不由得暗嘆一聲，真是好人才。

江洵跪下磕了三個頭，說道：「晚輩江洵，見過鄭老大人，見過鄭統領……」

話沒說完，一碗茶水就扣到他身上。

鄭老少保指著他罵道：「豎子！做了那件事，居然還敢來老子這裡，信不信老子打死你！」一說著，還站起身想衝過去揍人。

江洵又磕了一個頭，說道：「要打要剮悉聽尊便，但請聽晚輩把話說完。」

鄭統領瞪了江洵一眼，扶著父親坐下說道：「父親小心手痛，要打要罵，兒子來。」

他走過去狠狠踹了江洵兩腳。

門外，一個婆子看到江二公子進了外書房，就一溜煙跑去內院報信去。

牡丹園旁的一個亭子裡，夏柳手裡拿著幾枝杏花，正焦急地踱著步，見婆子來了，她趕緊迎上前去。「娘。」

這事隱密，不敢拜託別人，這個婆子是夏柳的娘。

婆子耳語道：「江探花去外書房見老太爺了，哎喲喲，長得可真俊！」

「太好了！」夏柳一臉喜色，再次囑咐道：「娘，這話切莫傳出去。」

婆子道：「老娘比妳拿得穩，怎可能說出去？好了，我再去看江探花什麼時候走。」

夏柳回了小院，守門的婆子陰陽怪氣道：「夏柳姑娘的事可真多，昨兒替姑娘買點心，今兒替姑娘摘杏花。」

這兩個婆子是夫人院子裡的，專管調教下人，夏柳也惹不起，她沒敢言語，匆匆進了上房。

鄭婷婷正等得焦急，夏柳低聲笑道：「姑娘，江二公子來了，正在外書房。我娘說，江二公子特別特別俊俏。」

鄭婷婷又激動得熱淚盈眶。這一夜半天有多麼漫長，只有她知道。

昨天，母親哭著跟她講了實話。原來江洵的母親就是伯祖母天天罵的「狐狸精」，江意惜居然是叔叔的親閨女，也就是自己的親堂姊……

這個勁爆消息讓她大驚失色，她這才知道，真正的阻力比門第懸殊還大，可再大，她也不願意放棄江洵。現在才知道，要放棄心悅的人，是多麼痛苦，她有些懂叔叔和江洵的母親了。

不管長輩們同不同意，只要他願意等，她就能等，哪怕阻力重重，她也願意同他一起去面對和克服……

兩刻多鐘後，江洵就被「請」了出去。

鄭玉送他出門，走到外書房門口，江洵抱拳說道：「鄭大哥留步。」

鄭玉拍拍江洵的肩膀說道：「好兄弟，沒想到你還有一副好口才，哥哥今天對你刮目相看，我會站在你和妹妹一方，儘量說服我祖父和爹娘。」

江洵又是深深一躬。「謝鄭大哥成全。」

直到看不見那個身影了，鄭玉才返回外書房。

鄭老少保和鄭統領沈默著喝茶，他們的臉上已經沒有了開始的憤怒。

鄭玉坐下說道：「祖父，孫兒覺得江洵說得在理，那件事，叔叔和他母親只是有錯，卻沒有罪，雖然為世俗所不容，但不是殺人放火，不是不可調和的敵我矛盾，不能因為他們的錯誤犧牲妹妹一生的幸福，甚至是一條活生生的命……

「唉，伯祖母一棒子下去，叔叔、江洵的母親，還有孀子，他們的幸福都沒了，不應該再把這種不幸延續到下一代身上，而且，江洵小小年紀就有如此擔當，若妹妹錯過他，我都感到痛心。」

鄭統領幾不可察地點了點頭，他只比鄭吉大兩歲，年少時兩兄弟感情好，扈明雅的事他知道得非常清楚，當初不僅幫鄭吉在大長公主面前打過掩護，還幫忙到處傳話，說鄭吉非匽姑娘不娶，勸退了好幾個想嫁鄭吉的姑娘。

他知道鄭吉的執念，也知道鄭吉對何氏的態度，只是沒想到，鄭吉居然跟匽姑娘有一夜情，還有一個女兒。

他說道：「江辰我認識，是個君子，他的兒女差不了。江洵無論相貌、前程，還是人品、脾氣，樣樣都好，對婷婷又是一腔癡情，這麼好的後生婷婷錯過了，是她一生的損失。」說完，還頗為遺憾地搖搖頭。他沒有明著幫江洵說話，但態度已經跟之前大不同。

鄭老少保說道：「何氏心思細，又對鄭吉頗有埋怨，若婷婷嫁給江洵，我怕她再受刺激，不管不顧把江洵生母的事情鬧出來，不僅鄭吉和辭墨媳婦是父女的事會弄得人盡皆知，也會惹大長公主傷心，大長公主雖貴為公主，但對我們鄭家不薄，特別是我父母在世之時，盡到了兒媳該盡的本分。她得我們所有鄭家人的敬重，我不願意看到她生氣。」

鄭統領說道：「要不，就給孩子們一年的時間，若他們想通，各自嫁娶最好，若想不通，再想法子，總不能把婷婷逼死，或是出家吧？」

婷婷已經是大齡女子了，偏偏和江洵一樣都一根筋，現在不能逼太緊，不妨給他們一年的時間緩和一下；而且，這事由鄭吉引起，得看看他的意思，若他能搞定大長公主，就皆大歡喜了。

想到脾氣跟鄭吉一樣倔的孫女，鄭老少保氣得肝痛，再想到因大長公主的一意孤行，鄭吉到現在還滿腹怨氣，老頭又有些怕，兒子的法子比較折衷，也許可以一試。

另一邊，江洵離開鄭少保府後沒有回家，而是去了成國公府。

孟辭墨有事出府了，江意惜帶著存存和音兒、花花在廊下教啾啾說話。

雨霧濛濛中，看到江洵舉著一把油紙傘走了進來，他嘴角帶笑，又神情堅毅，江意惜有種錯覺，覺得一夜不見，他像是長大了好幾歲，是個頂天立地的男子漢了。

「舅舅！」

存存和花花沿著遊廊向江洵跑去。

「啊，啊……」音兒高興地直拍手。

只有啾啾不高興，剛剛他們都圍著牠轉，現在都不理牠了，牠嘴裡罵著。「滾！回家、回家……」

江洵一把撈起存存，把他挾在腋下，跑過去的花花一下跳上他的肩膀，他走到江意惜面前，又用另一隻胳膊抱過音兒。

江意惜不經意看到江洵的甲衣和中衣上有腳印還有茶漬，大怒。「挨打了？是江伯爺幹的？」

江洵笑道：「不是，過會兒跟姊說。」

他同孩子們玩了一會兒，江意惜就把他帶去西屋。

「快說怎麼回事？」

江洵說了鄭婷婷對他的態度，和他去找鄭家長輩論話的事。

「長輩們不高興，肯定得讓他們出出氣了。」

原來這孩子去鄭家了，去面對他應該承擔的事。江意惜又仔細看了看江洵，怪不得覺得他長大了，不是因為個子，不是因為取得了功名和官職，而是氣質上有了變化。

他跟自己一樣，迅速長大了。自己是因為死過一次，他是因為母親和自己，還有鄭婷婷。

江意惜又是欣慰、又是心疼，拍拍他的髒衣裳笑起來，鼻子卻有些酸澀。「改天我要去莊子告訴爹和娘，那個時時讓我操心的弟弟長大了，無論前路如何，知道怎樣去面對，怎樣去處理，能夠撐起一片天了。」

扈莊裡有江辰和扈氏的牌位。

江洵道：「我是江家二房的當家人，自當撐起一片天，以後，我會像爹一樣護著姊，護著小外甥和小外甥女。」

江意惜笑道：「我親自去炒兩個小菜，請祖父來喝酒。」

江洵說：「不了，我還有事，來看看姊就走。」

送走江洵，江意惜心裡想著，她和孟辭墨得去鄭家一趟，既打探鄭家長輩最終的態度，也要表明自己的態度，再為弟弟喊喊冤。

江洵和鄭婷婷是互相傾慕，江洵又沒做出格的事，鄭家人怎麼可以打他？當然，為了他們能有一個好結果，話不能說重了，但總要說說才成。

下晌未時，孟辭墨回來，江意惜跟他說了江洵的事。

孟辭墨道：「今天鄭統領和鄭玉都在家，有他們在，更好說服老大人。咱們現在就去鄭家，看如何確保有情人終成眷屬，妳的身世也不被鬧出來。」

看到弟弟和婷婷如此癡情和勇敢，江意惜深受感動，至於自己的身世、鄭吉和何氏的感受，這些跟弟弟的幸福比起來都要往後靠。

其實只要何氏不把事情鬧出來，大長公主便不會知道。但何氏偏執，把對鄭吉的怨轉嫁到了娘和她身上，若再知道江洵要娶鄭婷婷，肯定不會善了。

只得看看鄭家，為了他家閨女，能不能想辦法安撫好何氏。

兩人商量了一下說辭。孟辭墨跟鄭老少保和鄭統領談話，那兩人是鄭家當家人，決定著鄭婷婷的命運。江意惜跟謝氏談談，請這位母親多為閨女想想，幫幫她。

孟辭墨派人去跟老公爺和老太太告假，兩人收拾妥當去了鄭府。

鄭家似乎猜到孟辭墨夫婦會來，孟辭墨直接被請去外書房，江意惜則被請去正院。

謝氏的眼圈還是紅的，從心裡來說，她非常喜歡江洵這個後生，也知道閨女嫁給他是最好的選擇。雖然他生母跟鄭吉是那樣一種關係，姊姊又是鄭吉的私生女，但這些跟閨女的幸福和生命比起來，又算什麼呢？

但老太爺不願意得罪大長公主，堅持反對這門親，還好上午江洵來了，說動了公爹和丈夫，讓他們鬆了口，雖說沒正式訂下親事，卻也沒像之前那樣反對了。

千迴百轉間，江意惜已經進了廳屋。

江意惜屈膝行了晚輩禮，笑道：「鄭夫人。」

謝氏上前拉著江意惜的手笑道：「好孩子……」

見江意惜親自上門，她自是歡喜。這是謝氏在知道江意惜的真正身世後，兩人第一次見面。

兩人落坐，下人上了茶退下後，謝氏才說道：「惜惜，原來我們是那樣的關係。」

這時才恍然大悟怪不得她長得那麼像婷婷，原來兩人是堂姊妹。

想到扈氏和江辰早死，兩姊弟在江家受了許多苦，謝氏掬了一把同情淚。若大長公主當初允許扈氏進門，大長公主府也不會像現在這樣冷清了，還要讓隔了房的姪孫女住過去解悶。

再想到大長公主和鄭吉二十年的隔閡，謝氏更不願意傷閨女的心。

江意惜看出謝氏眼裡的憐惜，也知道她如此說是一番好意，但這種話她非常不願意聽。

她正色道：「鄭夫人，我跟鄭府的關係，如以前一樣。雖然我爹死得早，但他是天下最好的父親，也是最好的夫君，得我娘愛戴。我娘死前囑咐我，一定要好好孝順我爹。」眼眸又柔和下來。「洵兒跟我爹一樣好，有責任心，胸襟坦蕩，哪個姑娘嫁給他，是掉進福窩窩裡了。」

要說江洵和鄭婷婷結親的事，難免繞不開江意惜的身世，但她就是不希望別人把她是鄭吉親生女的事明晃晃說出來。

謝氏遲疑著說道：「大長公主一直非常喜歡妳，萬一她知道那件事，一定要認下妳呢？」

江意惜道：「我永遠姓江，是我爹江辰的女兒，這一點絕不可能改變。至於其他人，」她搖搖頭，又道：「我不否認鄭大將軍和我娘曾經相識，但他們僅是互有好感，之後各自嫁娶，互不打擾。鄭大將軍知道我的意思，也尊重我娘和我的想法。」

謝氏明白了，不管別人如何說如何傳，江氏只承認她是江辰的女兒。她是感恩江辰，只願作江家女，鄭吉知道實情，也同意了……

記情、感恩、孝順、不嫌貧愛富，這是好的品德，大長公主當初不喜扈氏，不僅說她勾引鄭吉，還說她愛慕虛榮想攀高枝兒，但是能教出江氏這種閨女，又留下那種遺言的女子，卻不可能是愛慕虛榮的。

現在看來，扈氏對鄭吉就是單純的心悅，而不是看中他的家世，這一點比何氏強多了，何氏嫁給鄭吉，才真的是看中長公主府的無邊富貴。

謝氏對江氏姊弟的印象更好了，她笑道：「哦，是這樣，我知道了。妳和江洵都是好孩子，希望我們的關係不要生分，跟之前一樣親香。」

江意惜重新展顏笑道：「鄭夫人不怪我冒昧就好，今天洵兒跟我說了他來貴府的事，他和婷婷是真心心悅彼此，若是因為我的關係讓有情人痛苦一生，甚至丟掉性命，就是我的罪過了。」

謝氏嘆道：「我也喜歡江洵那孩子，巴不得他能當我女婿……」

謝氏對江洵一陣猛誇，讓江意惜很意外，或許鄭家對江洵的印象真的那麼好，事情比她想的順利得多。

之後謝氏透露了何氏更多的事，包括她如何幫襯娘家錢財。

「往年都是大長公主和老駙馬幫忙，今年年初小叔走了大門路，直達天聽，皇上發了話，她兩個娘家姪子得了兩個肥缺，特別是何非，那是個什麼東西，居然弄去禮部當了個從七品的官……」

這兩件事讓許多鄭家族親非常不痛快，這麼大的龍恩聖寵，鄭吉居然沒有用在鄭家子姪身上，而是用去了老何家。

「何氏也該知足了，她用大長公主府的銀子幫襯娘家不下萬兩，兄弟、姪子那邊也幫襯了一大堆，還一副鄭家欠了她的怨婦樣子，好在大長公主只有她一個兒媳婦，多幾個可就熱鬧了。」

謝氏原本最不滿何氏這一點，不過現在更多不滿的事了，原先何氏還會裝賢慧，對鄭家族人和親戚保持個面子情，現在連面子情都沒有了，特別是對她，更是沒有好話。

之前謝氏不知道原因，現在才知道，原來何氏知道了鄭吉和江氏的這層關係，對鄭吉更加不滿，不敢對鄭吉和大長公主、老駙馬發洩，就把氣發在了族人和親戚身上。

而婷婷這件事如此難辦，也是因為長輩怕何氏鬧去大長公主那裡，處處有顧忌，才搞成如今這副局面。

她不留情面地掀了何氏老底。「作為女人，我也知道何氏不容易，但那是她自找的，怪得了誰呢？既然想找個一心一意對她好的男人，當初就不該嫁給我家小叔，聽我家老爺說……」謝氏的聲音放低了。「我家小叔去南方平叛之前，讓我家老爺幫忙阻止大長公主給他私自訂親，大長公主跟何府議親之時，我家老爺就悄悄使錢買通何府一個婆子，把鄭吉現在不想成親的話帶給何氏，結果何氏讓人帶話給我家老爺，說她聽從父母之命、媒妁之言，不管鄭吉什麼態度她都要嫁，還把這事告訴了何老太爺，何老太爺又找我公爹和大伯興師問罪。公爹氣得不輕，把我家老爺打得半個月下不了床，我家老爺前額的那條疤，就是公爹那時用茶盅砸的。」

還有這事……江意惜無語了，她只看過鄭統領兩次，一臉嚴肅的樣子，沒想到還幹過這種事。

這麼看來，造成鄭吉和何氏的悲劇，除了硬把他們擰一塊兒的宜昌大長公主責任最大外，何氏也有責任。她不是不知情，而是明知前面是個坑，只因那個坑裡裝滿榮華富貴，還是飛蛾撲火跳下去。

若江意惜之前對何氏還有一絲同情，聽了這些話，那點子同情也沒有了。

何氏已經得到了她和她娘家想要的東西，為何還想要額外的？要不到，不僅恨鄭吉，還要遷怒不相干的人，這樣的人容易走極端，惹毛了，真會幹出損人不利己的事。

想到她看自己不善的眼神，江意惜一個激靈。

謝氏又道：「要我說，真正的聰明人是你們家的大夫人，看著快人快語的，該要什麼、不該要什麼，怎樣做對自己有利，心裡門清。」

鄭家同孟家和劉家關係都好，謝氏也知道劉氏和成國公的一些事。

這點江意惜倒認同，劉氏知道抓不住成國公這個人，便也不強求，只著眼於抓對她有利的。

「是呢，不說祖父和祖母憐惜大太太，我們這些當晚輩的更是對她尊重有加，繡兒跟我們也相處得極好，以後她出嫁，孟家會當親閨女一樣出同樣的嫁妝。聽祖父說，過些時候就要讓繡兒改姓，以孟繡之名寫進祠堂……」

謝氏道：「這就是求仁得仁，不能貪心。」

想到何氏的執拗，謝氏重重嘆了一口氣。原來她對何氏是五分不滿，現在就是十分不滿了，若何氏知道他們想把閨女嫁給江洵，還不知道會怎樣，只有看小叔能不能穩住她，或是有沒有辦法說服大長公主了。

江意惜又說了知道弟弟挨打時的心疼，謝氏替長輩道了歉。「我知道洵兒挨了打，也是極心疼，唉，老爺子和我家老爺心裡有氣，捨不得打婷婷，就把氣發在洵兒身上，他挨得冤。」

兩個女人談得好，似乎男人們也談得好。鄭老大人讓人過來傳話，要留孟辭墨喝酒，也請江氏在這裡吃完晚飯再走。

鄭婷婷還在禁足中，鄭晶晶來正院陪江意惜一起吃飯，她高興地拉著江意惜的袖子撒嬌。「嫂子，我那天也去看了江探花遊街，哎呀呀，江二哥是那些人裡最俊俏的，我聽見好些小娘子誇他，說他長相俊俏、文武雙全，還說想嫁給他呢！」

謝氏皺眉責備道：「小姑娘家家的，說些什麼呢，記著，這些話不要聽，更不能說。」

鄭晶晶紅了眼圈，癟著嘴要哭不哭。

江意惜笑著解圍道：「晶晶那樣說，是因為洵兒跟鄭將軍交情好，若是別的男人，她肯定不會聽，也不會說。」

鄭晶晶忙點點頭。「是呢，我經常聽大哥說起江二哥，才留意了。」又問：「娘，孟嫂子來了，為什麼不讓大姊來作陪呢？大姊跟孟嫂子最好了。」

鄭婷婷和江洵的事情保密，小姑娘並不知道。

謝氏道：「婷婷的病還未好，不能出門。」

女眷吃完飯，男人那邊還未散，幾人閒話到酉時末，孟辭墨才派人來請江意惜去前院。

兩人同坐一輛馬車回府，江意惜急急地問：「你們談得怎麼樣？」

「還好。」

孟辭墨喝得不少，渾身酒氣。

「老大人和鄭統領都認可江洵，只是擔心何氏把那件事鬧出去，讓大長公主不高興。可何氏是鄭叔的媳婦，他們又不能對她出手，所以他們決定寫信給鄭叔，看他怎麼說。宜昌大長公主府，大長公主是當家人，但整個鄭氏家族，鄭叔才是真正的掌舵人，特別是關乎家族前程命運的大事，鄭老駙馬和鄭老大人都願意聽他的意見。」

還是一個字——「等」，但這個結果已算是成功了一大半。

次日，天氣放晴，天空如洗，春光明媚。

江意惜回了江家，還沒進胡同口，就在路上聽到江大的聲音。

「二姑奶奶來了？」

騎馬走在馬車前的吳有貴道：「是，江大哥去哪裡？」

「我正要去找二姑奶奶。」

江意惜掀開車簾問道：「什麼事？」

江大下馬，來到馬車前說道：「二姑奶奶，老太太生病了，伯爺、三老爺、大爺都沒上衙，在如意堂侍疾。昨天晚上，老太太又哭又鬧，還讓伯爺請家法教訓二爺，伯爺和三老爺勸她，她又用雞毛撣子抽了二爺……」

江意惜大怒，不用說，肯定是因為江洵的親事鬧的。

這些天許多人家來江府給江洵說親，老太太看上了好幾家高門大戶，江洵跟鄭家的親事沒敲定不敢明說，只一味拒絕老太太看好的親事，老太太就不高興了，還動手打人。

憑著二房姊弟，江府門庭已經高了一大截，老太太還想拿江洵的親事去換更大的富貴，憑什麼！

江洵能取得如今的成績，靠的是自己的努力勤奮，還有她這個姊姊的步步謀劃。若照老太太之前對江洵的不管不顧，還有周氏的故意帶歪和陷害，江洵別說中探花了，就是個天天打架生事的主，明年年初連命都沒了。

江意惜氣憤難平，催促馬夫道：「快，去江家。」

進了江家，直接走去如意堂，剛進院子，就聽到江老太太的哭罵聲從小窗飄出來，間或有江伯爺和三老爺的勸慰聲，那些話下人不敢聽，都躲了出去，實在不能躲出去的大丫頭就躲進了耳房。

江意惜和水靈暢通無阻，直奔上房而去。

「……你爹娘死得早，是老婆子親力親為把你帶到這麼大，如今中了探花，就不聽我的話了？父母之命，媒妁之言，你的親事自當聽我的，誰也管不著，出嫁女更管不著……」

江洵沈聲道：「祖母不能那樣說我姊，她那個出嫁女管江家的事可不少，否則江家也沒有如今的好日子。」

聲音冰冷，他能受老太太的罵，卻聽不得老太太罵姊姊。

老太太更生氣了。「她是老婆子的孫女，不是老婆子的祖宗，怎麼就不能說她了……」

耳房裡的瓔珞和寶簪都低頭在想著心事，瓔珞一抬頭，看見二姑奶奶來了，已經走上了臺階。

她嚇壞了，趕緊跑了出去。

「二姑奶奶來了。」

她的聲音特別大，是在給老太太報信，老太太的罵人聲戛然而止。

江意惜已經走進了屋，穿過廳堂來到側屋，看到老太太坐在羅漢床上，江伯爺夫婦、三老爺夫婦、江晉坐在兩旁，江洵垂手立在中間。

江老太太笑得尷尬。「喲，惜丫頭回來了，來，坐來祖母這兒。」

江意惜給老太太屈膝見了禮，坐去三夫人下首，說道：「洵兒昨天來我家說，他想去西慶建功立業，又不敢跟皇上提，請我家老公爺幫忙說情，我覺得這件事大，還是回來徵求長輩的意見。」

她的話嚇了眾人一大跳，特別是老太太，臉都嚇白了。

上年江洵就表明過心意，說考不上進士就要去西慶戍邊，大家還覺得有鄭吉的提攜，他去那裡或許前程更好。可現在他是探花，是天天在皇上眼前晃的御前侍衛，去西慶就虧大了。

老太太急道：「洵兒，你為何要自討苦吃？」

江伯爺道：「你去了那裡，不止苦，前程遠不如當御前侍衛。」

三老爺問：「洵兒，你是怎麼回事？」

江洵明白姊姊的意思了，沈臉說道：「我愚笨，不會討祖母歡心，想離家遠些，不惹祖母生氣。」

老太太氣得快吐血，想罵江洵大不孝，可看到江意惜面沈如水，眸子泛著怒意，砸吧砸吧嘴，還是沒敢撒潑，哭道：「老婆子為洵兒操碎了心……」

江意惜道：「老太太為洵兒做了哪些事，孫女一直記著，感激不盡。」她也掏出帕子擦起了眼睛。「我爹娘死得早，我這個姊姊也無能，洵兒從小到大吃了許多苦，被周氏苛待，還下毒，連個奴才都敢欺負洵兒，一大半好東西被順回家……謝謝老太太心慈，作主趕走惡奴，休了周氏……」

這話是反話正說，若老太太真的親力親為養江洵，周氏怎麼敢苛待江洵那麼多年，惡奴怎麼敢欺負江洵？

老太太心裡門清那些事，哭聲小了下來。

江伯爺也怕把江洵越推越遠，又聽江意惜提起周氏，紅了老臉，還有更重要的，宮一鳴落榜，想憑舉人身分候個好缺，這又要請孟家幫忙，他慚愧道：「唉，是我識人不清，讓周氏為惡多年，她死有餘辜，既然洵兒不想現在說親，等等也無妨。」

說完，就眼神炯炯看向老太太。

江三老爺也道：「洵兒差兩個月才滿十七，親事不著急。」

江意惜不高興，兩個兒子又旗幟鮮明地反對，老太太不敢再拿捏江洵的親事，沈默不語。

江意惜又道：「我就這麼一個弟弟，自當全心全意為他好，親事問題更不敢大意，老太太、大伯、三爺請放寬心。」

三夫人笑道：「可不是，洵兒這一路走來，惜丫頭沒少謀劃，老太太常跟我們說，惜丫頭是最好的姊姊，心疼弟弟又孝敬祖母……呵呵呵。」

大夫人也捧了老太太和江意惜幾句，兩個媳婦插科打諢，兒子又勸解著，老太太方有了笑意。

吃完晌飯，江意惜和江洵去了灼園。

一進門，江洵就慚愧地說：「又讓姊操心了，姊即使今天不來，我也不會答應老太太的無理要求。」

昨天老太太鬧到大半夜，又說被氣著了胸悶，江洵幾人守了老太太一夜，今天一大早，她又開始鬧，江洵的太陽穴一直「突突」地跳。

他是真的想去邊關，遠離那個胡攪蠻纏的老太太，可又捨不下鄭婷婷，他們的親事還沒定下來。

江意惜也氣老太太氣得肝痛，她重生過一次，體驗過最絕望的痛苦，把人性看得透澈，才敢那樣忤逆自私刻薄的老太太。而江洵，再如何也不敢明目張膽跟老太太頂撞。

她說道：「老太太慣會在我們身上撈好處，我是看在爹的情分上才一再容忍，但不該退讓的絕不退讓，你若不好說，就讓人去找我。」

江洵更加慚愧。「我是二房頂梁柱，是我該為姊出頭，怎麼能事事依仗姊？」

江意惜笑起來。「姊受委屈了，也等著弟弟為我出頭。」

她把江洵拉著坐下，說了昨天她和孟辭墨去鄭家，鄭家幾位當家人的態度。

江洵喜極，起身給江意惜作了個揖。「謝謝姊，謝謝姊夫。」

江意惜笑道：「最該謝的是你和婷婷。若你們自己不勇敢面對，我和你姊夫說破天他們也不會痛快答應……」

悄悄話說到申時，江洵才笑咪咪送江意惜去如意堂跟老太太告辭。

老太太又拉著江意惜的手說她如何喜歡和看重江洵，江意惜膩煩透了，聽了幾句就走了。

四月十八，文科殿試放榜。

今天比武科殿試放榜還熱鬧得多，曲修中了第三十八名，進士出身；扈季文是第二百七十八名，同進士出身。

看榜的人回來報喜，孟家人都替曲修高興。雖然扈季文考得不甚理想，但他只有那個實力，他自己和孟家人都知道。

這件盛事壓下了另一件同時發生的大事，議論的人不多。

昨天夜裡，簡大人家的三兒媳婦失蹤，是賊人半夜潛入家中，把下人迷暈，帶走了簡三奶奶湯氏。

簡家猜到是做了多起案件的「淫賊」幹的，也知道湯氏回不來了，這件事不可能暗中調查，憑他們家也調查不出結果，第二天就報了官。

簡大人是工部郎中，簡三奶奶還是平王側妃章氏的妹妹。

江意惜和孟辭墨都去了簡府慰問，按理發生了這種事不好去打擾人家，但孟辭墨是御林軍上將軍，簡家希望孟辭墨能幫忙。

孟家和鄭家派去湘江調查飛賊白春年的人早一個月前已經回京，帶回來有關白春年的一些消息和畫像。白春年在湘西十年間，犯了十四起迷煙搶劫姦殺案，被害的婦人，無一例外都是富裕人家的閨女和年輕媳婦，因作案沒有規律，又會易容術和功夫，官府一直沒緝拿歸案。

容貌能變，身材不能變，白春年的個子瘦小，跟江大看到的人相似，且京城發生的這幾個案子手法類似，他們分析這個淫賊就是白春年。

四月初起，京兆府和刑部就派出捕快拿著白春年畫像搜人，但到目前為止也沒找到人。

孟辭墨跟簡大人父子講了白春年在湘西犯了哪些案，承諾御林軍也會插手此案，御林軍職責主要是保護皇上，但也有一部分責任是保衛京師。

次日申時末，日頭西斜，李珍寶一行車馬行駛在回京路上。

她今天正式還俗了，以後不需要在昭明庵帶髮修行，晌午與對她照顧有加的蒼寂師太和幾位尼姑吃了午齋，所以回來得晚。

今天她穿的不是素服，是白月撒花短襦、大紅長裙，單螺髻上插了幾支玉釵，喜氣、豔麗，又不失雅致。

她還化了個淡妝，人變白了，眉變彎了，小嘴紅豔豔的。李凱的嘴像抹了蜜一樣猛誇妹妹長得好，是難得一見的漂亮小娘子。鄭玉雖然嘴上沒說，看她的眼裡也透著驚喜。

李珍寶卻對這個妝容很不滿意，只是增加了一點神采，完全沒有修飾她的容貌。早上，她望著一桌子的香餅、胭脂、眉石、口脂、裝了香丸的香囊，暗暗撇嘴，決定以後她不僅要開發化妝品，還要發明化妝刷、眼線筆、唇線筆，讓她的臉型更立體、鼻梁更高、眼睛更大、嘴唇更有型……哦，還要發明高跟鞋，讓她跟鄭哥哥站在一起更相配……

進城門之前，李珍寶每隔一會兒就會掀開車簾看著鄭玉發花癡。

鄭玉也會看著她笑，再揚揚眉挺挺胸，展示一下自己的魅力，小珍寶一經打扮，更漂亮了。

進了城門，發現街道比往年進京要熱鬧得多，人們議論著狀元、榜眼、探花的話題，關於哪家人中了進士、文科進士好像沒有武科進士俊俏等等，又有另一批人在聊近日發生的少婦失蹤案，說那簡三奶奶長得如何好看、如何逛脂粉鋪子時被淫賊看上，尾隨去了簡府，半夜把人搶走，這淫賊太可怕了，漂亮少婦不僅上街要注意安全，連在家也要小心……

話題一個比一個勁爆，李珍寶已經沒有心思和車簾外的鄭玉眉來眼去，尖著耳朵聽老百姓的議論，主要是對後一個問題感興趣，還有就是喜歡聽人們誇江洵，那個站沒站相坐沒坐相的小屁孩，只幾年的時間，居然成了青年才俊探花郎？

酉時正，馬車來到雍王府角門前，剛要進門，雍王爺和一個拿著拂塵的太監走了出來。太監躬身在車門前笑道：「郡主，太后娘娘請您去慈寧宮吃御宴。」

雍王一臉不捨。他以為今天閨女回來得晚，只得明天進宮，卻沒想到老母親又來搶人，他憋出內傷也不敢說不放人。

李珍寶掀開簾子，看到父親臉色不悅，猜到他的心思，笑咪咪下了馬車。

雍王第一次看到如此光鮮豔麗的閨女，眼睛都看直了。

李珍寶拉著他的袖子撒嬌道：「父王，女兒把你美傻了？」

雍王看了閨女半刻鐘才笑出聲。「哈哈哈，我的閨女這麼美！我就知道，寶兒是最漂亮的小娘子，只因為之前不能打扮，才掩蓋住了風華。好，好，讓妳皇祖母和皇伯父看了高興高興，我還要去罵那幾個嘴臭的，他娘的，當初可沒少埋汰我家寶兒。」

父女二人說了幾句話，李珍寶就又上了馬車，鄭玉不好跟著進宮，便開口道：「我就送郡主到這裡了，明天一早回營裡。」

李珍寶掀開車簾說道：「不能送我進宮嗎？明天休沐。」

不捨的樣子和撒嬌的口氣讓鄭玉紅了臉，他笑道：「我是臣子，沒有召喚不好進宮，何況耽誤了兩天，我有些事得處理。」

看到一行車馬走遠，鄭玉抱拳道：「王爺，下官告辭。」

雍王笑道：「著什麼急啊？寶兒不在，本王還在嘛。走，陪本王進府喝兩盅。」

他越看鄭玉越歡喜。寶兒才還俗，女婿人選就有了，女婿陪他喝酒，比兒子陪他喝酒有趣多了。

鄭玉下了馬，同雍王走進王府大門。

珍寶郡主變美還俗的話題又在京城興起，並且力壓今年的殿試、小媳婦失蹤案，成了第一熱議話題。

有人說女大十八變，李珍寶真的變成大美女了。但多數人都不相信，怎麼可能？本就是黑皮膚、小眼睛、蒜頭鼻的人再怎麼樣也不可能變得多美，一定是雍王爺想給閨女找個好後生，放出了這樣的風聲。

即使這樣，這些人也不得不認同，誰娶了李珍寶就如同娶了個財神娘娘回家。

這些人裡也包括了江老太太，她一陣狂喜，李珍寶跟惜丫頭的關係最好，跟江洵也熟，江洵一直不娶媳婦，是不是在等李珍寶還俗？

江老太太越想越是這個理，可此時江洵不在家，想問也找不到人，她心裡急得如貓抓般難受。

傍晚江洵還是沒回來，飯後，她把江伯爺留下，說了她的猜測，江伯爺聽了喜上眉梢。

「若真是這樣，咱們家可要富貴了，所有人都知道，娶珍寶郡主比尚公主還好，尚了公主，不說娶進個兒媳婦，恐怕連兒子都沒了，而珍寶郡主就不同了，嫁妝不比公主少，又比公主得太后娘娘和皇上寵愛，除了模樣不行，什麼都最好！」

他這麼一說，江老太太更是高興，眼睛都笑瞇成一條線了。

「是這樣的嗎？那咱們就請人去說合，也顯得咱們尊重人家姑娘，珍寶郡主身分高貴，最好讓惜丫頭幫忙，看能不能請動孟老公爺，哎喲喲，當初惜丫頭差點嫁進雍王府，可惜沒有緣分，好在洵兒有福，咱們又能跟雍王府當親家了。」

第五十二章

晚上亥時初江洵才回府，他快上衙了，得抓緊時間跟先生、同窗們聚聚，這些天都有聚會，不料一回院子就看見秦嬤嬤焦急地等在門口。

「有什麼事？」

秦嬤嬤急道：「二爺，老太太讓人來找你好多次，不知又有什麼急事。」

江洵眉毛擰成一股，還是轉身去了後院。

天空晴朗無垠，漫天繁星閃爍，四周寂靜無聲，他的腳步聲尤為明顯，江洵更加覺得自己在這個家裡孤寂無依，就像無根的浮萍。

若小窗裡有一盞燈，燈下坐著那個美麗的身影該多好？無論他在何處，都會記掛這裡。

二門沒上鎖，守門的婆子一直顧在門邊，瞧見江洵，總算鬆了一口氣。「二爺可是回來了，老太太一直等著你呢。」

來到如意堂，老太太朝孫兒招手道：「快，快來祖母這裡。」

她笑得燦爛，江洵更懵了，自己有什麼喜事自己不知道的嗎？

老太太把江洵拉到身邊坐下，一手遣退丫頭，笑道：「珍寶郡主還俗了，聽說這些天一直住在宮裡。」

江洵表情如常。「聽說過。」

老太太暗哼，你就裝吧！她索性把話說得更明白一些。「咱們是不是該跟你姊說說，請孟公爺幫著說合？」

江洵的確想過請孟老公爺幫忙去鄭家說合，可這跟李珍寶還俗有什麼干係？

老太太握他的手緊了幾分，又笑道：「珍寶郡主已經十六歲了，不小了，這件事要抓緊……」

江洵這才明白老太太的意思，她居然以為自己跟李珍寶有什麼，他脹紅臉說道：「祖母，妳說什麼哪，我跟珍寶郡主什麼事都沒有，妳千萬不要亂來，傳出去了，平白被人家笑話！」

沒壓抑住情緒，聲音很大，江老太太被吼得一愣，放開他的手說道：「你吼什麼，老婆子還不是為你考慮？」

江洵又壓低聲音說：「珍寶郡主身分高貴，我高攀不起，祖母請打消這個念頭，我年紀尚小，還不想說親。」

說完起身作了個揖，轉身離開。

看到那個匆匆離開的背影，老太太氣得握緊拳頭敲了一下炕几。

這個孫子是探花，又長得俊，不要說郡主，就是公主都配得起。

她還是覺得李珍寶和江洵之間有事。江洵長得俊俏，如今又中了探花，哪個小娘子不稀罕，更不要說又黑又醜、在尼姑堆裡長大的李珍寶……

她突然想到了一個可能，江洵可能真的想去西慶，目的是領著媳婦離開京城，離開這個家，小倆口在那裡過逍遙日子。

之所以現在不願意承認，就是李珍寶的嫁妝太多，他不願意把這個好處分給江家，想等到一切成熟，太后娘娘賜婚，在江家還沒反應過來時帶著媳婦走人。

姊弟兩個打的一手好算盤！這門親事肯定會請孟老國公去說合，到時雍王府和李珍寶只記孟家的情，哪裡有江家的事？

哼，虧自己對那對姊弟那麼好，這個想法就像洶湧的洪水，瞬間把老太太整個人都淹沒了，她越想越是這個理，氣得一整宿都沒睡好覺。

李珍寶有最賺錢的食上，有雍王府給她攢的好些嫁妝，還有皇上和太后娘娘的賞賜……嫁妝加起來不低於二十萬兩，婆家當然不能惦記媳婦的嫁妝，可若她有孝心願意幫家裡負擔一些，拔根毫毛都比自己的腰壯。

思來想去，應該自家先出手請人去說合，雍王府看自家尊重珍寶郡主，會更高興，再請太后娘娘賜婚。

當然不能請孟老公爺去說合，而是求另一個德高望重的人。

老太太把認識的人都篩了一遍。男人她都不熟悉，只得請女人。除了成國公府的女眷，跟她接觸最多的高門媳婦就是鄭夫人謝氏。

謝氏親自來過江家三次，在成國公府又見過她幾次，對自己尊重有加。鄭玉跟江洵有交情，鄭婷婷跟江意惜玩得最好，鄭晶晶的眼疾還是江意惜治好的。自己求上門，她應該會賣這個面子。

早上起來，老太太精神懨懨，吃過飯後，對來請安的大夫人和三夫人說道：「給鄭少保府遞張帖子，我下晌有事去見鄭夫人。」

大夫人和三夫人很納悶，對視一眼，異口同聲問道：「婆婆有何事？」

老太太道：「自然是好事，下晌老大媳婦陪我去，妳們先下去吧，我沒歇息好，要再歇。」

她不敢說是為了江洵的親事，怕她們跟江意惜通風報信，這兩個臭娘兒們，為了各自的小算盤，都不遺餘力巴結江意惜那個死丫頭。

晌飯過後，老太太穿著錦緞褙子，插著滿頭珠翠，同江大夫人一起攜著禮物去鄭少保府。

謝氏以為老太太是來跟她說江洵和鄭婷婷的親事，她還頗為納悶，婷婷和江洵的事還沒完全說定，正在保密階段，怎麼會讓老太太知道？

她一直不喜江老太太的市儈和刻薄，可為了閨女將來的幸福，也不得不打起精神應付。

老太太一進屋，謝氏就起身迎上前來，滿面春風笑道：「江老夫人，請坐。」還親自扶著老太太坐下。

老太太心裡一直發怵，見謝氏比之前態度熱情，總算放下心來。

兩人寒暄幾句，老太太笑道：「老婆子知道，鄭夫人對我家惜丫頭和洵兒一直愛護有加，今天老婆子有一事相求，還請鄭夫人莫要笑話。」

謝氏更納悶了，有事求她，不是因為江洵和婷婷的事？

她笑道：「我一直把辭墨媳婦和洵兒看成我的兒女，老夫人有事請說，不要客氣。」

老太太笑道：「鄭夫人也知道，我家洵兒文武雙全，被點探花，又被聖上親封為御前帶刀侍衛，他今年十七歲了，一直不願意說親事，還說在等一個人。哎喲，老婆子著急呢，前些日子珍寶郡主還俗，我見洵兒異常高興，便猜到了他的心思，他和惜丫頭跟珍寶郡主非常熟悉，年少時就經常相約在扈莊玩耍，我想請鄭夫人幫著去雍王府說合說合。」

還很有心眼地沒說江洵和李珍寶看對眼，那是有傷風化，不好。

老太太的話沒說完，謝氏的笑臉就冷了下來，強壓住暴怒沒打斷她。

江洵和江意惜一直說江洵在等自己閨女，老太太的話裡卻是在等李珍寶還俗？

江大夫人則是嚇得魂飛魄散，老太太來求鄭夫人，居然是為這件事。

老太太說得高興，沒注意到謝氏的臉色，說完才發現謝氏似乎不高興了。她嚥了嚥口水，問道：「老婆子說錯話了？」

謝氏強笑道：「老夫人看得起我，這種事居然求到了我的面前，讓我去說合也不是不行，不過得讓江氏和江洵親自來跟我說。」

說完便不客氣地端茶送客。

老太太和江大夫人都鬧了個大紅臉，老太太還想說話，江大夫人起身扶著她說道：「婆婆，這事從長計議，咱們回去跟伯爺和二爺商議商議。」

老太太只得起身走了，謝氏連送都沒送。

兩人上了自家馬車，老太太沈下臉說道：「謝氏那個臭娘兒們，咱們又沒得罪她，怎地突然變了臉子？」

大夫人氣得胸口痛，這麼大的事老太太居然不同家人商量，拉著自己一起來丟人！她說道：「我聽說鄭玉同李珍寶的關係非常好，鄭玉不娶媳婦，就是在等她還俗。」

老太太搖頭不信。「這事傳了三年也沒影兒，好些人都說是鄭玉看不上家裡給他說的姑娘才故意那麼說的，我還特地問過柔丫頭，柔丫頭也是那個意思。」

大夫人也聽說過這些似是而非的話，說道：「他們相處這麼多年，什麼時候改變主意了也不一定，婆婆，這事已經鬧成這樣，我還是去跟二姑奶奶說一聲的好，若鄭玉跟李珍寶沒關係最好，若有關係，得看怎麼化解。」

老太太也是後悔不迭，自己的確魯莽了，只得說道：「去跟惜丫頭商量一下也好，跟她說，我也是為了洵兒好，他沒有親爹親娘為他操心，我這個當祖母的總想多替他謀劃。」

大夫人沒回話，心裡對這婆婆有氣。還好意思說替人家謀劃，她是怕那兩姊弟占盡好處不給她，替自己謀劃才對。

大夫人下了馬車，把另一輛馬車的一個丫頭和一個婆子趕去老太太的車上，她帶著一個丫頭去了成國公府。

江大夫人到成國公府時已是夕陽西下，江意惜正準備帶著一雙兒女去福安堂，聽說江大夫人過來了，還以為江家出了什麼大事。

她讓人把小兄妹帶去福安堂，自己在浮生居等，見江大夫人來到浮生居，臉有薄怒。

「家裡出什麼事了？」

江大夫人說了老太太幹的事。

江意惜氣得手都有些發抖，這讓江洵情何以堪，不僅丟了江洵的臉，還丟了整個江家的臉。鄭家本就對婚事不太情願，現在又被這麼一鬧，不知還願不願意讓鄭婷婷嫁到江家當孫媳婦。

江意惜猜到老太太為何急吼吼跑去請謝氏提親，無非是怕江洵娶個好媳婦撇開江家，自己占不到便宜。

江意惜咬牙罵道：「那個自私自利的老太婆，不僅吃相難看，做的事也忒噁心人，為了錢財，連老臉都不要了。我看在我爹的情分上，一直忍著她，以後是忍不得了……」

江大夫人第一次看見江意惜如此憤怒和失態，嚇壞了，生怕把這位姑奶奶得罪，影響男人的前程，低著頭不知該說什麼。

江意惜又啐道：「她也真好意思，跑去找鄭玉的母親幫著說合，鄭玉和李珍寶彼此傾心，雍王爺對這個女婿更是滿意得不行，她居然去撬鄭玉的牆角，還讓鄭玉的母親幫著撬。她這樣做，讓洵兒的臉往哪兒放！」

聽說鄭玉和李珍寶早就好上了，江大夫人也紅了臉。若真這樣，別說江洵，江家所有人都丟大臉了。

「鄭玉和珍寶郡主真的好上了？」

江意惜道：「哪還有假？昨天珍寶的丫頭來我這裡取補湯，還說太后娘娘也看好鄭玉，這兩天就會給他們下旨賜婚。」

江大夫人又氣又羞，撇清關係道：「老太太真是老糊塗了，拉著我去丟人，早知道是這事，打死我都不會跟著去。姑奶奶，這件事怎麼辦？老太太也嚇著了，讓我找姑奶奶討個主意。」

江意惜冷哼道：「我一再跟她說不要插手洵兒的親事，她非得去丟人現眼，我是出嫁女，江家丟人不干我一文錢的事，大太太請回吧，我也沒法子。」不客氣地直接攆人。

大夫人脹紅了臉，只得起身告辭。「二姑奶奶，我先回了，妳莫生氣，氣壞了身子不值得，我馬上回去跟伯爺和三老爺、二爺商議，看怎麼善後。」

人走了之後，江意惜無力地斜靠在迎枕上。

江洵一直被老太太箝制著，不知以後還會鬧出什麼事來，前世他是明年初死的，如今那個坎都還沒過去……

門外的吳嬤嬤催促道：「大奶奶，該去福安堂了。」

她不知江家出了什麼事，見大夫人匆匆走了便來提醒。

江意惜跟水靈耳語幾句，讓她去前院找吳有貴，再讓吳有貴去街口等下衙的孟辭墨。

她要讓孟辭墨先去向鄭家長輩賠罪，明天白天她再親自去一趟。

交代好了，她壓下心思去了福安堂。

亥時孟辭墨才回來，看到江意惜還倚在床頭發呆，居然沒聽見他回來。

燭光透過掛在鉤上的紫紅紗帳，小媳婦籠罩在紅色微光裡，他坐去床沿，沈思中的江意惜才發現丈夫回來了。

「事情怎麼樣了？」她立時直起身。

孟辭墨嘴角扯出一絲笑意，伸手捋了捋她的頭髮說道：「只要事關江洵，妳就不淡定。」

江意惜抿了抿嘴，示意他快講。

孟辭墨又道：「放心，鄭家人知道江老太太的德行，雖然有些生氣，也沒把這個氣發在江洵身上，江洵也去了，給鄭老大人和鄭玉賠了罪，不過，鄭夫人特別不高興老太太……」

孟辭墨趕去鄭家一趟，然後又送江洵回了江家，指著江伯爺和三老爺、江晉一通罵，把之前老太太和江家刻薄江意惜姊弟、貪財不要臉的話都說了出來，還說以後成國公府不再管江家的破事，江伯爺幾人連連道歉，保證看好老太太。

老太太自知闖了大禍，一回家就派人去衙門裡把江伯爺、三老爺、江晉都叫回家，幾個男人也是氣得夠嗆，對她一通埋怨。

孟辭墨又道：「宮一鳴的事還沒有解決，江伯爺肯定會找我幫忙，我會答應，但前提是讓他找個契機分家，老太太還在不可能明面分，可以私下分，分家不分府。」

晉和朝律法，父母在不分家。但上有政策下有對策，許多大家庭還是分了，只不過私下分，請有威望的老人做見證，簽好分家字據，等父母不在再去衙門上檔。

江意惜也是這個意思。為了江家男人的前程，江伯爺會同意，還會想辦法讓老太太同意。

次日一早，江大奶奶就來了，說老太太病倒了。

江意惜淡淡道：「請老太太好好將養身子，年紀大了，莫要想得太多。我就不親自回去看她了，婆家長輩如今對我頗多微詞，說我顧娘家，只知為娘家謀好處……」

江大奶奶鬧了個大紅臉，只得起身告辭。

江意惜讓人準備了黃芪等最平常的補藥，請江大奶奶帶給老太太。

江大奶奶一走，江意惜就去鄭家，再次向謝氏道了歉。謝氏氣老太太，可不氣江意惜，留她吃了晌飯。

下晌回到浮生居，江洵已經來了，正在錦園的亭子裡同孟老國公一起逗存存和小音兒玩。

老爺子已經看出江洵心情不好，知道他們姊弟有話要說，把江洵懷裡的音兒抱過來說道：「你們回去說話吧。」

來到正房，江洵的情緒非常不好，話都不願意多說，只是望著房頂發呆。

江意惜溫言軟語勸解著。「對於有些人，死心了，反倒不用生氣。想想將來，跟心悅的姑娘組成一個家庭，生兒育女，那才是真正的家……」

兩天後，太后娘娘正式給李珍寶和鄭玉賜婚，連婚期都定了，就在明年八月初八，據說是欽天監算出的吉日。

成國公府分別給雍王府和鄭府送了賀禮。

這事不僅雍王爺父子和鄭家人高興，宜昌大長公主也高興，她知道兒子和鄭家已經站隊平王，把李珍寶拉過來，作用不下於拉進來一位尚書。

五月初二，江洵正式進宮當值，同樣這一天，李珍寶也出宮回到了雍王府。她帶出宮的東西裝了大約二十幾輛馬車，都是皇上和太后的賞賜，其中還有一輛馬車載的全是太后賞江意惜的禮物，說她煲的藥膳好。

這陣子曲修和扈季文也分別有好消息，曲修考上了翰林院的庶起士，搬去了曲家在京城的宅子；扈季文的缺也下來了，去浙江的一個縣衙當縣丞。

浙江富庶，曲瀾如今已是那裡的按察使，劉氏的父親亦在吳城當總兵。之所以把扈季文也安排在那裡，一個是因為有熟人在，對他前程有利；一個是想讓扈家人遠離京城，盡可能壓下扈明雅的事。

扈季文有了好差事，宮一鳴還沒有著落，宮家和江伯爺非常著急。宮家又給江家送了厚禮，江伯爺厚著臉皮來找孟辭墨，兩人密談一番。

幾天後，宮一鳴終於候到一個缺，欽天監五官保天正，正八品，還是京官，讓宮家和江伯爺、江意珊大喜。

前世宮一鳴沒有這麼大的門路，後來是去外地一個縣當主簿。江意惜兩輩子都對江意珊和宮一鳴的印象很好，因此願意幫他們。

次日，江大夫人又帶著江意珊來送禮，江意惜收了禮，卻沒留她們下來吃飯。

之後的幾天，江大夫人又來找江意惜，說江意言的丫頭前天跑回府報信，說江意言被祁安白打得落了胎，她想和離。

老太太和江伯爺已經對江意言失去了耐心，好不容易嫁出去，可不願意她回來禍害娘家。他們不同意和離，領著江家人找上祁府講理，祁侯爺和祁夫人態度很好，賠了禮，又讓祁安白來磕頭謝罪，祁安白倒是磕頭了，但態度傲慢，讓老太太和江伯爺氣得不輕，於是就想請孟辭墨和江意惜為江家出頭。

江大夫人心裡樂開了花，講這些事像講笑話，也知道江意惜不可能幫忙。

果然，江意惜想都沒想就拒了，江老太太再氣也拿她沒辦法。

六月初，鄭吉派人送了信和禮物回家，有宜昌大長公主府的，也有鄭家和孟家的，兩封密信由他的心腹親兵送至鄭老少保和孟辭墨手上，信裡的意思無外乎是，上一輩的不幸不能延續到下一代，江洵和鄭婷婷是無辜的好孩子，他同意他們的親事並祝福他們。

不過何氏性子執拗，怕她鬧出事來，這事還是要暫時保密，他爭取今年底或明年初回京一趟，由他親自同何氏攤牌。

鄭婷婷也提前解了禁，又住去了大長公主府，不僅是為了給大長公主解悶，另一方面也是順道注意何氏。

六月初十，李珍寶來到成國公府浮生居找江意惜。

她穿著淡藍色妝花羅短襦、月白色撒花雲錦長裙，單螺髻上插著幾支玉釵，戴了一對珍珠耳環，脖子上掛了一條紅寶石項鏈，臉上只化了眉毛和嘴唇，強調彎彎的眉毛、瑩潤的小嘴，不是她不想抹粉或上胭脂，而是這個天太熱，一出汗就會把妝容弄花。

如今她的個子已經長起來，跟武將出身的鄭玉站在一起像小鳥依人，但總的來說不算矮，就是偏黑偏瘦、胸部偏小。

小姑娘一打扮起來，清爽、順眼，絕對的清秀小佳人。

這是自李珍寶還俗以來，江意惜和她的第二次見面。

據說小妮子現在忙碌得很，開了間脂粉作坊，領著人在開發新式「護膚品」、「化妝品」及各種化妝工具，看看食上就知道，李珍寶鼓搗的東西就是能賺錢，崔文君和鄭婷婷都表示想入股，李珍寶就讓她們兩人和江意惜各出五百兩銀子，各占脂粉作坊的一成股，等產品生產出來以後她們要負責推銷。

江意惜笑問：「今天怎麼有空？那些東西都開發出來了？」

李珍寶笑道：「簡單的開發出來了，複雜的還要繼續努力。」又道：「我讓人跟鄭哥哥和婷婷說了，他們稍後也會來。咦，孟大將軍又不在家？」

「嗯，衙門裡有事，他說下晌會早些回來，留你們吃了晚飯再走。」

孟辭墨的這個職位，經常加工作。

江意惜知道李珍寶怕鄭玉來了沒有人陪他，笑道：「我讓人給江洵送了信，他會來陪鄭將軍。」

江洵一直不好意思面對鄭玉，但有鄭婷婷在，他肯定會來，正好讓尷尬的兩人坦然面對彼此。

李珍寶笑起來，給了她一個還是妳懂我的眼神。

江意惜一直覺得李珍寶有變化，說了幾句話後終於發現，她的身材變豐滿了，「那裡」變大了，禁不住笑道：「是妳長胖了，還是穿了『那東東』？」

李珍寶一直嫌棄自己胸部小，說想做個跟肚兜不一樣的「那東東」來修飾一下。

李珍寶見屋裡沒其他人，用手抬了抬胸部，低笑道：「漂亮吧？我讓人做了一件『胸罩』，裡面多加了一層棉花。」

「這麼熱的天還加了棉花，妳不怕長痱子？」

「今天要見鄭哥，長痱子也要穿，反正別人看不到。」說著，她搧了幾下團扇，團扇搧的位置比較低，看著像是搧臉，實際是搧「那裡」。

江意惜哭笑不得，又道：「知道妳要來，我親自下廚給妳煲了藥膳，這也是『新產品』，我專門為妳研究的。」

她用了一個李珍寶專用名詞「新產品」，李珍寶日常的話裡有許多這個世界沒有的名詞，但經常聽花花講那個世界的事，她還是明白什麼意思。

李珍寶嘟嘴撒嬌道：「我的姊姊，藥味我聞得足夠了，來妳家吃飯還讓我聞藥味，妳心太狠了。」

江意惜戳了一下她的腦門。「鄭將軍是鄭家唯一嫡子，鄭家長輩肯定希望妳能早些綿延子嗣，鄭將軍對妳好，妳也不該為難他不是？」

李珍寶從小身體就不好，雖然來了月信，但量極少，兩、三個月才來一次，每回來兩天就結束，這種婦女病，愚和大師跟蒼寂住持都難調理。

太后和雍王讓御醫給李珍寶診了脈，說她體寒、不好生養，至少要調養身子三至五年以上才有得說，所以這兩個月她一直在吃藥調月信。

李珍寶把這事告訴了鄭玉，鄭玉沒有嫌棄她，只是要她保密，暫時不能讓他娘知道。他的庶弟已經有一個兒子，鄭家不會斷香火，可若自己無後，最傷心的是他娘。

這些天江意惜也沒閒著，看了御醫開的藥後，又回憶前世沈老神醫對婦科的一些隻言片語，潛心研究調理婦科的藥膳，再加上珍貴無比的「眼淚水」，應該能夠有幫助。

江意惜說道：「我讓人弄了一個胎盤過來，那東西大補，又加了一些藥材，妳必須乖乖吃，以後我會定期讓人給妳送藥膳過去，還會讓崔妹妹監督妳喝。」

李珍寶問道：「是人的胎盤？」

「嗯，害怕了？」

李珍寶大樂。「我才不怕！好，我吃，這世上還沒有我不敢吃的東西。」

她前世做吃播的時候，越是稀奇古怪的、越是別人不敢吃的東西，她就越要吃。

不多時，鄭玉和鄭婷婷也來了浮生居。此時是一年中最炎熱的時候，他們坐在敞亮的廳屋裡，角落還放了四盆冰，屋裡所有幃幔已被取下，門上掛著竹簾，小窗被大樹的枝葉擋著，再搖搖扇子，倒也不覺得太熱。

幾人說笑間，江洵來了。這是江老太太去鄭府鬧了笑話後，江洵第一次同時見到鄭玉和李珍寶，臉蛋不禁紅紅的。

不過李珍寶和鄭婷婷不知此事，鄭玉也渾然不覺，幾人說笑幾句後，江洵也就自然了。

午時初，被下人帶去福安堂請安的存存和音兒回來了，李珍寶又一口一個「乾兒子」、「乾閨女」的叫，廳屋裡十分熱鬧。

吃飯時，江意惜讓人把孟辭閱、孟辭晏也請來陪鄭玉喝酒，孟霜、孟嵐、黃馨、牛繡、孟辭令等年輕孩子一道陪李珍寶吃飯。

年輕人多，老爺子不愛來湊熱鬧，江意惜就讓人端了幾樣菜送至福安堂孝敬老倆口。

下晌申時孟辭墨回來，浮生居裡更熱鬧了，連鄰居孟二奶奶都領著兩個兒子過來玩，他們不知道的是，另一邊木榕正跟劉氏在正院裡悄聲商量著什麼。

正院裡，劉氏正色問木榕。「妳真的願意跟我一起去？」

木榕低聲道：「奴婢是國公爺的人，也就是太太的人，理當跟太太共進退。」

劉氏看木榕的眼裡有了些許溫度，又問道：「妳不怕國公爺回來怪罪妳，把妳趕走？」

木榕道：「老公爺、大姑奶奶、大奶奶都說太太明理知事，奴婢相信太太做的事是對的，國公爺不聽勸，一定要怪罪奴婢，奴婢也無法。不過，求太太給國公爺留些顏面，不要在外人面前打他。」

劉氏笑了笑，說道：「倒是個好丫頭。孟道明腦子進水了，被人哄進去還不自知，那個婊子不知上了多少人，偏他放進了眼裡。」又起身道：「妳等一等。」

半刻鐘後，劉氏從臥房裡出來，已經換上練功時的勁裝。

不一會兒，三輛馬車駛出角門，馬車上的「成國公府」四個字被布蓋住了。

馬車到達七棵樹胡同口時，已是暮色四合，但這裡宛若燈河，風裡飄著脂粉香氣，絲竹和歌聲、笑聲交織在一起……

劉氏掀開車簾一角朝外頭看了看，早年她也來過這種場所抓人，以為永遠不會再來了，沒想到今天卻又來了。

她抓那個男人當然不是要把他捆在身邊，而是為了給長輩一個交代，讓那個已經被拎起一點的男人不要再陷進泥裡。

這時從最後一輛馬車上下來一個高壯婦人，是巧梅。

她走到第一輛馬車前說道：「夫人，已經到了。」

劉氏的聲音從車裡傳出。「妳去吧。」

巧梅向胡同裡第二家宅子「踏雪院」走去。

這裡前後連成片的宅子是教坊司，官員明目張膽到這裡買春跟私德無關，但孟家家法不許狎妓，孟家男人就嚴禁來這裡。

巧梅來到門前，守門的龜奴擋住她。「一邊待著去，這裡不是妳來的地方。」

巧梅的身子比龜奴還寬，頗有氣勢說道：「我來找孟懷，他家出了急事。」說完，遞上一個五兩的銀錠子。

孟懷是成國公的貼身小廝。

龜奴還是第一次收到這麼多的賞銀，一下樂了起來，心想就是找個下人，無關緊要。他忙笑道：「大嬸等著，小的這就去請懷爺。」

沒一會兒，孟懷急急地跑到了門口，會到這裡找人，一定是家裡發生了大事！但當他看到是大夫人身邊最會打架的巧梅嬸時，嚇得轉身想跑，被巧梅一把拎住。

巧梅對著他的耳朵輕聲道：「大夫人就等在胡同口，請國公爺快些出來，大家都留個臉面。」

孟懷的臉嚇得慘白，忙小聲道：「嬸子穩住大夫人，我馬上請國公爺出來。」

此時踏雪院的廳堂裡香氣濃郁，環肥燕瘦，一個姑娘在中間撫琴唱曲兒，三個姑娘甩袖起舞，桌邊坐著四個官員，每人身邊各倚著一個漂亮丫頭，成國公也在其中，看得滿目含笑。

今天四個花魁娘子齊聚一堂，和幾個官員同樂。

孟懷過去耳語道：「國公爺，小的有要事稟報，請出去一趟。」

成國公眼睛不離跳舞的小嬌娘，說道：「有事明天再說。」

孟懷急道：「是、是、是老公爺尋你來了。」

成國公的屁股一下痛起來，趕緊站起身。

這是他生平第三次來教坊司，第一、二次是在酒樓喝醉的情況下被幾個狐朋狗友攛掇來的，沒被家裡人發現，今天是被別人一激，他就來了。

兩人來到廳屋門口，孟懷才低聲道：「不是老公爺，是大夫人，她在胡同口，巧梅嬸子就等在門口！」

這句話猶如炸雷，成國公的腦子「嗡」地一下響起來，令他馬上清醒。

相比老父親和那個悍婦，他更怕悍婦打上門，老父親來抓他，別人知道頂多笑話幾句，之前也不是沒發生過。可那個悍婦跑來這裡，她有本事當街對他動手，還有可能打屋裡的任何一個女人，不是用鞭子和拳頭，而是抓臉、扯頭髮、撕衣裳……關鍵是，自己還打不過她，被女人當眾抓臉、扯頭髮、撕衣裳，這個人他絕對丟不起！

成國公抬腳往後跑去。「快，走後門！」

還在跳舞的輕雪見成國公走了，趕緊停下追到院子裡。「國公爺，您說了要陪奴家的，怎麼走了？」

「今天有急事，改日再來。」

話聲猶在，成國公的身影已經消失在偏廈。

一個官員也走了出來，一臉莫名其妙。「國公爺是怎麼了？跑得比兔子還快。」

一個丫頭說道：「聽懷爺說，好像是老公爺來抓人了。」

幾人一陣大笑。

另兩個官員走出來說道：「咱們去看看，若老大人打人，也能拉拉架。」

孟老太師要打人，他們哪裡敢勸，他們只是想去看熱鬧。

成國公和牽著兩匹馬的孟懷鬼鬼祟祟剛走出後院院門，就看到一個身穿勁裝的高大女人站在不遠處，似笑非笑看著他們。

朦朧的燈光照在她臉上，正是劉氏，更遠的地方站著幾個女人，一個是木榕，另兩個是巧梅和巧鵑，以及兩個正院的粗使婆子。

成國公嚇得大腿抽筋，腦子嗡嗡叫，愣在那裡不知如何是好。

孟懷也嚇壞了，悄聲提點道：「國公爺，快把大夫人勸走。」

這裡雖然是後巷，也十分熱鬧，有送菜的、看門的，還有趕路的行人，若在這裡打起來，國公爺的臉面可是丟盡了。

正愣神間，後面傳來凌亂的腳步聲，三個官員和一群女人走出來。

「咦，國公爺站在這裡作……」

話沒說完，他們便看到前方站著一個高壯女人，他們不認識那個女人，但她的模樣和身材特別，他們一下便猜出是誰了，其中一人不由自主喊道：「孟大夫人！」

那幾個花魁和丫頭都聽說過孟大夫人的悍名，嚇得縮了縮脖子，不敢再靠近，就怕激怒了孟大夫人衝過來打人，抓花了她們的臉。

成國公嚥了嚥口水，再想撐住面子把劉氏罵回去也不敢，只能弱弱問道：「夫人，妳怎麼來了？」一聲音溫柔得像對什麼嬌弱美人在說話。

劉氏走上前來，她一抬手，成國公下意識往後一仰，那隻手意外地沒落在他臉上，而是抹了一下自己的頭髮，而後輕輕放下。

成國公呼出一口氣，他脊梁骨發麻，已驚出了一身冷汗。從極度恐慌到終於放鬆，他居然生出了一絲感激。劉氏今天真好，沒有當眾打他。

劉氏先朝後面的人笑了笑，低眉順眼對成國公說道：「老爺，我和辭墨才陪著公爹去郊外馬場跑馬回來，公爹聽說你在這裡，遣我來接你回家，說有要事相商。」

成國公挺了挺胸膛，雙手背在後面。「這事怎還需要夫人親自來？那些下人著實該挨打。」

劉氏道：「好，聽老爺的。老爺下次再來找樂子，就差小廝來請。」

聲音平靜，又讓成國公脊梁骨發麻，他忙說道：「我不是來找樂子，是高、高大人……哦，是高大人硬拉我來聽曲兒的，曲兒聽完了，我正要走，夫人就來了，夫人請。」還比了個「請」的手勢。

劉氏聽了，目光飄向成國公的身後，幾位官員和那些女人如成國公一樣，身子都向後仰了一下。能把二世祖孟道明嚇成這樣的女人，一定有不為人知的能耐，他們也怕挨打啊。

一位官員趕緊說：「我們就是來聽曲兒的，哈哈哈……」

劉氏面無表情轉身向胡同口走去，成國公屁顛屁顛緊隨其後。

後頭的人直到看不到他們的身影了，突然爆出笑聲，接著是眾人大笑。

「嘻嘻，都說成國公懼內，還真是！」

「是啊，剛才看他的腿都在發抖，生怕他媳婦打過來。」

「呵呵，聲音也是抖的，還裝！」
「這個老孟，明天定要洗刷洗刷他，被一個婦人嚇成那樣。」
「給我們男人丟臉，有種就該衝上去打！」
「他不打，定是打不過，傳言不假，那劉氏就是母老虎。」
「那種悍婦要來何用，該休了。」
「他倒是想休，老太師會答應嗎？」

另一邊，劉氏上了馬車，成國公上馬。

劉氏掀開簾子對成國公冷冷說道：「孟道明，下不為例。」

成國公脊梁骨又冒出一股寒氣。他瞥了一眼旁邊的馬車，既氣那個悍婦，又覺得她今天放了自己一馬，沒有大打出手，還是有可取之處……

一行車馬回到了成國公府角門，門房躬身說道：「國公爺，老公爺請您去趟外書房。」

成國公屁股又痛起來。

他把馬韁繩丟給孟懷，匆匆進了府，向外書房走去。

外書房裡正坐著老國公和孟二老爺，成國公一進去，就被老國公兜頭甩了兩巴掌在頭上。

「你個混帳東西！那麼大個人還記吃不記打，又差點掉進坑裡，來人，請家法，再把辭墨幾兄弟和照安叫過來，讓他們看看，違背祖訓逛窯子是什麼下場！」

成國公嚇得一下跪了下去。「爹，給兒子留點臉面吧……」

守門的孟香進來稟報道：「老公爺，大夫人求見。」

老國公點點頭，孟香把劉氏請進來。

劉氏跪下說道：「公爹，老爺被兒媳請回來，止於崖邊，求公爹看在兒媳的薄面上，這次就饒了他吧。」

老國公溫聲對劉氏說道：「兒媳賢慧，可這逆子不省心，一次又一次違背祖訓，被坑了一次還不長記性。」他轉頭又對成國公厲聲喝道：「你知不知道，那個叫輕雪的妓子已經被那人收買，人家拉好網等你鑽，沒想到你這傻子真就鑽進去了……」

輕雪被人收買來坑自己？成國公大眼睛鼓了起來。他現在最怕被騙了，怕被人說腦袋不好什麼的，那些人都當他是傻子嗎？

他大手拍了一下大腿，罵道：「那個賤人，看我怎麼收拾她！」

老國公冷哼道：「收拾一個妓子算什麼能耐？要收拾，也是收拾她背後的人。哼，沒用的東西！」

成國公羞愧地低下頭。

老國公看看劉氏，滿意地說道：「家有賢媳，讓我們這些老不死的省心多了，也能多活兩年。」

成國公又嚇得磕了幾個頭。「爹臊著兒子了，兒子再也不敢了，兒子保證，再也不去那些地方，好好做官，保家衛國……」

老國公又訓斥了成國公幾句，才讓兒子和媳婦離開。

劉氏離開外書房便大踏步向內院方向走去，她心裡孤疑，那個妓子當真被政敵收買了？這麼巧……

成國公走到內院和自己的書房岔路口，想了想，厚著臉皮跟著劉氏向內院走去。

悄悄跟在後頭的孟香急忙回到外書房稟報。「老公爺、二老爺，國公爺跟著大夫人去內院了。」

二老爺失笑。「爹這齣戲唱得好，看來大哥大嫂還真有可能和好。」

老國公搖搖頭。「性子養成了，哪有那麼容易掰正，慢慢來吧，好在娶了個厲害的好媳婦，能把他看住。」

二老爺道：「雖然這次大哥沒把持住，還是有了長進……」

老國公道：「以後我不在了，你要敬著長嫂，不許那個逆子給她氣受，萬一辭墨他們對劉氏有不敬，你也要說著些。」

「是，聽爹的。」

「我明天跟老太婆說說，就讓繡兒改姓孟吧，她是劉氏的嫡女，也就是我孟家的嫡女。」

劉氏和成國公一前一後走進內院。

劉嬤嬤沒想到成國公也跟來了，臉上笑開了花。

「國公爺、夫人，飯菜都準備好了，馬上端上桌。」

劉氏說道：「我倦了，端兩樣清淡小菜去東側屋，妳給國公爺備些好酒好菜，請他在廳屋喝酒。」

她逕自進屋換了家常服，坐去側屋炕上。

成國公坐在廳屋八仙桌旁不敢多話，兩間屋隔了一層軟簾，能聽到彼此動靜。

酒菜端了上來，成國公悶頭吃飽喝足，便去了自己的臥房西屋歇息。

東屋臥房裡，劉嬤嬤高興地跟劉氏說著。「今兒不是國公爺住正院的日子，他怎麼回來住了？」

劉氏冷哼一聲。「有些男人就是賤！不過，他比牛白臉還是強得多，他有好的父母家人，他想不要臉家人也不允。」

劉氏從妝匣裡找出一支嵌寶赤金簪、一對赤金鐲子。

「明天再去庫裡找一疋緞子，和著這兩樣賞給木榕。」

劉嬤嬤笑道：「木榕是個聰明人。」

劉氏嘆道：「也是可憐人，這條路不是她想要的，卻不得不走下去。唉，孟道明就是個混蛋，凡是他挨邊的女人，沒一個好過的。」

次日一早，這些事就原封不動傳進了江意惜耳裡。管中饋就是好，除了機密，明面的事都瞞不過她。

早飯後，她帶著存存去福安堂請安。見所有人都來齊了，老太太笑道：「從現在起，繡兒正式改姓孟，以後就是孟繡了，為道明和劉氏的嫡女、我們的五孫女，後天老公爺會把她的名字寫進孟家祠堂。辭墨媳婦和月丫頭好好張羅張羅，後天置幾桌席，再把跟繡兒玩得好的幾個手帕交請來做客。」

眾人聽了，都紛紛恭賀劉氏和牛繡……不，是孟繡。

劉氏和孟繡激動萬分，起身給老國公和老太太磕頭。

孟繡對牛家只有恨和怨，一點也不想當牛家人，她跟孟家人相處得極好，母親在這裡生活得也好，她願意當「孟繡」！

兩天後，孟繡的名字正式被老國公寫進祠堂，還請了李珍寶、鄭婷婷、鄭晶晶、鄭芳芳、趙秋素、江意珊幾個姑娘來吃宴席。

趙秋素是趙秋月的小妹妹，趙秋月已嫁人，故而沒請她。

孟繡本來不好意思請李珍寶，江意惜幫著邀請了，李珍寶的出現，也抬高了孟繡的身分，京中一些勢利眼的貴女對孟繡也會另眼相看，這讓劉氏大喜。

熱鬧了一天，申時才把除了李珍寶以外的幾位客人送走。今天孟辭墨護衛皇上去天壇祭祀，晚上不回來，李珍寶就賴在浮生居住一宿。

一送走客人，孟繡便去了正院跟娘念叨幾個好朋友之間的趣事和送她的禮物，見閨女的興奮頭還沒過，劉氏不禁笑了起來。

孟繡如今雖改姓「孟」，但畢竟不是孟家真正血脈，依然是她帶過來的拖油瓶，但只要讓別人看到成國公府對自家閨女格外疼愛，知道若娶了孟繡，跟孟家就是真正的親家就夠了。

因為她的際遇，她希望孟繡能嫁進家世好些的人家，不敢說豪門大戶，但至少要有一定的底蘊。並不是低嫁窮小子就一定能得到尊重和幸福，等窮小子靠著岳家的勢力爬上去，不僅不會感激岳家提攜，反而有可能覺得自己是用憋屈和窩囊換來的一切，之後便想從各方面找「自尊」，包括找女人……

不是說每個窮小子都會這樣，但八九不離十。之前劉氏還真看中了一個好後生，就是江洵，模樣好、品行好，文武雙全，家境尚可。雖然江家祖母不省心，但有江意惜這個倚仗，江老太太也不敢太造次。

後來江洵中了探花，上門說親的人絡繹不絕，連孟二夫人都幫著說親過，見許多姑娘比孟繡還優秀，那姊弟兩個都沒同意，劉氏品過味來，猜到他們應該心中已有了好姑娘人選。再後來，劉氏看到江意惜對鄭家姊妹格外不同，更有了猜測。

她知道不止自己有那個想法，閨女也有那個癡念，必須得先掐掉閨女的念想。

她對孟繡說道：「去福安堂吃了晚飯就來娘這裡歇息，咱們娘兒倆許久沒有好好說說話了。」

孟繡每天都很忙碌，要請安、學習、做針線、逛園子，加上有些怕成國公，也就不太喜歡來正院，跟劉氏說悄悄話的時候並不多。

孟繡現在同黃馨一起跟兩位先生學習，男先生教讀書寫字及丹青，女先生教撫琴，每日上午一個時辰，下晌一個時辰。或許是遺傳天分的緣故，黃馨比孟繡小幾歲，可讀書、寫字、丹青就是比較好，琴藝則不相伯仲，但繡活兒上，孟繡又比黃馨強多了。

孟家姑娘一律都是六歲開始上學，十三、四歲便不必學了，但孟繡在牛家時根本沒上過學，回劉家後，因為跟劉家的幾位姑娘相處不好，也沒怎麼上學。所以她現在儘管已經十三歲了，依然選擇要繼續學習，小姑娘好強，很用功學習。

孟繡也有心裡話想跟母親說，點點頭，又問：「父親不會回來住嗎？」

劉氏道：「不會。」

次日早上，劉氏練完功回屋，孟繡才起床。

小妮子神情懨懨的，劉氏裝作沒看出來。小姑娘的心事，說清楚了，想通就會撂一邊。

吃過早飯，母女兩人正要去福安堂請安，劉氏見劉嬤嬤像有話要講，便對孟繡說道：「妳先去吧，我過會子就來。」

孟繡走後，劉嬤嬤悄聲道：「夫人，聽外院的人說，昨兒國公爺讓木榕進屋了。」

木榕跟著劉氏去教坊司抓人，成國公不敢說劉氏，把氣發在了木榕身上，聽說罵了木榕，還把她趕去耳房住。

劉氏皺了皺眉，嗔怪道：「這破事何必跟我說？那個孟道明，離了女人就走不了路。」

進入六月，天氣炎熱，除了蟬子聒噪，連鳥鳴聲都是懶洋洋的。老國公嫌京城熱，帶著花花和啾啾去了孟家莊避暑。他本想把存存一道帶去，但江意惜沒同意，長孫孟照安已經上學，他想帶也帶不走，只好他一個人去了。

家裡現在沒有了攪家精，兒子又有人管著，孟辭墨的位置有利於洞察宮裡和朝內局勢，平王一黨正逐漸壯大，無論家裡家外，老頭兒都放心，也有閒心出去玩了。

今年氣候異常，江意惜沒少煲藥膳給老倆口和小孩子，以及身體不好的李珍寶。李珍寶特別信服江意惜的藥膳，也會跟她要一些去孝敬太后娘娘和雍王。

不過即使是李珍寶，也不敢任意給皇上送吃食，所以皇上並沒有吃過藥膳，他只是特別喜歡愚和大師的好茶，偶爾暗示想要多一點，李珍寶便孝敬了自己的一半，孟辭墨又讓江意惜孝敬了一半。

江意惜心裡不太喜歡這個皇上，雖說不是昏君，但絕對不是明君，不希望他活太久，但他提出來了，她也不敢不給。

江意惜不想給的還有宜昌大長公主。一入夏，宜昌的身體就不太好，偶爾會打發鄭婷婷來要江意惜親手煲的藥膳。人都來要了，江意惜也不能不給，還不能偷工減料——良心過不去。

鄭婷婷見大長公主和老駙馬喝了藥膳身體加倍棒，又會順道替她的祖父鄭老少保要一份，江意惜煲藥膳的手藝好更因此傳遍了京城，南風閣的生意更好了。

江意惜交代鄭婷婷千萬注意，藥膳絕對不能經何氏的手，鄭婷婷也怕何氏從中動手腳，所以拿回去的藥膳都是由她親手捧著，親眼看著熱好，再親手服侍長輩喝完。

江洵早已當值一陣子了，因為孟辭墨的關係，還有江意惜孝敬的好茶，再加上江洵年紀小又機靈，皇上對他的印象很不錯，每每跟朝臣商議朝事感到枯燥無味時，便會拿「俊俏小子」開涮，活絡活絡氣氛，愛講些諸如找沒找小媳婦、有沒有暖床丫頭、知不知道女人滋味等小玩笑，見江洵越扭捏，他們笑得越開心。

男人都喜歡開這種玩笑，大笑一陣後，又神清氣爽繼續商議朝事。

這些話江洵不好意思跟姊姊講，都是孟辭墨回來講的。

江意惜無語，那些老頭都是老不正經的，還好年長些的公主們都已招了駙馬，有兩個年紀太小，還不到十歲。

第五十三章

六月中，上京城終於迎來一場酣暢淋漓的大雨，大雨一連下了兩天兩夜，氣溫也有所下降。

傍晚，江意惜母子幾人去了福安堂，剛進側屋，就看到一屋子人正高興地說著什麼。

江意惜笑道：「有什麼我不知道的好事？」

孟嵐笑道：「大姊今兒給咱們買了許多水鑲閣的飾品，極漂亮，每人都有。」

今天孟月應李三奶奶相約，兩人出門逛街，買了許多東西，還去食上吃了晌飯才回來。

李三奶奶性格開朗，自從跟孟月聯繫上以後，經常來孟家串門子，也很討老太太的喜歡。

孟月性格內向，多是李三奶奶說、她聽，幾次相邀孟月出門逛街，孟月都沒去，今天天氣涼快下來，李三奶奶又相邀，孟月終於鬆口去了。

因為「淫賊」的陰影，老太太派了許多護衛和婆子跟著。

李三奶奶婆家家世不高，公爹是戶部郎中，但為官名聲不錯，李三爺今年又考上了進士，她交好孟月或許有示好成國公府之意，孟家人也願意看到孟月有這樣一個玩得好的朋友。

一個丫頭端著托盤來到江意惜面前，上面有一對珍珠耳環、一支小姑娘戴的銀鑲小兔子水晶簪、一塊男孩子帶的小玉珮。

首飾都很漂亮，特別是水晶小兔子，極是可愛，江意惜笑著道了謝。

孟二奶奶笑道：「讓大姊破費了，這麼多首飾要值幾百兩銀子呢。」

孟月第一次被人這麼誇獎和道謝，臉通紅，想說幾句場面話，又說不出來。

黃馨笑道：「我和我娘在這裡生活這麼多年，日子過得舒心愜意，我們早該表示表示的。」

孟月點點頭，她就是這個意思。

晚飯前，孟連山來報，孟辭墨有急事去孟家莊找老國公了，今天不回家。

這麼晚去找老國公，一定發生了什麼事，二老爺和江意惜的臉色都凝重起來，其他女眷沒多想，哪怕有大事發生也不用她們操心。

次日辰時，孟辭墨快馬趕回了浮生居。

他汗流浹背，衣裳都被汗浸透了，一進屋就對下人說道：「出去。」

他面容嚴肅，下人趕緊退了出去。

江意惜起身道：「出什麼事了？」

孟辭墨輕聲道：「昨日德妃娘娘突然病重，御醫說剩餘日子已經不多，平王情緒失控險些打御醫，被平王妃勸回王府。聽說他一回王府就砸了許多東西，還打死一個冒犯他的丫頭，王妃相勸，手臂也受了輕傷。等到王爺恢復理智，又極度後悔，還跟王妃賠了不是，唉，他是控制不住……」

想到平王平日的溫文爾雅，江意惜簡直想不到暴怒後的他會這樣，連王妃都能傷。

孟辭墨又道：「德妃娘娘的病是在守皇陵時得的舊疾，平王或許覺得是自己連累了母親，才讓她遭此大罪，心病一直無法得到開解，最後就成了那樣。」

有這種心病的人，保他坐上皇位也是喜怒無常的暴君，可那幾個皇子裡，也只有平王上位，孟家的日子才會好過。

江意惜問道：「有辦法勸王爺嗎？」

孟辭墨嘆道：「我跟祖父說了愚和大師贈妳的西雪龍能治類似的心病，但是這種病，我們不好直接勸王爺，或者給他吃藥，最好由德妃娘娘相勸後再治療，偏偏娘娘現在病重……」

說完，孟辭墨簡單梳洗了一下，又重新換上官服匆匆走了。

江意惜倚在迎枕上想心事。

若是家人或熟識的親戚朋友，她哪怕不會治心病，也會在藥裡加點眼淚水試試，可現在病的是曲德妃和平王，她哪裡敢隨意試藥？

萬一加了眼淚水的藥也沒治好他們的病呢？

唉，若是師父在就好了，他有神醫之名，醫術了得，再加上眼淚水的幫助，肯定能治好平王和德妃娘娘……

對啊！師父！她怎麼沒想到？

突然，江意惜想到了什麼，一下坐直身子。

前世，她和沈老神醫第一次相遇時是建榮二十年十月底在七峰山上，當時老頭兒因為認出江辰爹留下的小虎頭掛件，因此收了她當徒弟。

聽老神醫說，來到七峰山之前他在京城外的五和縣住了一段時間，不只是為了遊玩，更是為了把食上的菜品嚐個遍。

他不願意進京城，所以就住在城外的上吉客棧，每天花錢請人去食上買吃食，等到把食上的菜品都吃遍了，他打算要離開，沒想到上山採藥時不慎摔斷了腿，被江意惜所救。

今年正是建榮二十年，到十月底還有四個多月，不知老神醫現在人是否已在五和縣？

江意惜決定去碰碰運氣，如果能遇到他，希望老神醫這輩子能再幫幫她。

想到老神醫蒼老的面容和吃到美食時的滿足神情，江意惜的眼裡湧上淚意，她還想多做幾頓飯孝敬一下他老人家，老頭兒平生最大的愛好就是吃，經過她特殊處理的食物可是美味得緊。

五和縣離報國寺所在的西山不遠，她正好以為病重的曲德妃祈福之名去報國寺一趟，順道去五和縣轉轉。

酉時，孟辭墨和江洵下衙後一起來了浮生居。

江意惜讓小廚房多做了幾個下酒菜，三人一桌吃飯，她親自為他們斟酒外，也說了自己打算去西山為曲德妃祈福一事，並向弟弟商借家傳的小虎頭掛件。

江洵非常痛快地把掛件取下交給她，心想這是會帶來好運的吉祥物，姊姊出門隨身帶著可保平安。

送走江洵後，孟辭墨講了一下曲德妃的情況，目前病情沒有任何好轉，去看望她的平王情緒還算穩定，平王妃則一直伴隨左右不敢離開。

夜裡，兩人各自想著心事睡不著，孟辭墨在想怎麼穩定平王的情緒，江意惜則想到了另一個問題。

前世她沒有太關注去守皇陵的曲德妃和平王後來發生了什麼事，也不知曲德妃是哪一年、在何處死的，但若她真是死在皇陵，平王內心的恨意勢必很深，上位後肯定不會放過英王和趙家，連同收拾孟家也不會手軟，畢竟付氏和成國公逼死曲氏，這個仇他不可能不報。

那時孟家已沒有讓平王顧忌之人，老國公夫婦、付氏、孟辭墨、孟月都死了，只一個成國公還在，平王輕而易舉就能讓整個國公府轟然坍塌……

想到無辜的二房、三房，特別是孩子們得面臨被處斬或是發配邊關的下場，江意惜就一陣揪心。

兩人都直到後半夜才睡著，好像剛入睡，門外就有了輕微的叩門聲。

「大人，該起了。」

孟辭墨知道江意惜睡得晚，輕輕起床沒有驚醒她，連早飯都是去外院吃。

只是當他的腳步聲一消失，江意惜就坐了起來。

既然有機會找到師父，她想早點起來，做點師父喜歡的吃食帶去。

她頭還有些暈，先用涼水洗了把臉才徹底清醒。

來到外面，天色還是暗的，微涼的風迎面拂來，她分別去了東廂和東跨院看了音兒和存存，而後快步向後院小廚房走去。

前世，江意惜去京城給老神醫買過兩次食上的素食，其中一道素東坡肉他非常喜歡，他還遺憾地說：「若是真的東坡肉就好了，可惜徒兒是個出家人……」

為了師父，今天她就要做一道真正的東坡肉！

因為記得師父的口味，她先前就問了李珍寶這道東坡肉的做法，不僅如此，還親自去食上的廚房親眼看廚子做過，雖說自己的手藝比不上食上的廚子，但加了稀釋眼淚水的東坡肉，味道肯定更鮮美。

另外她還要做一樣師父特別喜歡吃的點心──「雪媚娘」，師父喜歡雪媚娘的軟糯香甜，但也不只一次說這點心名奇怪，怎麼取了個婦人的名字？

食材已經備好了，雖然擅廚藝的水珠跟老國公去了孟家莊，但還有吳嬤嬤和兩個丫頭可以幫她張羅。

只是吳嬤嬤一直不解，還在勸她。「大奶奶，妳別太累了，我看準備一樣點心去拜拜就好，這東坡肉是葷菜，也不方便帶去寺廟。」

江意惜道：「我可以晌午吃。我昨晚就夢見自己在吃東坡肉，那滷汁令人饞得不行，放心，不會讓拎肉的人進廟裡。」

兩樣東西做好，已是卯時，天光大亮，江意惜急急吃完早飯，就帶著水靈和水草去了外院，十名護衛和吳有貴已經等在那裡了。

江意惜對吳有貴和護衛隊長說道：「直接去五和縣城，聽說那裡有一座白羊道觀，許願很靈驗。」

急著想早點去找師父，她索性直接去五和縣城，白羊道觀離上吉客棧不遠，前世她看到過，只是沒進去。

趕到白羊道觀已經午時初，江意惜拜了道觀裡供奉的所有神仙星君，捐了五百兩銀子及供奉了五個雪媚娘點心。

白羊道觀第一次收到這麼大筆的香油錢，觀主青名道長特地出來見了江意惜，說了不少吉祥話。

離開道觀後，江意惜指著不遠處的上吉客棧說道：「我餓了，去那裡吃飯吧。」

水靈提醒道：「大奶奶，那家是客棧，只有大堂，沒有包廂。」

江意惜不以為意地說：「那就要間客房吧，我們在客房裡吃。」

一行人走進大堂，江意惜直接來到櫃檯前，指著二樓欄杆後面一間房說道：「我要那間房，包一個時辰，給一天房錢。」

掌櫃躬身笑道：「這位夫人，那間客房被一位客官包了三個月，還是為您安排隔壁的二二二號房如何？」

江意惜一皺眉。「包那麼久……」

掌櫃一笑，低聲說：「是啊，那位王老丈還是個怪人，說要吃遍食上的每一道菜，卻又不願意住進京城，每天就讓小二去食上買回來吃，那美味怎比得上現點現吃呢，還要多花錢，真不知在想什麼。」說完還搖搖頭。

江意惜眼睛一亮。

是師父！老頭兒對外不用本姓，習慣自稱姓「王」。

她立即說道：「好，就隔壁房，我訂下了。」

她本想讓護衛和吳有貴在樓下自在吃飯，自己帶著水靈和水草上二樓吃，但護衛和吳有貴堅持在外面守著。

「大奶奶，外面危險，小的還是在門外守著比較安心。」

「好吧。」江意惜點頭。

三人進了二二二客房，門沒關嚴，留了條縫，兩個護衛守在門外。

江意惜點了幾個菜之後，又讓水草拿東坡肉去廚房熱，突然，門外傳來一個聲音。

「黃掌櫃，這都快午時末了，你家發財小子怎麼還沒回來？」

這個熟悉又久遠的聲音讓江意惜想落淚，不是師父又是誰？

黃掌櫃笑道：「或許遇到什麼事耽誤了，已經過了飯點，要不王老丈你先吃點別的東西墊墊肚子？」

站在欄杆後的老神醫搖搖頭。「不，我要留著肚子吃好吃的，昨天發財小子說食上的東坡肘子好吃，我要等著吃肘子。」又感慨道：「食上的吃食好吃，名字也奇特，居然還有叫雪媚娘的……」

話沒說完，一陣肉香傳來，他就吸起了鼻子。「什麼味道這麼香？」

他左右張望，只見水草端著東坡肉上樓，肉香飄了一路，老神醫趕緊迎上前問道：「小娘子端的是什麼，在哪兒買的？」

眼睛直勾勾盯著托盤裡紅亮亮的大肉塊，嘴角不由自主流出一條銀線。

看到老頭兒的饞樣，水草心裡好笑，她得意地說：「是東坡肉，我們自家做的，香吧？」

門外的護衛推開房門，水草走進去，老神醫也跟著往裡走。

護衛把他攔住喝道：「老丈，這裡不是你能隨便進去的。」

門大開，江意惜看到老丈猛地站起身，喃喃叫道：「師父……」

門外的老丈六十幾歲，目光深邃，佈滿皺紋的圓臉看來很慈祥，下巴一撮白鬍子，灰白頭髮胡亂束在頭頂，藍色麻衣髒兮兮皺巴巴的，還有藏在長袍裡的鞋子，肯定露了一個或兩個小洞。

乍看老丈平凡的外表，任誰也猜不出他會是聞名於世的沈老神醫，老神醫家在蜀中，已經四代同堂，身邊有晚輩、徒弟、下人為他打理一切，家裡開了一個醫館，他和傳人都不為晉和朝官員看病，但其他族人和弟子可以看。

沈老神醫醫術精湛，只是行蹤不定，時常出遠門採藥，遊歷四方途中遇到求醫的百姓便會給人兼治疑難雜症，這十幾年來神醫的名頭越傳越響，因他說話帶有閩南口音，易讓人誤以為他的家鄉在閩南。

只因為一口吃食，老頭兒偷偷跑來之前從未踏足過的京郊，因緣際會收她為徒……

護衛見主子喊老頭「師父」，便沒敢關門，江意惜急步走至門前叫了一聲。「師父！」

老神醫被她的稱呼愣住，再一看到她胸口戴的小虎頭掛件，眼睛都瞪直了，磕巴道：「妳、妳、妳妳妳……」

老神醫一著急就有些結巴，江意惜沒等他說出後面的話，即時接口道：「時隔四年，師父就忘了我了？我姓江，是惜惜，您想起來了吧？」

「惜惜？」

老神醫還是一頭霧水。

「師父忘了沒關係，先跟徒兒一起吃飯吧！」她把老神醫拉進房間，對水靈和水草說道：「妳們自去樓下吃飯，我同師父一起吃。」
兩個丫頭都不願意，江意惜沈了臉，她們才不情願地走出去，沒有下樓，而是跟兩個護衛一起當門神。
江意惜把門關緊，指著桌子說道：「這是師父最喜歡的東坡肉和雪媚娘，師父嚐嚐。」
老神醫的注意力立時又被桌上的香味吸引，走去桌前坐下。
他先吃了一塊東坡肉，砸吧砸吧嘴，回味了一下，又吃了第二塊、第三塊、第四塊，還想再吃，被江意惜攔住。「師父，肥肉不能多吃，再嚐嚐雪媚娘，看看跟食上的有沒有不一樣？」
昨天老神醫才吃過食上的雪媚娘，他又拿起雪媚娘吃起來，吃了兩口，叫道：「奇、奇、奇怪，居然口味一樣，竟比食上的還好吃。」
老神醫忍不住再問：「妳怎麼會做食上的菜？」
江意惜笑道：「我是食上的二東家，當然會了。」
老神醫吃了三個雪媚娘，肚子半飽，才有心思問別的。
他的目光在江意惜身上轉了一圈，確定自己以前應該沒見過這個小媳婦，但怎麼她一副認識他的樣子，還一直叫他師父？
視線停在她胸前的小虎頭掛件，心裡疑惑更深了，他壓下心思，問道：「妳是江浩的後人？」

「是，我叫江意惜，江浩是我高祖，這是我們江家家傳的掛件，我知道這個掛件的淵源跟沈老神醫有關，你一眼就能認出來，所以特別跟弟弟江洵借來一用，我是特地來此找你的。」江意惜實話實說，聲音壓低。

老神醫納悶道：「妳怎麼知道我是誰，又怎知我住在這裡？」受江意惜的影響，他的聲音也小下來。

江意惜早知他一定會問，便說出自己已編好的理由。「我……是幾年前作了一個奇特的夢，在夢裡沈老神醫就住在這裡，還因為這個掛件收我為徒，教我治人眼疾……」她背出幾句沈家醫訓，又道：「很不可思議對吧？可我確實夢到了，還真的幫四個人治好了眼疾。」

老神醫目光炯炯地看著她，笑道：「小丫頭應該是有別的機緣，卻用作夢當幌子吧，我懂，有些事匪夷所思，又確實存在於世間。」

江意惜略微吃驚地看著胖老頭兒。他不是得道高僧，可不像愚和大師那樣能掐會算，那麼，很可能他跟自己或是李珍寶一樣，都是有故事的人，因為多了一些經歷，很多事便能夠一點就通……

兩人對視一眼，都心照不宣。

老神醫又道：「這掛件確實和我沈家有些淵源，江家的人若需要幫忙，只要以此信物證明身分，沈家必定出手相幫。說吧，妳來這裡找我有什麼事？再說一遍，我不救晉和朝官員及家眷。」

訓。」

江意惜說道：「我的一位親戚得了重病，大夫已無回天之力，我不強求師父親自為她診病，你只需聽我講解病症，看大夫開的方子，重新開藥方即可，這樣也不算違背沈家祖訓。」

她知道以曲德妃的身分，老神醫不會救的，只得出此下策。

見江意惜避而不談那個人的真實身分，老神醫猜測那人是皇家人或者重臣。他沈吟了會兒，不願意以任何形式幫忙，說道：「妳既然跟我學過醫，就應該知道診病要望、聞、問、切，前三樣可以透過妳口述告知，可最後一樣無法做到，我也無從判斷，恐怕開不了藥。」

江意惜笑道：「別的大夫肯定做不到，可你不一樣，你可是沈神醫。師父，你這次幫我，我有辦法讓你不進京城也能吃到食上剛出鍋的美味，你知道從食上到這裡，騎快馬也要近兩個時辰吧，好菜到了這裡，早已經失去了原有的美味。」

沈老神醫知道這個理，可他發誓不進京城的，聽了江意惜的話，猶豫起來。

江意惜又端起東坡肉在他鼻下晃了晃，引得老頭鼻子跟著盤子轉。

她放下盤子笑道：「我的廚藝不比食上的廚子差，而且我還有個女廚子，手藝更好，若我們兩人做的菜你都不喜歡，我還能商借食上的廚子出來為你做菜。師父，你要考慮清楚，這樣，你既幫了江家後人，又沒有違背誓言，還能天天吃美食。」

這幾個條件太誘惑人了，老頭兒終於點頭同意。

江意惜這才又重新給他磕頭敬茶，算是這一世也拜師了，之後兩人坐下吃飯，邊商量搬去扈莊住的事宜。

去食上買東坡肘子的店小二發財這時才回來，老頭已經吃飽，聞聞肘子，真的沒有江意惜的東坡肉香。

接下來江意惜很快安排好了所有事，她讓護衛騎快馬進京通知孟辭墨這個消息，同時又讓人趕去扈莊，讓吳有富夫婦準備客房，照著紙張上寫的要項準備食材，並把在孟家莊的水珠也接到扈莊待命，然後，她才從容地帶著老神醫和其他人離開客棧。

只是她不知道的是，他們離開不到一刻鐘，有另一批人也來到上吉客棧要找老神醫。

他們先是甩給掌櫃一個銀角子，指名找年約五、六十姓沈的住客，可掌櫃查了一下記錄，住客裡沒有姓沈的老丈，只有兩個中年漢子姓沈。

那些人又進一步問道：「你確定？那老頭兒一口閩南口音，你店裡有沒有這樣的住客？」

掌櫃回憶道：「近十天是有幾個老丈來住店，其中四個已經離開了，還剩一個，閩南口音嘛，好像那幾個都沒有。」

正說著，一個六十左右的老頭正好下樓，掌櫃悄聲道：「喏，那位老丈下來了。」

那幾人過去攔下老頭，仔細打量了他幾眼，又問了幾個問題，確定不是沈老神醫，最後只好走了。

沒多久，文王府便收到了消息，他們的人在五和縣等幾個離京城較近的附屬縣都沒有找到疑似沈老神醫的蹤影，文王不悅地下令讓他們繼續查找。

白春年在找目標的時候，在這附近發現了沈老神醫的行蹤，這老丈醫術高明，能起死回生、專治別人治不好的病，文王立刻就派人找來了，他就怕沈老神醫先被平王的人找到，治好曲德妃。

前世，五天後曲德嬪在皇陵薨了，平王幾近於瘋狂，親手殺了參與治病的五個御醫。等他恢復理智後，製造了一起御醫回京途中掉入江裡失蹤的事故，兩年後這件事被趙家調查出來，可那時皇上病重，平王又人不知鬼不覺地逃離了皇陵。

一年後，英王被立為太子，平王以「清君側」的名義，聚集三十萬大軍包圍京城，透過和鄭松等幾個將領裡應外合，順利打進京城……

最終平王李熙登基，下旨趙貴妃禍亂宮闈，判剮刑；趙互意圖謀反，判剮刑，誅趙家九族；至於英王李照，當時對外聲稱是圈禁宮中，實際上李熙在活捉李照那天，就親手把他拖進一間殿內「剐」了，當時文王正好藏在床底下，還被李熙發現了。

文王嚇壞了，跪下保證不把這事傳出去，李熙伸出沾滿鮮血的手扶起他，溫和地說道：「李照母子和趙家害死我母妃，罪該萬死，他們的罪行罄竹難書，二皇兄沒仔細看過你閨女李嬌吧，她其實是趙元成的種……」

文王又氣又怕，抖著腿回了王府，把自己關在屋裡，不願意見任何人。

他恨自己的窩囊讓自己落得如此下場，一生不討長輩喜歡，被兄弟們欺負，還被戴了綠帽子，養了別人的孩子不自知……

半個月後，他被毒死了，卻又幸運地重生了。重活一世，他終於明白，要想活下去，自己就必須變得強大！

不過，這一世許多事情都變了。平王回京，還頗得聖寵，所有人都覺得他溫潤知禮，平和待人。

哼！他哪裡溫潤？哪裡平和了！等曲德妃死了，皇上就可以看到他不為人知的一面。

文王希望曲德妃的死能刺激平王本性暴露，展現殘暴的一面，到時皇上不得不把他圈禁起來，平王一黨也就沒戲唱了。

如今英王一黨元氣還沒有恢復，六皇子不足為懼，三年後皇上就會病重駕崩，一切順利的話，自己真有可能上位……

想到前世種種屈辱，他的心如貓抓般難受，提高聲音說道：「來人，去別院。」

剛走到門口，李嬌端著一個托盤走過來。

她笑道：「女兒聽說父王這幾天難耐酷暑，特地熬了銀耳雪梨甜羹孝敬父王。」

小姑娘雖然才九歲，已經長得清秀可人，想到她長大後的皎皎風華，文王深深看了小姑娘一眼，又趕緊把目光移開，笑道：「嬌兒有孝心，本王有急事需出府一趟，端去孝敬妳母妃。」

只是雖這麼說，他往前走了幾步又停下，伸過手來。

李嬌看到文王的審視目光，心裡一怔，眨眨眼睛，眼前依然是慈愛的父親，覺得剛才是自己看錯了，笑咪咪把甜湯雙手奉在文王的手上。

文王站著吃完，匆匆離開。

一行車馬到達扈莊，已是明月高懸。

水珠正在廚房做菜，江意惜安排老神醫在客房住下，又燒水讓他洗了個澡。他的身材跟吳大伯相當，吳大伯找了套沒穿過的好衣裳服侍他穿上。

準備好，酒菜已經擺上桌，吳大伯陪老神醫在外院喝酒吃飯。吳大伯等幾個心腹知道這位是大奶奶的師父沈老神醫，但對外都稱他為「扈老丈」。

江意惜剛吃完飯，去京城找孟辭墨的護衛就回來了，還帶了一些御醫開的藥方，說道：「夫人，世子爺明天會派一位信得過的御醫來。」

江意惜對曲德妃的病了解得不多，必須讓瞭解病情的御醫親自來說清楚。

酒足飯飽後，老神醫才有了心思欣賞扈莊的景色。

明月當空，繁花似錦，夜風拂面，遠處群山連綿……在這裡享受美味佳餚，真是神仙過的日子。

他捋著鬍子說道：「聽說食上有兩百多道菜品，之前我想著，先都品嚐一次，之後挑選喜歡的吃第二次，最最喜歡的要吃第三次，之後就可以回老家了。現在在這裡住著，有孝順的徒兒服侍，我可以多住些日子再回去。」

江意惜笑道：「食上一共有菜品一百六十道、點心三十五道、甜羹十二道、主食十二道、乾果十二道，時令水果若干，師父可以留在這兒一道道慢慢品嚐，有些我和水珠不會做的，會請食上的廚子來做，甚至還能請食上大東家珍寶郡主親自主廚，讓您老住下就不想走。」

老神醫高興地笑起來，誇道：「好徒弟，孝順。」

江意惜請他去東廂，把曲德妃的病情大概說了一下，又把御醫開的一疊方子先給他過目。

次日巳時初，孟連山領著一輛馬車來到扈莊外，馬車裡坐著給曲德妃治病的御醫之一楊御醫。

沒讓楊御醫進扈莊，江意惜上馬車聽他細述曲德妃的脈象和身體狀況，再回東廂跟老神醫轉述，老神醫有什麼問題，江意惜又進車裡問楊御醫。

楊御醫雖是平王的心腹御醫，但並不知道莊子裡的大夫是沈老神醫，只被告知是一位善治心疾的老丈，不願意出現在人前，只有平王和平王妃知道江意惜找到了沈老神醫。

經過江意惜來回幾趟轉述，老神醫終於開好藥方，又指導了要施針扎哪幾個穴位，便讓楊御醫回去治療，兩天後再來說病人情況。

楊御醫三十幾歲，看到沈老神醫開的方子和研究了施針穴位後，茅塞頓開，直覺這法子能治好德妃娘娘的病，他激動不已，趕緊下車往扈莊方向磕了幾個頭，說道：「謝老前輩指點。」

同時，江意惜把孟連山叫去一邊，遞給他一個油紙包。「這是特製的秘藥，交給世子爺。」

紙包裡是一點專治心疾的藥粉，不算特殊，但撒了一點眼淚水，就成了獨一無二的秘藥，孟辭墨會另外送進宮。

孟連山把油紙包揣進懷裡，又悄聲道：「世子爺請夫人不必記掛家裡，世子爺已經交代了，老國公讓夫人去昭明庵為德妃娘娘抄經茹素十二日。另有一事必須稟告夫人，據線報，文王也在找扈老丈，王爺和世子爺會派暗衛來附近保護莊子，另外，平王爺的一處別院會安排住進一位老丈以吸引眼線，但是世子爺還是建議，能不能請扈老丈住去孟家莊？這樣更利於保護。」

江意惜一驚，文王也在找人，他怎麼知道師父的行蹤？

她倒不擔心老神醫會輕易被認出來，他向來低調，必要時也會簡單易容，就是戴個假髮套，把鬍子染黑，還說閩南話，嗓子是沙啞的，等閒人只會覺得他是個普通的老頭兒。

即使是現在，老頭兒的頭髮也是假的，他真正的頭髮所剩無幾，束在頭頂像個犄角，這個樣子只有江意惜前世看過。

江意惜說道：「這恐怕不行，孟家莊是孟家產業，老國公是晉和朝一品太師，我師父肯定不會去的，目前還是留在這裡好。」

孟連山點點頭，表示會回去轉告。

送走孟連山和楊御醫，江意惜跟老神醫說了文王到處尋找他的事。

老神醫渾不在意地說：「那是有可能，食上吃食貴，我怕身邊的銀子不夠用，就放出風聲說我能治別人不能治的病，治一個收五百兩，想來是如此讓人嗅出了味道。」

江意惜回屋拿出一疊共二千兩的銀票孝敬老神醫。

老頭不要。「我不收徒弟的診費。」

「這是徒兒的孝敬。」

「孝敬美食即可。」

江意惜只得收回銀票，想著等他離開的時候再多送些程儀。

下晌，她去昭明庵拜了菩薩，回莊子後老老實實抄經。既然都說了她要抄經茹素，她就要做到，不僅做給別人看，自己也心安，之後做飯也只能做素點，其餘葷的飯菜都由水珠做，好在水珠會很多食上的菜品，每次都會多做一些，送去孟家莊給老國公吃。

江意惜抄完經書後就跟著老神醫學習醫術，這次主要針對前世沒學過的心疾下工夫。

而花花知道江意惜來了扈莊，扈莊還有好吃的，忙不迭跑了來，有了聰明的花花做伴，老神醫在這裡的日子更有樂趣了。

兩天過後，楊御醫又來了莊子，曲德妃的病情已得到控制，老神醫換了幾味藥和針灸穴位，讓他三日後再來。

經過五日的調理，曲德妃的病情終於緩解，平王喜得趕緊讓楊御醫去扈莊回報。

六月二十二，這一日對於絕大多數人來說是個普通日子，但對平王和文王來說是個關鍵的一日，因為前世的今天，曲德嬪下晌申時薨了。

文王不知道曲德妃的病情已有改善，他夜裡沒睡好，吃完早飯就在書房裡來回踱步，坐立不安。

若不出意外，今天曲德妃就會死，李熙那個瘋子肯定會發瘋……

文王特別想看到李熙發瘋的樣子，只是哪怕他敢去，沒有宮裡人的召見，成年王爺也不能隨意進宮。

文王生母早逝，他沒有藉口進宮看母妃；想去給皇祖母請安，他偏又不受老太太待見，求見三次有兩次被拒；若求見皇上，那得真有事才行。

過去為了多在太后面前亮亮相，他邀約過李凱一起進宮，可李凱去別處都相陪，就是皇宮絕對不會隨意去。

曲德妃是他的長輩，但因為曾經被廢太子調戲，幾個成年皇子離曲德妃從來都是遠遠的，更不敢去探病。

煎熬了一上午，晌飯後，文王讓人準備馬車進宮。他還是想第一時間聽到曲德妃病死的消息，藉口是給太后娘娘請安，即使進不去慈寧宮，至少也能進皇宮。

午後日頭烤人，街上行人稀少，文王的馬車跑得極快，兩刻多鐘就到了宮門。

此時太后剛午歇起床，聽說文王來請安，本不想見，但看看窗外燦爛的陽光，這麼熱的天二孫子還來請安，也是難得了。

「讓他進來吧。」

文王進殿給太后作揖道：「孫兒給皇祖母請安。」

老太太態度親和，笑道：「坐吧。」又吩咐宮女道：「端碗刨冰來。」

刨冰是食上搞出來的甜品，這個夏天已經風靡整個上京城，是最好的解暑之物。宮女很快端上一個白玉瓷碗，最上面鋪了一層紅色西瓜丁、綠色葡萄乾及紫色紅豆沙。

文王吃完刨冰，又跟太后說了幾句不知所云的話，太后露出疲乏之色。

文王起身告辭後沒有立即出宮，而是帶著隨身太監去了玉清池的南邊，那裡離曲德妃住的永和宮比較近。

他站在柳樹下「望穿秋水」，待到日暮時分，也沒聽到曲德妃薨了的消息，他神色凝重，不得不相信這一世連這個重大的轉折都改變了。

怎麼會這樣？他的心如抽空一樣難受。

文王身邊的公公再次提醒道：「王爺，該回了。」

文王只得向宮門走去，背都有些駝了。

變數應該就是「沈老神醫」的出現，明明他的人一聽說老神醫的下落就開始在尋找了，卻遲遲沒有下文，真是沒用的東西！

文王不得不悲哀地承認，這一世自己依然很沒用，不受皇上待見，舅家也不得勢，身邊一個像樣的人才都沒有，重生後招了一些人，多為烏合之眾，想弄出個文王一黨都不成……

他真的想不透，本該死的人為什麼沒死？既然上天讓他重生，他就是得上天眷顧之人，是有大福氣的，可為何不能心想事成？

出宮後，他沈臉說道：「去別院。」

那隨身太監的腿顫抖了一下。沒找到新貨，彩雲卿又該遭罪了。

而此時的扈莊，被餘暉籠罩的庭院安靜祥和。

東廂裡，老神醫正美美品嚐著面前的兩菜一湯。兩菜一湯是老神醫的要求，美味要頓頓吃、慢慢品，不能浪費，他最鄙視那些浪費糧食和暴殄天物的人。

江意惜剛剛從孟家莊看望老國公回來，老國公特別想結交老神醫，不僅是佩服他的醫術和人品，還想把付氏毒害人的小綠寶石給他看看，神醫走南闖北採藥治病，對毒物應該也有所研究，他想知道那種石頭有沒有解藥。

只是江意惜跟他說了老國公想結識他的想法，老頭兒就是搖頭不願意，這時水珠來提醒。「大奶奶，妳的齋飯做好了。」

江意惜這才去上房吃齋，天色已晚，屋裡廊下點上燈，水珠來把東廂的碗盤收走。

老神醫吃飽喝足，一臉的滿足，用完齋飯的江意惜又來到東廂，悄聲形容了付氏的小綠寶石，關於那顆石頭的形狀顏色、對人和花草的毒性，把所有知道的細節都說了，這是今日老國公交代她問的。

老神醫聽完，直接問道：「這是番烏僧帶過來的石頭吧？」

見江意惜點頭，他又說道：「那就是了，這種石頭不是有毒，而是石頭本身帶了一種對人體有害的東西，像光和熱一樣向四周散發，沒有解藥，侵害性不算厲害，只要用鐵盒裝著，裡面多放些鉛，埋在地下埋深些即可。」

次日，江意惜把這些話傳給老國公，老國公因此更加佩服神醫的見多識廣。

六月末，江洵來了扈莊。

雖然江洵是御前帶刀侍衛，但他是江浩的後人，小虎頭掛件的真正主人，老神醫不僅不排斥他，還很喜歡這個愛笑的探花郎。

在江意惜介紹過兩人後，江洵驚喜地給老神醫磕了頭，感謝老神醫教姊姊醫術，治好了姊夫的眼疾，連帶他和姊姊的命運也隨之改變。

老神醫把他扶起來笑道：「我們祖上既有淵源，你叫我沈祖父即可。」

晌午，水珠做了五菜一湯，一老一少正準備入席，吳有富突然來傳話，說老國公來拜訪了。

老神醫沈了臉。

「不見，若他仗著這裡是他孫媳婦的莊子硬闖進來，老夫這就走人。」

窗外傳來孟老國公的聲音。

「老哥哥，往事如煙，那些事已過了近百年，你我的祖輩各為其主，沒有對錯，說句大不敬的話，朝代更替，是歷史的必然，誰也改變不了。如今國泰民安，比前朝後期的民不聊生強多了……你何苦那麼執著呢？」

老爺子聲情並茂，說了許多，這些話也正是江意惜想說的，老神醫有權利可以選擇不給哪些人看病，但實在沒有必要為了前朝而仇視當朝，這樣很容易招禍上身，而且，前朝末代皇帝是個暴君，那時苛捐雜稅眾多，百姓生活在水深火熱之中，比晉和朝這幾位皇上差遠了。

老神醫也知道這個道理，子孫沒少勸過他，但他就是拐不過彎，今天孟老國公一席話，讓他陷入了沈思。

江意惜也低聲勸慰了幾句，她沒說皇帝的好，而是說起了老國公的事。

「師父，十年前西涼攻打晉和朝，是祖父帶兵打退了韃子，讓黎民百姓免遭生靈塗炭，祖父是忠臣良將，深受百姓愛戴，師父不該因為痛恨晉和朝的開國皇帝就牽連我祖父，那些過往早已逝去，該揭過了。」

江洵也笑道：「是啊，孟祖父是很威風厲害的，我還是第一次看見他如此低聲下氣，呵呵。」

老神醫側頭望向窗外。物過人老，千載不變的是白雲悠悠、綠水長流，自己還執著什麼呢？

糾結老頭兒的心結終於打開，他展眉笑了兩聲，說道：「是老夫著相了，洵兒，代我把老國公請進來。」

江洵喜孜孜出去把老國公請了進來。

江意惜已滿上兩杯美酒，兩個老頭兒舉杯飲盡，一笑泯恩仇。

江意惜又給他們滿上酒，自己回上房吃素，兩個老頭邊吃邊說，相見恨晚，到了未時才吃完，都喝醉了，江洵和幾個下人把他們服侍上床歇息。

到了晚上，孟老爺子還有話想跟沈老神醫促膝談心，非要賴在扈莊住不可，扈莊地方不大，江意惜住在內院，除了江洵能住內院，兩個老頭兒都不好住進來，只得兩人住一間。

第二天，老國公還索性讓人把他的行李和啾啾搬來，直接在扈莊住下來。扈莊更熱鬧了，每天都有好酒好菜，兩個老頭過得極是愜意，品茗下棋吃美食，再賞賞花、逗逗貓和鳥……

江意惜還兌現諾言，給李珍寶寫了信，以孝敬老國公的名義跟她借了兩位食上的廚子來扈莊做菜。

江意惜抄經茹素滿十二天，曲德妃的心疾好多了，平王賞了以楊御醫為首的幾個御醫，平王妃又讓人送了禮物去成國公府和扈莊，孟老太太也遣人送信來，讓江意惜繼續茹素抄經，直至德妃娘娘病癒。

江意惜在這裡過得非常開心和充實，只一件事有點遺憾，那就是雖然天天都能聞到美食的香味，但因為吃素的關係，一口都不能嚐。

七月初，孟辭墨陪祖母去孟家莊看望老爺子。這當然是託辭，孟老太太實際上是前往扈莊，請老神醫看了宿疾，老神醫說她的宿疾已控制得很好，另外給她開了藥調理身子，又親自施了針。

得傳說中的沈老神醫親自施針，讓老太太開心不已，回去後的幾天都精神亢奮，覺得身體強健了不少。

之後，江意惜又悄悄把李珍寶接來扈莊，李珍寶知道老神醫的真實身分，喜笑顏開，一連住了三天，做的菜品頓頓不重複，尤以河鮮和海鮮居多。

李珍寶的手藝並不比食上廚子好，但因為她是食上的創始人，又身分高貴，老神醫吃得開懷，不僅給她開了藥調整身子，還應她的請求給她家長輩開了補藥。

這所謂的長輩當然是太后娘娘，李珍寶沒有明說，但老神醫沒有二話地開了方子，心中沒有了恨，沒有了執念，輕鬆多了。

一晃到了七月中，曲德妃的病已大好，但因此更擔心兒子的心病，平王妃跟她說了她犯病後平王差點情緒失控的情形，想到兒子去皇陵後的性格變化，曲德妃著急又難過，責怪自己大意，被趙貴妃和英王設計而遭到太子調戲，因而讓皇上誤會她，將他們母子趕去皇陵。

兒子向來溫和孝順，沒有爭強好勝之心，因此變故而產生自責，覺得是自己沒用，才讓母親受此奇恥大辱，之後便開始謀劃，誓要登上大寶，殺死仇人。

他表面脾氣依舊溫和，可一旦發怒就像變了一個人，身邊服侍的人多次受傷，連勸誡的平王妃也沒能倖免，好幾次都是自己把兒子從憤怒中喚醒。

平王清醒後又異常後悔，會補償受傷的下人，對平王妃也更多了幾分疼惜，也因自知一暴怒就無法控制自己，之後便學著壓抑脾氣，儘量不發怒。

只是曲德妃和平王妃仍是不時為平王擔心，平王妃暗自惶恐，若將來婆婆不在了，王爺沒控制住情緒又發怒怎麼辦？平王的心病她連娘家人都沒敢說，一直深深埋在心裡。

曲德妃也害怕，若自己哪天死了，沒人勸解兒子，兒子闖下大禍可就來不及了，這件事，她只悄悄跟兄長曲瀾透露過，希望兄長留意一下會治這種病的大夫，另外在病重的時候也跟孟辭墨交代了，若王爺真的犯病，必要時孟家也能幫忙。

這一日，孟辭墨進宮探望曲德妃，實際上是送江意惜特製的「秘藥」，看到曲德妃已經能在平王扶持下在屋裡自由走動，他很是開心，和平王說了幾句話後，皇上有事召見，平王便急急離開了。

曲德妃這時屏退左右，悄悄跟孟辭墨講了平王的症狀，請他去問老神醫有沒有法子醫治，她早已知道給自己治病的人實際上是沈老神醫。

孟辭墨想起江意惜手上的西雪龍，沒好直說，垂目說道：「是，屬下去問問老神醫。」

曲德妃溫柔地點點頭，悄聲道：「這是熙兒的秘密，不願意為外人所知，熙兒睡眠一直不太好，就以療治睡眠為由，這事由我跟他說。好孩子，你要記住，萬不能讓熙兒知道你知曉他的心病。」

「是。」

「唉，伴君如伴虎，本宮在皇宮待了那麼多年，也是在被趕去皇陵後才真正明白這個道理，之前再好都是虛幻的，只要登上那個位置久了，一切都會變，孩子，若熙兒真有一日登上大寶，你更要謹言慎行，順著他的脾性……」

孟辭墨沒想到曲德妃會跟他說這些話，心裡一暖，抬眼說道：「是，姨母，謝謝提點。」

這是孟辭墨第一次叫她「姨母」，曲德妃眼裡湧上淚意，慈祥地看了他片刻，輕嘆了口氣。

「都是本宮沒本事，才讓妹妹年紀輕輕就遭人害死，本宮對不起她，也對不起你和月丫頭，更對不起熙兒，害他變成那樣。唉，這宮中富貴，可說是數不清的白骨堆出來的……」

月底，曲德妃病癒，孟辭墨親自去扈莊接江意惜回府，順道跟老神醫轉達了曲德妃的請求，依然沒透露曲德妃和平王的身分，只說是對孟家有恩的親戚。

老神醫一聽即道：「這明顯是心病，還好不是很嚴重，若再嚴重恐怕會發狂演變成失心瘋，到時就難醫了，現在若以西雪龍入藥治心病最佳，只不過這藥難尋，用其他藥也不是不行，但發揮療效需時較久。」

江意惜笑起來。「可巧了，我正好有西雪龍，是愚和大師送我的。」

孟辭墨早已從府中帶來了西雪龍，立刻從懷裡取出交給老神醫。

老神醫打開油紙包一看，笑道：「還真的是！此物難得，老夫三十幾年前曾經得到幾條，之後再未見過，有了此物，再輔以施針和情緒安慰，這心病必有轉機。」

孟辭墨苦惱道：「施針恐怕不行，此人不便出京。」

至於情緒安慰，還好德妃娘娘病已大癒，她性情溫婉，言語溫柔，平王又極孝順，她的話平王還能夠聽進去。

「那也無妨，用藥才是關鍵。」老神醫仔細翻看西雪龍，說道：「我看三條夠了，給老夫留一條傍身。」

江意惜毫不猶豫欣然答應，老神醫接下來便開了藥，把三條西雪龍加艾片一起搗成粉，用小木片刮分成三十份，一包包包好。

「來，每次熬藥加一份，連吃三個月，病症應該能好八成以上，若是未見效，恐怕是沈痾難治，已非藥物的原因，老夫也沒法子了。」

孟辭墨大喜，抱拳謝過。

江意惜要回去了，一併要帶走許久沒歸家的花花，兩個老頭很不捨，把他們送至官道旁才止步。

老國公早說了，天氣熱他不回去，會住到天氣涼快再回，因此他便和老神醫繼續留在扈莊，兩人分別住在內院東廂南北屋。

這時候扈莊後的兩排房子也建好了，有足夠的下人和護衛守著，孟辭墨也不必擔心兩位老爺子的安全。

第五十四章

轉眼三個月過去，已是十月中。

在愚和大師的帶領下，江南、湖廣一帶種出高產量農作物，大大緩解了饑荒災情，這件大事惠及全國各地，也讓皇上和文武百官喜不自禁。

孟老國公和沈老神醫依然住在扈莊樂不思蜀，期間，老爺子只在八月十七、九月初六回家兩次，一次是小音兒滿周歲，一次是孫子孟辭晏娶媳婦。

老神醫則是已把喜歡吃的美食嚐了三遍，還捨不得走，又列出想嚐第四遍的菜品。

平王的「失眠症」也治好了，人長胖了不少，曲德妃召江意惜進宮時說，這段時間平王沒有發過脾氣，幾乎恢復了從前的穩定、溫和性子，當然，這幾個月也沒發生什麼會激怒平王的大事，如今老神醫已經讓平王停藥了，曲德妃還會繼續開導兒子。

十月初十，在江意珊出嫁前夕，在江伯爺和三老爺的強烈建議下，江家私下分了家，三個房頭雖然仍住在武襄伯府，但已議定老太太跟著大房生活，待老太太去了，二房、三房要搬出去。

分家的起因是大房和三房在錢財上起了爭執，已不願意在一個鍋裡舀飯吃，但另一方面也是基於江伯爺當初對孟辭墨的承諾，便同三老爺一起在老太太面前唱了一齣戲。

老太太本不願意分家，卻也不願意疼愛的大兒子和三兒子起齟齬，更怕兄弟失和的消息傳出去，影響他們的好前程，於是便咬牙同意，至少維持表面的平和。

由於老太太跟著大房住，分家後便協議好，前院和後花園、馬廄為三個房頭共用；至於內院，大房持有一半，另一半由二房和三房持有，但因二房人少，目前又沒有女主人，所以二房在內院的占地比三房小，算一算只有江意惜出嫁前住的灼園和隔壁江意柔院子及周圍一片地方。

另外除了本該給江洵的四千兩銀子聘禮，二房又分得六千兩銀子、八百畝地、擺件若干及四房奴才……聽著好像價值不少，但將來江洵若娶了媳婦，再買個宅子，也剩不了多少。

而且老太太當初幫江洵「代管」的禮物至少還有一半未交出來，不過即使這樣，江洵還是願意分家。

老太太還要江洵承諾，將來他有出息了，不能忘了大伯和三叔的好。

江洵當然知道該孝敬長輩的還是要孝敬，逢年過節也在一處過，就是錢財上分開了，各房管各房的。

這件事一旦底定，老太太也生不了事了。

十月十八，天空下起了今年第一場雪，氣溫驟然下降。

今天江意珊嫁人，江意惜領著小存存、黃馨、孟繡回江家吃喜宴。

江意珊是大房庶女，宮家又名聲不顯，來恭賀的大都是親戚，只有少數跟江伯爺一樣的落魄勛貴和低階官員。

江伯爺有些失望，江家最體面的女婿孟辭墨今日不能來，他保護皇上及妃子、皇子去皇家道觀福相大殿祈福去了，連三女婿祁安白都沒來，他特別盼望文王和雍王世子能像上次一樣莫名其妙來恭賀，可惜等到快晌午也沒來，好在珍寶郡主和鄭少保府有遣人送來賀禮，讓武襄伯府比較有面子。

江老太太身體不太好，女眷、孩子們都去了江大夫人住的正院。江家四個姊妹都回來了，三個帶著孩子，一臉歡喜，只有江意言是一個人回來，一臉戾氣，好像誰得罪了她一樣，相由心生，江意言眼裡的凶光比在娘家時還重。

新娘子江意珊盤腿坐在床上，眾人說著吉祥話，郭捷和存存幾個孩子眼睛不眨地看著新娘子，直誇她漂亮。

江意珊眼裡的幸福和喜悅刺得江意言胸口痛，她張了張嘴，當著江意惜的面還是沒敢亂說話。不止娘家，就是婆家也不許她得罪江意惜。

等江意惜一出屋，她就撇嘴說道：「一個八品小官，一個小庶女，能過什麼好日子，也值得樂成這樣？」

她特別不舒服，之前在自己面前連頭都不敢抬的小庶女要嫁人了，大家比她嫁人時還開心。

江意珊眼裡湧上淚水，咬著嘴唇沒說話，江意柔冷哼道：「只要夫妻和睦，就是嫁給平民百姓也幸福得很，如果經常挨打，嫁的人官再大、錢再多有什麼用？」

後半句話直戳江意言的痛處，江意言怒道：「江意柔，妳有種再說一遍！」

江意慧皺眉說道：「三妹，今日是五妹的大喜日子，要鬧事，妳就走吧，以後也不要回娘家了。」

她是第一次發脾氣，也是第一次拿出長姊的款兒，一個族中嫂子趕緊把江意言勸出去。

外頭，一陣爆竹聲中，新郎官來接親，江晉揹起新娘，將新娘送入花轎，江家幾兄弟都跟著去送親，眾人說笑著，沒有嫁女的傷懷，只有一個婦人躲在角落裡抹眼淚。

她是江意珊的姨娘，今天有一席座位，坐在廳屋裡的一個繡墩上，一路看著五姑娘和五姑爺給江伯爺和大夫人磕頭拜別，然後五姑娘上了花轎，娶親的隊伍緩緩離去。

吃完喜宴是看戲，江意惜不愛看戲，帶小存存回灼園歇息，江意慧帶著郭捷一起去了二房。

內院已經用磚牆隔成三個大院，二房的院子還沒整理，一切都是原樣，目前規劃以後把兩個小院打通，重新改造一下，能給女主子住，北邊再建兩棟廂房，當作廚房和下人房。

江意惜四處看了看，這裡很逼仄，若鄭婷婷嫁進來住在這裡，的確委屈她了，不過這只是暫時，將來搬出去就好了。

小存存已經睡著，由乳娘抱去廂房歇息，江意惜和江意慧敘著家事，郭捷很老實地坐在一旁看千字文。

江意惜笑道：「捷哥兒這麼用功，將來準有出息。」

江意慧笑得溫柔。「我也盼著呢。」

江意惜看著郭捷的側臉，皮膚白淨如玉，鼻子直挺，稍稍有點勾，大而黑的眼睛認真盯著書看，小嘴一張一合默念著，心裡仍有疑惑，總覺得他長得像某個人，不止是趙元成或趙家的誰，不過江意慧一打岔，那點疑惑又沒了。

申時初，戲唱完了，客人們陸續離開，江意惜等人去如意堂給老太太告辭過後便各自離開江家。

回到成國公府天色已經擦黑，江意惜帶著存哥兒、孟繡、黃馨先去福安堂。

才剛進福安堂，知道娘親哥哥去當客人的小音兒又大哭起來，小存存跑過去哄著。「妹妹，娘親和哥哥一直想著妳呢。喏，這是送妳的。」

他左手遞上一支食上出品的「棒棒糖」，右手遞上一個舅舅刻的小木頭玩偶。

音兒大哭著，不耽誤雙手抓東西，江意惜笑著把她抱過來。「不哭不哭，外面太冷了，娘不好帶妳一起去……」

孟繡喜笑顏開講著新娘子的事，劉氏眼神溫柔地看著她，感到欣慰。女兒已經完全融入孟家，比在牛家和劉家時開朗多了。

黃馨四處張望。「我娘還沒回來？」

孟月白天去了李三奶奶家，今天是李三奶奶二十八歲生辰。

老太太的眉頭不禁皺了起來，大孫女從來沒這麼晚回來過。「是啊，也太晚了，我跟月丫頭交代過要早點回來，也告誡了婆子丫頭，不許黃家人跟她接觸，也不許她不讓下人跟著……」

每次孟月出門，老太太都要念叨一堆注意事項，這是老爺子和大孫子交代她的。孟月比小小的黃馨還讓人操心，那麼大的人，難得交個朋友也不能阻止她，可又怕她交友不慎，被騙了還不自知……

江意惜邊哄著音兒邊聽著，眼前突然閃過郭捷的模樣，她終於抓住一絲脈絡，心不由往下一沈。

她知道郭捷像誰了，居然跟李嬌長得有些像！

再想想文王的樣子，李嬌長得一點也不像文王，文王又沒有其他女兒……那麼，有沒有可能，文王不能生育，李嬌根本不是他的親生女兒？

這個猜測一冒出頭，更多的疑惑湧入她腦海，一點點串了起來——

少婦失蹤案是在文王摔下城樓後開始發生的，也就是在文王重生之後，難道會跟文王有關？

目前為止，淫賊下手的目標看似是鎖定二十歲以上的小媳婦、富家少奶奶，但如果從另一個角度看，現在受害者包括趙元成的媳婦、平王側妃的妹妹、沒有得手的江意慧，也可以說那個人要找麻煩的對象很可能實際上是英王府、平王府、趙家，因為對直系女眷難以下手，就找親戚下手。

對江意慧下手的原因，不止她是平王府的拐彎親戚，還有可能跟郭捷有關，透過郭捷的樣貌，能看出李嬌不是文王親生的。

李嬌的生母是文王的侍妾，生了孩子後才升為側妃，那個女人可能也去過百子寺求子，或是透過什麼其他途徑，跟趙元成有了首尾，生下李嬌。

文王前世就發現了這件事，窩囊一輩子的他最後死於非命，重生而來，他要報復給過他屈辱的英王及趙家，還要報復他痛恨的平王。而所有受過的屈辱和仇恨裡，他最不能忍受的是女人的背叛，而最容易報復的，也是女人。

文王將白春年招為己用，讓白春年純熟的擄人手法引開官府的注意力，當這一連串的少婦案件定調為連環姦殺案，任誰也想不到背後其實有人指使，最終目標針對的還是平王府和英王府。

想到孟月的單純，敵人往往會挑最薄弱處下手，江意惜警覺地說道：「祖母，快讓人去找大姊，在那些失蹤案水落石出之前，府裡二十以上的小媳婦都不要隨意出門，三弟妹雖然還沒到二十，但她也要注意。」

她又對身後的水草說道：「去前院等著，二老爺和大爺一回來，請他們趕緊過來議事。」

孟三奶奶凌氏今年十八歲，為了綿延子嗣，她隨孟辭晏住在上林縣，休沐日才回家。

眾人都緊張起來，黃馨嚇哭了。「娘……我娘還沒回來……」

三夫人問道：「辭墨媳婦，妳這話是什麼意思？」

江意惜道：「我有一個猜測……」看看眾人一片擔心之色，又放緩了口氣，安慰道：「沒事的，只要我們時刻保持警覺，壞人就找不到機會下手。」

這時，孟月的大丫頭綠翡突然跑進來，臉都哭花了。她一下跪在老太太面前，哭道：「老夫人，大姑奶奶失蹤了！」

老太太一下站起來，身子晃了晃，厲聲問道：「說清楚。」

黃馨嚇得尖聲大哭起來，江意惜趕緊把她摟進懷裡。

綠翡哭道：「我們回府的時候路過錦絲繡坊，大姑奶奶說那裡新進的蜀繡竹下花熊炕屏好看，想去買一座孝敬老夫人，買下後，大姑奶奶說肚子痛想上淨房，夏至就陪她進去，奴婢幾人在淨房外等著，等了大半刻多鐘還沒出來，奴婢敲門，裡面沒有聲音，奴婢嚇壞了，開門進去，只見夏至倒在地上，大姑奶奶不知所蹤，我們找了很久都找不到人……」

老太太晃了幾晃，被人扶著坐下，整個人都傻了，哭都哭不出來。

黃馨哭得更厲害，江意惜摟著她安撫道：「莫怕，我們會把大姊救回來。」

她把懷裡的黃馨交給二奶奶，起身出門，沒理哭喊叫著娘親的音兒，急步出了二門，又朝外書房方向走去。

外書房燈火通明，成國公和孟二老爺在院子裡來回踱著步。他們方才得知孟月失蹤的事，已經讓人去召集護衛待命，為了孟月的名聲，此時不好報官，要找人又不知該從何處下手，正焦急地盼望孟辭墨快些回來。

成國公眼睛都急紅了，背著手轉圈暴走，見大兒媳婦來了，立即迎上前說道：「辭墨媳婦，怎麼辦？」

江意惜道：「趕緊讓人把護衛隊的孟同管事、王浩副管事、孟香叫來，再把府中護衛、年輕僕人集中起來，若大爺不能馬上回府，公爹要立刻帶人尋人去。」她不放心成國公，又道：「我也去，二叔在家等大爺，若他回來，讓他趕緊去找我們會合。」

二老爺道：「好，已經讓人去叫孟同和王浩了。」

想到劉氏曾經隨劉總兵打過倭寇，江意惜又對水靈說道：「去把太太和她手下的幾個婆子叫來，妳也去，對了，把花花抱著。」

孟月是女子，女人多，救人方便。

成國公又問：「我們去哪裡找人？總不能像無頭蒼蠅亂闖吧？」

此時他不知該怎麼辦，甘願聽兒媳婦的調遣。

江意惜說：「先去文王外室，彩雲卿那兒找人。」

她知道孟辭墨早在盯著文王府，文王不可能冒險在自己府邸幹那些壞事，最有可能是在彩雲卿的別院，這也可以解釋得通為何文王至今還能留著彩雲卿。

成國公鼓著眼睛大罵道：「是文王那個窩囊廢幹的？他娘的，幹不過男人，把氣發在女人身人！老子抄了他的家！」

二老爺忙道：「辭墨媳婦，擅闖文王外室的家，一定要有真憑實據，否則不好善後啊，文王再不得皇上待見，也是皇子。」

那個猜測八九不離十，但江意惜手上沒有真憑實據，只能說道：「如今情勢緊迫，顧及不到那麼多，早一點去，就能確保大姊早一點安全。」

成國公是個渾不吝，皺眉道：「老二太小心了，管他以後怎麼樣，趕緊把人找到，若晚了……」

他沒敢往下說，深深嘆了一口氣。月丫頭若被糟蹋了，以後還怎麼活？

江意惜道：「文王和皇上去了福相大殿祈福，一時半刻還不會回來，我們得快行動。」

她既盼孟辭墨早點回來，又怕孟辭墨回來得早，孟辭墨正隨行保護著皇室車隊，他回來得晚，文王去別院的時間也晚，他們就有多一些時間去救人。

不多時，劉氏和四個婆子就一身勁裝跑過來，手裡還拎著刀劍和鐵棍。

此時，劉氏的形象在成國公眼裡更加高大起來，還覺得她特別講義氣，忍不住讚道：「夫人威風。」

劉氏當作沒聽見，水靈也一身勁裝來會合，懷裡還抱著花花。她知道花花聰明，耳朵又靈敏，主子讓她帶花花去，一定是為了讓花花聽裡邊的動靜。

花花喵喵叫著，興奮得不得了，一下跳進江意惜懷裡。

一刻多鐘後，孟同、王浩、孟香都到齊了，院子裡聚集了一百多人，江意惜正低聲跟孟香幾人吩咐著，有人回報。「世子爺回來了！」

江意惜一抬頭，只見孟辭墨一身盔甲，面沈如水走過來。

「怎麼回事？」

她立刻迎上前，低聲快速跟孟辭墨講了事情始末以及她的猜測。

孟辭墨咬牙罵道：「那個王八蛋！」

他不敢耽擱，先讓人去平王府說一聲，請平王帶人支援，若文王不在別院，他勢必就得夜闖文王府，屆時需要平王幫忙。

他轉而又逐一吩咐眾人。「大夥隨我前往彩雲卿住的別院。孟香，到時領三十人去後門堵截，不能放走任何一個想逃的人。王副管事，你帶二十人擋在胡同口，不許任何人出去。孟管事和孟連山各領十人進左右兩個院子搜查，其餘人跟我進正院，若看到畫像中的男子，必須擒住，最好留下活口。」

彩雲卿住的別院極為寬廣，當時把左右兩個院子也買下，三個院子連為一體，可以出入的小門多，孟辭墨拿出官府懸賞通緝的白春年畫像讓下屬認清楚。

他們的人早就在監視文王府邸和其他別院，孟香和孟連山都知道別院的位置，幾個聲音齊齊回道：「得令！」

孟辭墨既然回來了，自然不需要江意惜去，他率領著眾人匆匆走了，花花又回到了水靈的懷裡，院子裡瞬間只剩江意惜和孟二老爺。

小雪依然在飄著，燈籠周圍的雪花變成紅色，似血般鮮豔，孟二老爺的眼裡已經沒有剛才的惶恐，老父親說，他不在，一切聽辭墨的。

二老爺在這裡等消息，江意惜回了福安堂。

除了二夫人和三夫人、二奶奶陪著老太太，綠翡和夏至被留下，其他人則都打發走了。

老太太哭得眼圈都紅了。「那個丫頭從來不讓我們省心，回娘家幾年，惹了多少禍事……跟她講了一遍又一遍，不要亂跑，不要耳根子軟，天都快黑了，還跑去繡坊做甚啊……」

江意惜不理老太太的數落，問夏至。「妳說說，到底怎麼回事？」

夏至哭道：「我也不知怎麼就睡過去了，醒來大姑奶奶就不在了。」

江意惜又問：「大姑奶奶怎麼知道錦絲繡坊有竹下花熊炕屏？」

夏至道：「李三奶奶買了一座，大姑奶奶看了非常喜歡，說花熊繡得比貓咪和小哈巴狗還可愛……」

看上錦絲繡坊的炕屏，從李家回來的路上又恰巧鬧肚子，李三奶奶是文王重生後開始跟孟月交好的……若李三奶奶沒問題，江意惜打死都不信。

她勸慰了老太太一陣子，回了浮生居，才發現黃馨不知何時跑來了這裡。

兩個孩子都睡了，只有黃馨坐在炕上哭，眼睛都哭紅了，見舅娘回來，又撲進她懷裡。

「舅娘……」

江意惜給她擦了眼淚，安慰道：「沒事，大舅已經回來，帶著人去救妳娘了，大舅那麼厲害，一定會把妳娘毫髮無損地帶回來。」

真能毫髮無損嗎？她也不確定。

黃馨聽說大舅帶人去救母親了，止了淚，相信只要大舅出手，肯定能把母親找回來。

黃馨不願意回自己的小院，江意惜讓人帶她去西廂南屋歇息，而後獨自坐在廳屋裡想事，望著一跳一跳的燭光，燭光裡浮現出文王的面孔。

若他真是做盡壞事，可是辜負了老天讓他重生的難得機會，這是自作孽，不可活……

孟辭墨和成國公、大夫人騎馬跑在前面，後面跟著幾十個騎馬的人和幾十個跑步前進的家丁，還有一個人騎驢。

騎驢的是水靈。她不會騎馬，只會騎驢，花花穩穩地在她懷裡。

孟辭墨幾人穿著盔甲，路上的行人以為是朝廷軍隊領著便裝衙役要趕去抓捕犯人，忙不迭地躲到路邊。

半個多時辰後來到一個胡同口，眾人按照之前孟辭墨的命令分開行動，此時水靈騎著驢子上前說道：「世子爺，花花好像有情況。」

孟辭墨把花花抱了過去，只見花花焦慮異常，一直喵喵叫著，像快急哭了，可牠的話沒人聽得懂。

「大姑、大姑在哭……」牠使勁叫著，還離得遠時，牠就聽到了孟月的哭聲和求饒聲，現在，孟月的聲音已經消失了，有男人稟報文王，說有一群人進了胡同，文王讓人把孟月藏進暗室，還叫一個人從後門逃跑……

站在文王別院大門口外，孟高山上前拍門吼道：「開門！開門！開門……」

好一會兒門才打開，一個男人堵在門口罵道：「瞎了眼的東西……」

孟高山一掌把他推進去。「滾！」

眾人衝進大門，院子裡又跑出十幾個護衛想阻擋。

「大膽狂賊，這裡可是文王別院！」

孟辭墨沈聲說道：「御林軍協同京兆府衙辦案，有人告發這裡藏匿朝廷要犯白春年，哪個敢阻撓，就是阻礙朝廷辦案。」

文王從垂花門裡走出來，陰沈著臉說道：「孟大人，這裡是本王的別院，沒有白春年，你們定是搞錯了。」

一直樂呵呵的王爺一下有了氣勢。

孟辭墨道：「沒錯，舉報的人說的就是文王別院。」

文王冷哼道：「不管是誰，都不許擅闖本王府第，來人，給我轟出去！」

護衛衝上去推搡孟辭墨帶的人，孟辭墨道：「那就別怪我不客氣了，統統拿下！」

「統統」二字，也就包括了文王，兩邊人當場打了起來，在人數懸殊的優勢下，文王的護衛幾下就被孟家護衛制伏。

文王也被人制住，怒極吼道：「大膽狂徒，你想造反？我明天就進宮稟告皇上，請父皇為本王作主，殺你全家！」

後面突然傳來更大的廝殺聲，文王的臉一下變得慘白。

不多時，孟香幾人就拖著一個人過來，那人的身上被砍了幾刀，已無反抗之力。

孟香道：「世子爺，這人妄圖從後門逃跑，被屬下當場擒住！」

文王冷笑道：「哼，你們不會以為他是白春年吧？他只是戲班子的人，來給本王和卿卿送話本的。」

孟辭墨走上前看了看那人，的確不是畫像上的白春年，但身材瘦小，跟白春年的身材無異。

他在那人臉上摸了一圈，在下巴摳了一下，接著一撕，那人痛得大喊一聲，一張薄皮面具被撕下，呈現在人前的，正是白春年的臉。

文王似也嚇了一跳，驚喊道：「原來這人易了容！本王不知道，他騙了本王！」

他心想，只要白春年不鬆口，他們找不到暗室，照樣拿自己沒辦法。

孟辭墨冷笑道：「把人帶下去，其他人繼續搜！」

文王怒道：「人你們已經抓到了，為何還要搜？」

孟辭墨瞄了他一眼，道：「我懷疑他有同夥。」

不多時，彩雲卿和別院裡的所有下人都被押來，孟連山回報道：「大人，院子裡的所有人都在這裡了。」

文王不想引起注意，每回來這裡，帶的人都不多，現在院子裡被押住的人全部加起來只有二十一人。

孟辭墨讓人把文王和他的護衛押進一間屋，彩雲卿和下人押進另一間屋，文王大聲罵道：「你個狗娘養的！居然敢這樣對待本王，你這是造反！本王是皇上的親兒子，皇上不向著本王還會向著你嗎？我呸……」

他明著是罵孟辭墨，實際上是在警告所有人都閉緊嘴巴，只要孟辭墨找不到暗室和其他證據，一到明天，他就能找皇上為他作主。

孟辭墨絲毫不理會文王的叫罵，逕自走進關押彩雲卿和幾個下人的屋裡。

幾個下人看到他都跪了下去，磕頭如搗蒜。「大人饒命！大人饒命啊！」

孟辭墨冷硬著臉看著他們，沈聲問道：「說，下晌被白春年抓來的婦人藏在哪裡？」

「大人饒命！奴才不知，每次有婦人被抓進來，我們就會被關進屋子，什麼都看不到，根本不知道發生了什麼事……」

「是啊，偶爾能聽到女人叫救命的聲音，可是她們的嘴被堵住，聲音很小，等到第二天，我們可以出屋子了，就再沒見到那些婦人了，真的不知道她們去了哪裡啊。」

「大人，是真的，我們不敢撒謊。」

他們神色惶恐，的確不像說謊，孟辭墨看向彩雲卿，目光裡冒著怒火。

彩雲卿臉色蒼白，身子發抖，輕聲道：「我跟他們一樣，只要有王爺不想讓我看到的，就會把我關起來。」

孟辭墨不相信她的話，上前一把捏住她的脖子，咬牙說道：「說！不說我擰斷妳的脖子。」

彩雲卿痛苦得差點沒氣，流著眼淚搖頭道：「大人，是真的，我真的什麼都不知道……」

孟辭墨斬釘截鐵道：「若妳說了實話，就算舉報有功，即使文王被判有罪，妳也會輕判，甚至無罪。」

彩雲卿依然搖頭。「不……我真的不知道……」

她不敢說，文王折磨人的手段她受不了，而且，若她敢出賣王爺，王爺不會放過她，也不會放過她家人……

劉氏見狀，上前說道：「大爺先去搜人吧，我來跟她說。」

孟辭墨看了大夫人一眼，把人交給她，轉身出了房間。

與此同時，屋裡屋外找遍、後花園掘地三尺也沒找到可疑的地方，成國公有些狐疑。

當孟辭墨來到後花園確認情況，成國公悄聲問道：「是不是搞錯了？一點線索都沒有，若月丫頭真不在這裡，哪怕抓住白春年，我們也闖大禍了。」

孟辭墨不死心，大手一揮。「繼續搜。」

這時，花花一竄而過，水靈急忙跟上喊道：「世子爺，花花好像發現了什麼！」

花花又張嘴喵喵大叫，孟辭墨迅速帶人跟上，去到了左偏院的柴房。

花花趴下，把一隻耳朵貼在地上，喵喵叫著，牠聽到了地面下的聲音，非常非常小，聽了許久才聽到。

孟辭墨聽不懂牠的貓語，但知道自家貓是貓精，尤其耳朵靈敏，牠如此，應該是在這裡聽到了什麼。

孟辭墨帶人在柴房裡找了一圈，依然沒找到機關，就在這時，成國公突然意識到了花花的行為代表什麼。

「在地下，地下有密室！」

孟辭墨和成國公對視一眼，立刻讓人把彩雲卿帶來。

彩雲卿被婆子架過來，孟辭墨道：「我們已經知道這下面有密室，再給妳一次機會，說了機關在哪就是舉報有功，不說，妳就是從犯……不，是主犯，茲事體大，那麼多條人命，文王可擔不起，到時所有罪行都會推到妳和白春年身上，可能被判剮刑也不一定。」

彩雲卿嚇得雙腿癱軟，被婆子架住。

劉氏語氣充滿憐惜地說：「從妳身上的那些傷看來，文王就是個變態，妳此時說了，正好可以脫離苦海，不說，妳的下場比文王更慘。我也是女人，看到妳那些傷心疼才提點妳幾句，妳別再傻下去了，孟世子給妳一個立功贖罪的機會，妳要抓住了，為自己脫罪。」

彩雲卿的眼淚落下來。「我不怕死，可我怕我家人……」

孟辭墨道：「這個妳放心，我們孟家還沒有護不住的人。」

彩雲卿指了指隔壁的小門，這間屋是下人的恭房，之前搜查過，沒有問題，護衛上前把門打開，裡面傳出一股臭味。

彩雲卿被架到門口，她指著前面一處糊著屎尿的磚牆說：「我只知道通道在那裡，怎麼打開不知道，你們放心，王爺回來得晚，那個女人應該還沒事，只是挨了幾鞭子，你們就趕來了。」

孟辭墨大鬆一口氣，成國公激動得眼淚差點落下來。

孟香走過去，將火把對準牆面照了照，依然沒有什麼發現。

孟辭墨說：「直接拆牆。」

幾個護衛聽了，拿來鐵鍬、鐵棒敲牆，不一會兒就敲出一個大洞，這面牆和隔壁的牆之間有一個一尺多寬的暗格，地上有一塊青石板，幾個人再把青石板挖開，出現一個地洞。

孟辭墨怕孟月衣不遮體，從一個護衛手裡拿過火把，他要一個人先下去。

孟連山怕下面有危險，阻止道：「世子爺，讓小的先下去。」

孟辭墨沒理他，水靈又道：「還是奴婢先下去接應大姑奶奶吧。」

孟辭墨道：「妳跟在我後面。」

孟辭墨最先下去，水靈接著下去，劉氏緊隨其後，幾個婆子也跟著跳下洞中，一股惡臭撲面而來，前方又是十幾階通往下方的石階。

孟辭墨走到石階盡頭，眼前豁然開朗，面前是一間一丈見方的地下室，裡頭空無一人，只有牆邊擺著十二具骨架，肉沒了，毛髮和衣裳還存在，讓人看得毛骨悚然，水靈嚇得低叫一聲，又趕緊捂住嘴。

另一邊有一個大衣櫃，上面還有一把鎖，衣櫃裡傳出一點動靜。

孟辭墨走到櫃前，把手中的火把遞給水靈，撬開鎖打開櫃門，只見孟月被綁住手腳坐在裡面，嘴裡塞著帕子，披頭散髮，只穿著中衣中褲。

她看到孟辭墨流出淚來，嘴裡「唔唔」發出聲音。

「大姊莫怕，弟弟來救妳了。」

孟辭墨把孟月抱出來，劉氏取出她嘴裡的帕子，給她鬆綁。

孟月抱著孟辭墨哭起來。「弟弟，你終於來了，我以為我死定了……」

她的衣裳上有幾道血痕，一邊臉也被打腫了。

孟辭墨極為心疼，輕拍她的後背溫聲安慰道：「沒事了、沒事了，弟弟帶妳出去。」

劉氏從背後取下一個包裹，裡面有一件帶帽子的黑色斗篷，她拿了出來給孟月披上。

孟辭墨感激地看了她一眼，自己竟忘了帶件衣裳。

水靈要揹孟月，孟辭墨搖頭，他要親自把姊姊揹出這個罪惡之地。

水靈最先出去，讓不相干的人避開，孟辭墨揹著包裹嚴實的孟月出來，劉氏最後一個出來。

孟連山已經讓人從後院趕來一輛馬車，劉氏和孟月、水靈坐進去，花花也跳上來。

孟辭墨道：「連山趕車送她們回家，爹也回去，王管事去京兆府報案，高山把平王爺請來。」

這麼大的事，必須要報京兆府，明天刑部和大理寺也會參與進來，孟月被擄的事不可能壓下，她雖然沒受到文王侮辱，名聲卻已毀了。

「弟弟……」馬車裡傳來孟月的哭聲。

孟辭墨低聲道：「姊，妳已安全了，父親和太太先送妳回家，我還要處理剩下的事，把害妳的人繩之於法，讓他們不能再害人。」

沒有了文王猙獰的聲音，沒有了那股惡臭，趴在劉氏厚實的懷裡，再聽到弟弟要懲治壞人的話，孟月才確定自己已徹底安全，她嚇壞了，摟著劉氏大哭，哭聲淒厲，還斷斷續續喊了幾聲「弟弟」。

劉氏用手輕輕拍著她的後背。「無事了，無事了，老公爺和大爺會為妳善後，把影響降到最低……」

成國公騎馬走在馬車旁，聽到裡面的哭聲和劉氏溫柔的安慰聲，眼睛潮熱。

閨女遇到危險，第一個想到的是弟弟，而不是自己這個爹，劉氏安慰她，說的是老父和辭墨會幫她，而不是自己這個丈夫。

也的確是自己沒用，四個兒女，只有辭墨安安穩穩過日子，一兒一女不知現在如何，這個長女又不知將來會如何……曲氏已杳，自己心悅的付氏看著美麗溫柔，卻差點害了自己的家，三個兒女也毀在她手裡。而劉氏，看著凶悍，卻有這樣溫柔良善的一面……妻賢夫禍少啊。

雪已經停了，寒星閃爍，清冷的星光照在雪地上泛著銀光。

一輛馬車和十幾個騎馬的人快速在街道上跑著，四個巡視的士兵發現他們，跑了過來，一看是成國公，都抱拳施禮，沒有多盤問。

一行車馬到了成國公府，馬車直接進內院，去了孟月的院子。

已經有人先一步回府告訴了江意惜，江意惜扶著老太太在那裡等孟月，聽說孟月無事，兩人七上八下的心才都放進肚子裡。

現在是丑時初，外面靜悄悄的，還清了場，其他下人都在後院，廳屋裡只有林嬤嬤、綠翡、夏至。

孟月被劉氏扶進廳屋，老太太抱著她哭起來。「月丫頭，我苦命的孫女……」

孟月哭聲淒厲。「祖母，我沒臉見人了……」

老太太哭道：「有老公爺、有辭墨，妳會無事的，回孟家莊暫住段時日，等風聲過了再回來……」

江意惜又勸了二人幾句，林嬤嬤等人服侍孟月去淨房沐浴。

劉氏告辭。她是後娘，有些話還是由親祖母和親嫂子說好。

之後，孟月被勸著吃了點粥，又喝了安神湯，拉著老太太和江意惜的手，才迷迷糊糊睡著。

離去前，江意惜讓下人一定要把孟月看好，不能讓她出意外，然後她又把老太太送回福安堂，待回到浮生居，已經丑時末，孟辭墨還沒回來。

江意惜把已經歇在西屋的花花抱去臥房，花花睡得賊死，江意惜拎耳朵摳肚皮揪鼻子才把牠弄醒。

花花繪聲繪影地講了晚上找人的過程。

「大姑手腳被綁著，嘴被堵著，只能發出很小的唔唔聲，人家就聽到了，告訴了水靈和孟老大。」

江意惜親了牠一口，感激地說：「寶貝真能幹，謝謝。」

若沒有花花幫忙，彩雲卿再咬死不說，三個大院子掘地三尺也找不到那間密室。

次日吃完早飯，遣退下人，江意惜非常鄭重地同黃馨談了話。

知道母親被救回來，雖然沒有出事，但那件事牽扯進文王和白春年、十幾個受害人，不可能瞞下，黃馨還是難過地撲進江意惜懷裡哭起來。

江意惜道：「時間能治癒一切，過些時候人們就會漸漸淡忘這件事，妳是聰明孩子，要安撫好娘親，不要讓她走極端，陪她捱過最艱難的日子……」

黃馨哭了一陣，抬起頭說道：「謝謝大舅，謝謝舅娘，你們又一次救了我娘。我知道，我長大了，不能事事都靠你們，我會勸我娘，為了我，為了你們，她也應該堅強起來……」

多懂事的孩子！江意惜眼裡有了濕意，用帕子擦乾她的眼淚，柔聲道：「好孩子，妳娘是有福的，有個好兄弟，還有一個好閨女。」

兩人一同去了孟月院子，夏至等在院門口，低聲跟她們說道：「大姑奶奶醒來後一直哭，還要上吊……」

黃馨一聽便慌了，一溜煙小跑進了屋。

孟月坐在房裡捂臉痛哭，林嬤嬤在一旁拭淚。「妳們攔我做什麼，讓我死了算了……」

黃馨跑過去摟著孟月哭道：「娘，妳死了，女兒怎麼辦？女兒已經沒有爹了，不能再沒有娘啊！沒有娘的孩子多可憐，想想娘和大舅小時候，再想想大舅，為了娘和我能好好生活操碎了心，若娘有個三長兩短，他該多難過……」

母女兩個抱頭痛哭，江意惜入內又勸了孟月一陣，隨後又去了福安堂。

老太太沒讓其他人來請安，祖孫兩個等著孟辭墨送消息回來。老太太身體調理得好，府裡發生了這件事還是挺了過來沒倒下。

巳時初，孟青山求見。

他說，昨天夜裡京兆府的人就去了別院，封鎖了現場，也把文王和白春年、彩雲卿等人帶回去連夜審問，平王和孟辭墨都在場看了審問。

文王果然把罪行都推到白春年和彩雲卿身上，說他一個月只去別院一、兩次，什麼都不知道，還怒斥他們是姦夫淫婦，趁他不在的時候幹壞事。

夜審白春年，白春年同文王的口徑一樣，把事情都攬在自己和彩雲卿身上。直到給白春年上了重刑，白春年才承認這一切都是受文王唆使。

彩雲卿沒有任何隱瞞，講了她如何受文王脅迫窩藏白春年的細節，幾年來白春年四處作案安然無事，還讓人在家裡挖暗道藏屍，而文王是個變態，有新抓來的女人就折磨那些女人，折磨完後交給白春年，等白春年把她們折磨死，就藏進暗室，沒有新抓來的女人就折磨她，但不會把她弄死。

「我恨不得早死早超生！」

她大哭著把上衣脫下，沒有一點羞怯，胸前背後的傷觸目驚心，讓在場的人都沈默了。

今天一早，他們就帶著文王和白春年、彩雲卿的口供進了皇宮。

老太太氣道：「那文王真是死鴨子嘴硬，人證物證俱全，他還拒不承認。」

江意惜冷哼道：「他如此說，就是不管其他人相不相信，只要皇上信就成，為了皇家臉面，只要他遞上一套好說辭，皇上就會閉著眼睛選擇相信他。」

她不好說的是，文王如此淡定，或許還有她不知道的殺手鐧，還好她把自己知道的一些事跟孟辭墨說了，孟辭墨也能臨機應變……

到目前為止，文王主要針對的是平王和英王、趙家，這次哪怕把手伸進成國公府，要針對的應該也是平王。而為了救孟月，成國公府不得不走到臺前，與文王針鋒相對，不怕文王，卻怕皇上多心……

午時初，老國公騎快馬回了成國公府。

他聽了江意惜的詳細稟報，驚詫不已，沒想到，看著最最窩囊的文王是個變態，還敢把手伸到自家來。又對孟辭墨和江意惜的表現非常滿意，能在最短的時間裡想通關節，闖進文王別院救出孫女，兩個兒子和劉氏這次表現也不錯，特別是劉氏，親自去救人。

孫女雖然被擄，卻在最關鍵的時候被救，是不幸中的萬幸。但是，文王似乎有高人在背後指點，他會輕易服輸嗎？

老國公急急去了皇宮。

太極殿裡，文王跪在中間，孟辭墨站在一旁，兩邊站著平王、英王等幾個皇子，還有成國公、孟二老爺、刑部和京兆府幾個官員。

雍王也在，他和李珍寶去探望太后，聽說這件事便趕了過來。

上午，皇上聽了孟辭墨和京兆尹的稟報將信將疑。

李紹是七個兒子中最窩囊、最無用和最膽小的，怎麼可能透過白春年之手犯下如此罪大惡極的案件，殺了那麼多女人？若是如此，這逆子比廢太子還該死！

文王同樣哭著不承認，說自己也是被易了容的白春年和彩雲卿騙了，那兩人之所以把他拉下水，是遭重刑逼供。

皇上又派刑部的官員和仵作去探查別院和重新提審白春年、彩雲卿，孟辭墨陪他們去了，還把一身傷的彩雲卿帶進宮。

刑部官員的調查跟京兆府調查的結果一樣，但文王依然不鬆口，照舊推脫是孟辭墨等人重刑逼供刻意陷害，皇上雖已聽出文王是狡辯，但想到廢太子的醜事已經鬧得人盡皆知，不願意逆子的罪行再損及皇室顏面，便也發話定調了。

「你這蠢東西！哪怕是白春年做的惡事，你也有責任，竟縱容如此惡人在你的地方為非作歹，朕不會放過你！」

這是要讓白春年扛下所有的罪，讓臣子順著他的話說？孟辭墨可不願意。文王若得不到嚴懲，何以告慰那些被害死的人，還有差一點就受害的姊姊？

他立時抱拳說道：「皇上，這十幾起姦殺案乃文王主謀，臣已經把證人彩雲卿帶來了，就候在殿外，求皇上看看她的傷，文王之惡，天地難容！」

可皇帝不願意看。「不必了，相關證詞奏摺上都寫清楚了，朕已說過，不會放過李紹。」

這時，殿外太監進來稟奏。「陛下，孟老太師求見。」

皇帝緊皺眉頭，他現在不想看到孟令，因為他可以不理會孟家其他人的感受，但不能不管老國公的感受，可如今人都來了，也不好說不見。

「讓老愛卿進殿吧。」

孟老國公進殿後跪下給皇上磕了一個頭，哽咽道：「陛下，老臣老了，本以為可以安心頤養天年，卻沒想到文王會把罪惡之手伸向老臣的孫女。老臣已看過了彩雲卿身上的傷，實是觸目驚心哪！若辭墨解救不及，老臣苦命的孫女該會何等屈辱地死去……」

老國公說完再磕了一個頭，趴在地上不起身，雖然極盡隱忍，眾臣們也知道他在流淚。

孟辭墨和成國公、孟二老爺都跪下了。「求陛下為臣作主。」

皇帝趕緊說道：「老愛卿快莫傷心，朕知道老愛卿為了江山社稷鞠躬盡瘁，於家人上有許多愧疚，若那些罪行真為逆子所為，朕絕不會放過他。」又道：「那個女人也來了嗎？快宣她進殿。」

彩雲卿被押上大殿跪下，她生得千嬌百媚，楚楚動人，在刑部官員的詢問下，緩緩道來自己和其他被擄的婦人究竟遭到什麼折磨，當她解開衣裳，露出後背層層疊疊的舊傷新傷，殿上的人都倒吸了一口冷氣。

皇帝氣得吐了一口血，指著文王罵道：「你、你、你這個逆子！」

文王知道大勢已去，跪趴在地上哭道：「父皇，兒子也是有苦無處說啊！兒子從小不受待見，被兄弟任意欺凌，連閨女都是趙元成的種……」

「什麼？」

皇帝第二口老血還沒吐出來，就卡在了嗓子裡，除了孟辭墨以外，所有人都感到不可思議，英王氣得握了握拳，他不是氣趙元成睡了李紹的女人，而是這事怎麼會讓李紹知道，還可能連累到自己。

皇帝問道：「嬌嬌不是你的親閨女，而是趙元成的種？你怎麼知道？」

他想著李嬌的小模樣，的確不像自家人……他的目光又在李紹和李照臉上晃了一圈，別說，李嬌跟李照真有那麼一點點相像，心裡不由一沈。

文王又道：「父皇，不管你信不信，兒臣的確遇到了奇事，在兒臣被廢太子和李照合謀推下高臺因而昏迷的幾天幾夜裡，兒臣作了一個很長、很奇怪的夢，身邊許多已發生和將發生之事都在夢裡上演了一遍，這是上蒼憐憫兒臣，在給兒臣示警。」

皇帝的身子一下坐得筆直。「怎麼說？」

文王抹了一把眼淚，向英王和平王方向瞥了一眼，他不甘只有自己倒楣，再怎樣也要拉著所有人一起死！

他說道：「在夢裡，是李熙跟兒臣說了此事，李嬌不是我的閨女，而是趙元成的種。」

平王一臉莫名其妙。「二皇兄，胡說八道也不能這樣，你閨女是誰的你都不知道，我怎麼會知道？」

文王沒理他，繼續說道：「兒臣還知道，這些年來趙貴妃和李照其實已對父皇下了毒，父皇將來病重之際會立李照為太子，李熙不服，便帶兵攻打京城逼宮，最後剁了李照，毒死兒子，逼父皇傳位予他……」

這番話讓英王和平王嚇得魂飛魄散，立即跪下喊冤，一個說道：「父皇明鑒，李紹是藉夢之說胡言亂語，兒臣絕不敢如此大逆不道啊！」

另一個說道：「父皇，李紹其心可誅！罪大惡極不知悔改，還要往兒臣身上潑髒水，妄圖誣衊兒臣，請父皇為兒臣作主！」

孟辭墨心裡驚濤駭浪，文王果然跟惜惜一樣是重生而來，他所謂的夢絕不是胡說，而是將來真實會發生的事，怪不得明明無甚交集，文王仍如此痛恨平王，因為前世平王毒死了他……

皇帝當然不相信他的鬼話，喝道：「逆子！你是瘋魔了不成？居然敢用這種鬼話騙朕！」

文王忙道：「兒臣膽子再大也不敢騙父皇！父皇手腕那串鮫骨香珠，是趙貴妃孝敬父皇的，對吧？」

皇帝一愣，看看手腕的珠串，點頭道：「不錯。」

文王又說：「兒臣在夢境中看到了，父皇的珠串其中一顆珠子有問題，裡頭藏了一顆小綠寶石，那小綠寶石正是毒物，含有一種叫『輻射』的東西，會讓父皇的身體慢慢不濟，隨著時間越久，越來越嚴重……」

英王一驚，連忙大喊道：「冤枉，父皇冤枉啊！」

孟家幾人相互看了一眼，皆感疑惑，難道番烏僧當初真送了趙互兩顆綠寶石，一顆交給付氏毒害老國公，一顆被英王用來毒害皇上？

平王聽聞此事也深深皺起眉頭，對李紹的說詞已不再全然當成胡言亂語了，因為他知道這種綠寶石確實存在於世上，老國公就險些遭其所害，這李照膽子也太大了，居然敢謀害皇上……

皇帝狐疑地伸出手看看腕上的鮫骨香珠，這是趙淑妃今年初送他的，說是趙家在淡馬錫國一個商人手中花高價買的，每一顆珠子都無比瑩白光滑，天色暗時會發出螢光，並且隨時都散發著一股幽香。鮫骨本身就極其罕見珍貴，對人有許多益處，長期戴著能延年益壽，他佩戴之前還特地讓御醫檢查了一番，應該沒有問題才是呀……

他說道：「哼！拿作夢說事，你當朕是傻子嗎？還有，『輻射』是什麼東西，朕還是第一次聽說。」

雖然知道夢境不可信，但平王這話還是讓皇帝心生膈應，皺眉看了平王和英王一眼，特別是看英王，不由帶了些厭惡。

文王說道：「『輻射』這說法是延續珍寶郡主的說法……哦，我是指在夢裡珍寶郡主說的，她說『輻射』看不見摸不著，卻比毒藥還可怕。」

雍王沒想到這兄弟內鬥還扯到了自家閨女身上，忙說道：「我家寶兒才回京不久，平時大門不出二門不邁的，哪裡會知道什麼『輻射』的？」

英王又大聲喊冤。「是啊！父皇，冤枉啊，李紹根本在胡說八道，請父皇讓人查驗這鮫骨香珠，證明兒子和母妃的清白。」

文王也道：「請父皇讓人查驗鮫骨香珠，以正視聽！」

頓時所有人都看著皇上的鮫骨香珠，想知道裡頭有沒有毒綠寶石。

皇上一把扯下珠串，丟給太監。「讓人砸開。」

很快的，太監讓人去找來一把斧子，又搬來一塊大石頭，指了指江洵，江洵上前接過珠串，把珠串放在石頭上，用斧子一劈，劈碎了一顆，裡面什麼都沒有。

江洵又接著劈第二顆鮫骨香珠，皇上和眾人眼睛不眨地盯著看，直到第二顆、第三顆……第十二顆被劈開，都沒發現裡頭有什麼不對勁。

現在只剩最後一顆珠子，文王已經嚇得汗流浹背，雙腿發抖。

重生後，他一直注意皇上的手腕，見他沒戴鮫骨香珠，遺憾得不行，以為這一世又多了一個變數。今年初他看到皇上戴上鮫骨香珠，又聽說是趙貴妃送的，別提有多高興了，就想在關鍵時刻以這事把李照拉下去，如今只要在鮫骨香珠中找到綠寶石，父皇就會相信自己所說的一切。

李照和李熙，一個弒君弒父、一個起兵造反，比自己的罪名嚴重多了，父皇哪裡還會追究他犯的事？

他滿懷期待地等待結果揭曉，可是直到最後一顆珠子被劈碎，也沒看到什麼綠寶石。

文王一下跪坐在地上，腦子一片空白，怎麼會這樣？

英王也嚇得跪坐在地上。

好險哪！之前，他們的確打了這主意，想在孟令被毒死後收回小綠寶石，另外放進鮫骨香珠送給皇上，卻沒想到孟令沒被毒死，他們也拿不回那顆有毒的綠寶石，現在看來，還好沒拿回來，否則真會被逮個正著。

不過，李紹怎麼會知道他們有過那個心思？

皇帝則是看向文王。「逆子，現在你還有什麼可說的？」

文王腦子嗡嗡叫，喃喃說道：「不可能啊，怎麼會這樣？兒臣真的作了那個夢，夢裡的一切都是親身經歷過的，是真的，李照狼子野心，弒君弒父；李熙假仁假義，帶兵造反……」

「夠了！」皇帝怒喝道。

英王和平王趕緊說道：「求父皇為兒子作主，重重處置滿口謊言的李紹！」

孟老國公也抱拳說道：「請陛下秉公決斷，給屈死者一個交代。」

孟家人和刑部尚書、京兆尹都抱拳說道：「請陛下秉公決斷！」

文王忙亂地往前爬了幾步，哭喊道：「父皇，兒臣沒說謊啊，兒臣也不知道怎麼一切又變了！明明在夢裡這毒物就藏在珠子裡，然後曲德妃已經死了，孟老太師今年年底也會死，孟辭墨兩年後會殺了付氏再自殺，趙貴妃沒有降位分，趙互沒有被削爵，李熙依然在皇陵……」

孟辭墨目光一凜，掃了文王一眼，嘆了口氣，對皇上抱拳道：「皇上，文王應該是受了刺激，通篇胡言亂語，請皇上明察！」

他必須把文王往「失心瘋」上引，不處理掉此人，不知道他還會說出什麼驚世駭俗的話。

這些人裡英王最害怕，馬上附和道：「是，李紹定是瘋了，才會說出那些瘋話，得讓御醫來瞧瞧。」

平王也道：「父皇，不能讓李紹再信口雌黃，把莫須有的罪名扣在兒臣身上。」

兩兄弟第一次站在同一陣線上，皇上也覺得李紹得了失心瘋，那些瘋言瘋語傳出去有損皇室名聲。之前他只是想削了李紹的爵位，將他圈禁起來，可現在看來，是不能留他了，處置了這個瘋子，不僅能給受害人一個交代，也讓百姓看到他愛民如子，不徇私護短的一面。

皇上想通關節，沈聲說道：「大膽李紹，受淫賊白春年蠱惑，殘害婦人十餘人，遭捕後心智迷亂，妖言惑眾，罪大惡極，現貶為庶人，賜白綾！」

江洵和另一個護衛立時上前架著李紹往外拖，李紹大哭道：「父皇，兒子沒說謊！兒子還知道，兩年後的中秋夜會出現五星連珠……真的，這是上天在給兒子示警啊，李照狼子野心，即使未用鮫骨香珠害父皇，也會用其他法子，李熙也是總有一天會造反……」

直到人被拖出大殿，江洵用帕子堵住李紹的嘴，連綿不絕的瘋狂罵聲才止息。

第五十五章

幾個孟家男人回到成國公府，已經戌時，他們又去外書房議事。

直到子時末，孟辭墨才回到浮生居，江意惜還沒睡，倚在床頭等他回來。

見到她，孟辭墨第一句話是：「李紹已經死了。」

江意惜像是早已料到，一臉平靜。「那就好。」

孟辭墨坐到床沿，講了今天發生的事，他把江意惜摟進懷裡，內心除了慶幸還是慶幸。

「……惜惜，我終於知道，妳之前經歷的不是夢，是老天真的給了妳重活一次的機會。謝謝妳，因為妳的重生，治好了我的眼睛，揪出了付氏，拯救了我們孟家，改變了孟家的悲劇。可惜，上天同樣也給了李紹一次機會，可他卻用於洩私憤害人，再一次送了命。」

他在看李紹發瘋時，心裡不止一次地想，天作孽猶可違，自作孽不可活。同樣的機會，一個是自救和救人，一個是自掘墳墓……

江意惜也唏噓不已。

前世，那顆小綠寶石害死了老國公，居然又用於害皇上，怪不得李紹那麼恨平王，原來他是被平王殺死的。

「李紹那樣說平王和英王，哪怕皇上認為李紹得了失心瘋，心裡也不會待見那兩位了。」

「嗯。平王和英王相較，皇上會更膈應英王和趙淑妃，對了，三日後，皇上要去天壇祭天，五日後還會親臨報國寺上香還願。」皇上還是嚇著了。

江意惜又問：「李嬌呢，怎麼發落的？」

她心裡還是非常同情那個孩子，畢竟孩子無罪。

孟辭墨道：「今天還沒說到這件事上來，不過，既然認定李紹得了失心瘋，李嬌是趙元成骨肉的話就不可信，照慣例，李紹被貶為庶人，他的妻子、後人也會淪為庶人，李嬌到底是皇上親孫女，郡主頭銜沒有了，總會給她留活路。」

「彩雲卿呢？她也是個可憐人。」

「她是被李紹脅迫的，又是受害人，皇上免了她的罪責，已經無罪釋放。白春年教唆李紹犯罪，又害死那麼多人，判剮刑。」

江意惜又講了對李三奶奶的懷疑。

孟辭墨冷哼道：「那個婦人肯定有問題，我會讓李家給我一個交代。」

次日，老國公早早帶著孟月和黃馨去了孟家莊，離開京城這個是非地；同一日，一件件爆炸性消息在京城炸開，人們議論紛紛。

原來，京城發生的那麼多件婦人失蹤案是白春年所為，文王李紹居然也參與其中。皇上英明仁慈，愛民如子，沒有包庇兒子，直接處死了文王，更下了罪己詔，檢討自己沒有教好兒子，致使他犯下大罪，後續將代李紹賠付每個受害婦人一千兩銀子。

這次之所以能破案，是因為成國公府的大姑奶奶被擄，御林軍上將軍孟辭墨根據蛛絲馬跡想通關節，立即帶人前去文王別院找人，以迅雷不及掩耳之勢控制住文王的人、擒住白春年，並找到了藏屍首的暗室。

也算是不幸中的大幸，孟家大姑奶奶只挨了幾鞭子，還沒有慘遭毒手，就被趕過去的孟將軍救了……

文武百官和老百姓感動極了，皇上仁慈啊！

接下來的幾日，跟此案相關的受害者家人依續被領去案發地，也就是文王別院的暗室，憑著屍骨上的衣裳各自認領回自家媳婦。

在皇上的交代下，所有無辜受害者都得到了妥善的安置，孟辭墨這幾天為了協助此案調整，忙得沒時間處理自家的事，便另外派人喚了孟辭閱和孟辭晏回家，秘密抓來李三爺審問李三奶奶的事。

李三爺得知自己的媳婦竟然也牽涉此案嚇了一跳，他根本不知道自己的媳婦刻意交好孟月的原因，遑論為白春年製造綁架機會的動機，但提供了李三奶奶娘家弟弟曾經逼死良民，被文王的長史官幫忙擺平的消息。

猜到自己的媳婦可能是為了幫弟弟脫罪而協助文王設計孟月，李三爺氣極了。那個賤婦竟為了娘家弟弟做這種事，不僅傷天害理，還得罪了成國公府，不說自己的前程有可能沒了，連父親的前程都要受影響。

兩天後，李三奶奶娘家弟弟被人舉報逼死良民入獄，李三奶奶因為不賢被休回娘家，沒幾日便投河自盡。

等到一些議論漸漸歸於平靜，已是冬月中。

因為李紹之事引起的混亂，太后氣病了，李珍寶留在慈寧宮侍疾，隔三差五就會讓江洵給江意惜帶信，為太后煲補湯。

李珍寶聽父親說了李紹被捕後表現出的各種奇特行為，內心十分驚訝。她一聽就知道，李紹不是得了失心瘋，也不是作夢，而是重生一世，他說的事真的發生過。

而在李紹的前世裡，她也有出場，不僅協助判斷害皇上的「綠寶石」，還說出「輻射」這個現代才有的詞。

大概可以推測，李紹前世發生的事和今世有很大的不同，才會導致李紹心神混亂，前世這個時間曲德妃已經死了，但今生不一樣，曲德妃不僅活著，還和平王一起從皇陵回到了京城。

能夠扭轉如此關鍵的變化，很有可能曲德妃也是重生人。她想辦法幫助兒子暗中拉攏孟家、鄭家的勢力，打敗了趙貴妃和英王，重新得到皇上寵愛，再指使江意惜和孟辭墨找到沈老神醫，治好自己的心疾……

對，一定是這樣，曲德妃逆天重生改了命，這是一部重生宮鬥劇，而她只是其中的一個小配角……

李珍寶想著想著興奮了起來，看不出曲德妃一副溫溫柔柔的白蓮花樣，重生一世會變成這樣手段高明的心機深沈女，還有平王，看著那麼平和斯文，卻心狠手辣，也不是個簡單的角色。

她暗自拍拍小胸脯。還好自家跟平王府關係一直不錯，鄭哥哥又是平王一黨，以後她得跟鄭哥哥說清楚，跟著平王沒錯，但一定要小心謹慎，萬不能居功自傲。

冬月十八，沈老神醫遣人給江意惜送信，該吃的吃了，喜歡的吃了好幾遍，也該回老家了。

老神醫是前世給過江意惜溫暖的不多的人之一，她非常不捨，次日一早便拿了一些東西趕去扈莊，想再為老頭兒做兩天飯。

天空飄著鵝毛大雪，大地、山林、莊子，一片銀裝素裹，江意惜挽留道：「師父，天寒地凍的，明年開春再走吧。」

老神醫的腦袋搖得像個博浪鼓。「無妨，越往南走越暖和。」

江意惜眼圈都紅了，她捨不得。「師父……」

老神醫笑道：「老頭子身體還硬朗，過兩年去西域找藥材，繞個圈子再來看你們。」

江意惜又建議道：「那……我派幾個人送你，或是請鏢隊護送……」

老神醫依然搖頭。「別麻煩了，老頭子喜歡獨來獨往，現在老了，以後出門頂多帶個徒弟。」

老神醫十分堅持，江意惜只好聽他的，拿出一封孟辭墨的信交給他，又送了二千兩銀票及兩斤經過處理的茶葉和兩支山參，囑咐道：「師父，這些你收著，茶葉和山參都是愚和大師送的，大補，只師父和師母吃。這信留在身邊，以備不時之需。」

那信是孟辭墨寫給蜀中錦城總兵的，若用不上最好，但若將來有難，可以據此尋求幫助。為了這信，江意惜才把神醫老家的所在之地告訴孟辭墨。

老神醫識貨，知道這些是好東西，接過信和茶葉、山參笑道：「徒弟孝順。」

他堅持不收銀票，江意惜只得收回。

三天後，江意惜依依不捨把老神醫送上馬車，看著那個影子越來越小，直至消失。

送走老神醫之後，江意惜和老國公、黃馨一起回了成國公府。

在她留在扈莊裡的三天，每天黃馨都會從孟家莊過來找她玩，孟月則從來沒出現過。當她要回成國公府時，黃馨也想跟著她回去，孟月則表示暫時不想回去，她覺得丟臉，不想出現在人前，也非常傷心，好不容易交到的一個朋友卻是有意來害她的，這件事又讓原本已漸開朗的她縮入殼子裡。

黃馨還要上學，不能一直在莊子裡陪她，老國公也不願意孩子單獨跟孟月生活，母親已經這樣了，女兒總要多見見世面，便作主讓孩子先回京，孟月在孟家莊靜養。

臘月，成國公府又有了兩件喜事，孟三奶奶凌氏懷孕了，也住回了成國公府，而孟三姑娘孟霜於十二那天出嫁了。

看到緊緊拉著江意慧手的郭捷，江意惜覺得這孩子算是有福的，真正的身世沒鬧出來，郭家和江意慧寵愛如寶。

而李嬌，現在去了一座莊子生活，由幾個下人服侍。李紹的正妃和側妃被送進了皇家道觀出家，小妾不知所蹤。彩雲卿的結局算好的，拿著一千兩銀子回了娘家。

皇上還是信了李嬌不是李紹的親生女，否則至少會給她留個縣主什麼的封號。

兩天後，浮生居又辦了一件喜事，水靈出嫁了。

江意惜感激前世和這一世水靈的幫助，如今還是吳嬤嬤的兒媳婦，賞了她二百兩銀子及幾樣金銀首飾，給一個月婚假。以後，水靈就是浮生居的管事嬤嬤，臨梅是江意惜身邊嬤嬤兼內院副管事，吳嬤嬤想來就來，不想來就在家裡帶孫子享福。

鄭吉也派人送了信，年後會回來處理一些家事。

沒有了大的煩心事、兩個孩子健康成長，江意惜心情很好，浮生居裡喜樂祥和，哪怕偶爾想起愚和大師的批命，她也不像之前那麼心焦了。

二十這天，江洵親自來成國公府送江家年禮及江家二房年禮。

孟辭墨在外院鄭重接待了他，幾句外交辭令後，兩人一起去了浮生居，還請了老國公晌午來浮生居喝酒吃飯。

江洵逗了小外甥、小外甥女一陣，就跟姊姊講了送年禮和二房裝修的進度。江家表面上尚未分家，所以大部分的年禮仍是以江家的名義送，不過江洵仍另外單獨送了成國公府和鄭府年禮，正說笑著，鄭玉也來送年禮了，孟辭墨去外院接待後，將他請來浮生居一起吃飯。

吃飯前，李珍寶和鄭婷婷也來了。

如今李珍寶難得見一次鄭玉，好不容易等到鄭玉休沐，就去了鄭家找人，聽說鄭玉來了這裡，便拉著鄭婷婷追來了。

來了兩對未婚小情侶，老爺子覺得自己會令人不自在，便以不喜熱鬧為由，一手抱音兒一手牽存存，去了隔壁二孫子那裡蹭飯吃。

李珍寶看著一老兩小的背影笑道：「怪不得老太師得所有人推崇和愛戴，真是個聰明人。」

江意惜又讓人送了幾樣老爺子和孟辭閱喜歡的菜品過去。

飯後，李珍寶提議玩一種叫「乾瞪眼」的撲克牌遊戲，這不只是純靠運氣定輸贏的牌局，還有許多記牌的技巧，能增進共同參與遊戲的朋友感情。

孟辭墨和江意惜是老夫老妻，李珍寶沒羞沒臊，鄭玉已經被李珍寶同化，尷尬的人只有江洵和鄭婷婷。玩著玩著，李珍寶時不時開兩句玩笑，讓兩人更不好意思了。

鄭婷婷不好說李珍寶，只得求助鄭玉。「大哥。」

鄭玉就會笑咪咪慢悠悠跟李珍寶說一句。「誒，過分了。」

李珍寶看著他甜甜一笑，暫時住了口。

玩到吃完晚飯，一行人才離開。當然，一定要留下吃晚飯，也是李珍寶要求的。

大年三十，孟家高高興興吃了團年飯。飯後，男人們去外院守歲，女人孩子回去歇息。子時，前院一陣爆竹齊鳴，辭舊迎新，到了建榮二十一年。

男人們守完歲，只有成國公歇在外院，其他幾個男人回內院歇息。

今天是大年初一，一家人理應一起度過，天上繁星璀璨，孟辭墨步履輕快地在走回浮生居的路上。

聽惜惜說，她和自己前世是在建榮二十二年死的，而聽李紹先前所說，建榮二十三年皇上因為中毒病重，立李照為太子，心有不甘的平王帶兵攻破京城，殺了英王和李紹，登上大寶。

走到最後一步還有兩年，目前為止，許多事已有所改變，他相信未來的路會更加順暢。

只是皇上雖然沒有中毒，但因為李紹的事大受打擊，身心都有所影響，總是疑神疑鬼，懷疑英王和趙淑妃要加害自己，不到一個月的時間，已經找藉口斥責英王和趙淑妃五次，讓那二人苦不堪言。

皇上對平王的態度也不好，斥責過兩次，唯一心疼曲德妃，下朝後只去她的永和宮歇息。至於太子的人選，皇上似乎屬意六皇子，六皇子歲數還小，外家勢力一般，目前不足為懼……

「喵！」

邊想著事情，突然聽到一聲熟悉的貓叫，是花花。

剛才花花去前院看放煙花爆竹，孟辭墨順勢要帶牠回去。

「大半夜了，回去歇息。」

花花卻哧溜一下往右跑去，孟辭墨跟了上去，跑了幾步，看見成國公賊溜溜小跑著往正院的方向而去，孟辭墨停了腳，心裡挺瞧不起自己父親的。

這麼大歲數了還不會看人，也沒有一點自知之明，劉氏對這個家所做的一切，都是和老國公談好的條件，偏這蠢父親還自以為劉氏如此付出是為了感動他，以為自己偶爾去跟劉氏住一晚，是給了劉氏臉面和恩典，劉氏就應該接受，不接受，就是劉氏不知好歹。

看得出今天他想去陪正妻，這個想法沒錯，但劉氏的思路跟他可不一樣，要過就只能有她一個女人，還想要別的漂亮女人，兩夫妻就各過各的，互不打擾，他不改變認知，就不可能在一起。

孟辭墨轉身走了，花花又溜了出來，跳進正院，再爬上正房的房頂，牠今天想來看大戲。

成國公來到正院，直接進了正房，一進門就板著臉說：「弄幾個菜，爺和妳們夫人喝兩杯。」

劉嬤嬤說道：「夫人已經歇下了。」又勸道：「老爺，都半夜了，趕早主子們還要進宮給皇上和太后娘娘拜年呢。」

成國公也不想這時候喝酒，他是想讓劉氏出來迎他，互相遞個臺階下。今天是正月初一，他這個夫君放下小嬌娘來陪她，是看在她救了孟月的分上，劉氏不遺餘力幫孟月，平時討好自己的長輩和兒孫，不就是為了讓自己回心轉意嗎？

看到劉嬤嬤沒有去叫劉氏的意思，再看那扇緊閉的側門，成國公惱羞成怒。再擺架子吧，擺得太過分了爺就不再搭理妳了。

他冷哼一聲，去了東廂歇息。

花花失望地叫了幾嗓子，埋怨這劉大個子不懂風花雪月。

孟辭墨的崗位特殊，越是過年過節時，公務越忙碌。

大年初二，江意惜帶著一對兒女回江家，花花本想跟著去，被待在家裡無趣的老爺子截下。

今天是小音兒第一次串門，還是去最喜歡的舅舅家，激動得不行，一起來就嚷著。「舅舅、舅舅……」

今天江家各房都有出嫁女兒回娘家，一早江洵、江斐、江文就在門口等著迎接姊姊、姊夫。

國公府的馬車剛到胡同口，存存就掀開車簾吼道：「二舅！二舅！妹妹也來了……」

音兒也粗著嗓門叫起來。「舅舅、舅舅、舅舅……」邊喊還邊掙脫乳娘的手，往哥哥身上爬。

乳娘不敢放手，急道：「姐兒，聽話啊，莫摔著……」

聽到這兩個軟糯糯的聲音，江洵哪裡還穩得住，快步迎上前，先把存存從車裡撈出來頂在脖子上，又把音兒抱進懷裡，一大兩小的樣子把眾人逗得大笑。

江意惜笑嗔道：「快放下，把他們寵壞了。」

江洵笑道：「我樂意寵。」

江斐上前躬身笑道：「二姊請進，大姊、大姊夫，四姊、四姊夫，五姊、五姊夫，還有三姊都回來了，二姊夫是當值嗎？」

江意惜笑道：「是啊，大爺說他晌午再來吃飯。」

他能來就好，江斐和江文眼裡笑意更深，家裡人和姊夫們最盼的就是孟辭墨的到來。

幾人剛走進內院，一身紅的郭捷就迎了出來。

「存存表弟、音音表妹，我等你們等得著急呢，終於來了。」

江洵低下腰，江斐把存存從他肩上抱下來。

郭捷和存存表兄弟倆抱在一起跳了跳，江興走過來，一手牽一個表弟，一起去了如意堂。

成國公府的下人從馬車裡拿出禮單和幾樣禮物交給江家管家，水清則拿著一個大包裹直接去了二房找如今二房的內院管事秦嬤嬤。

一行人來到如意堂，江老太太一身喜氣坐在羅漢床上，江意惜等人上前給她見了禮。

老太太笑道：「哎喲喲，重外孫孫、重外孫女，太外祖母盼著呢。」

她向小兄妹招著手，存存走過去讓她拉了拉手，音兒則抱著江洵的腿不放，含混不清說著。「要舅舅，要舅舅。」

老太太無法，拿出一個紅包塞進存存懷裡，另一個紅包交給丫頭，丫頭走過去呈給音兒的乳娘。

給另幾個長輩見了禮，江意惜坐去她的座位，正在江意慧的下首、江意言的上首。

這幾個姊妹，只江意言沒帶丈夫一道回來。

幾個姊妹正跟江意惜說笑，江意言從來都是一副誰欠了她銀子的臭臉，今天卻換了一張嘴臉，笑得眼睛都彎了，也試著加入談話。

「二姊，我也很想妳呢。」

不說江意惜意外，其他姊妹也意外，都詫異地看著她。

江意言輕蹙了一下眉，笑道：「二姊，我之前不懂事，經常惹妳生氣，對不起啦！咱們是親姊妹，打斷骨頭連著筋……」

這些話更把另幾個姊妹說得目瞪口呆。

江意言跟周氏一樣壞，卻沒有周氏的心眼，不知她今天唱的哪一齣、想幹什麼，她即使說出一朵花，江意惜也不願意搭理她，連個笑容都欠奉。

江意言暗罵一聲，又笑道：「二姊，我給音兒做了一套小衣裳……」

江意惜道：「音兒的衣裳多得穿不完，妳自己留著吧。」

說完，就拉起江意慧，又給江意柔和江意珊使了個眼色，幾人坐去幃幔另一邊的圓桌旁。

江意柔跟江意惜耳語道：「是不是她被打怕了，想讓二姊夫收拾祁安白？」

江意惜也有這個猜測，冷哼一聲沒說話。

江意慧皺了一下眉。

她既心疼江意言，氣祁安白欺人太甚，又不好意思求江意惜幫忙。她知道，自己母親和江意言做了許多傷害江意惜姊弟的事，當初她勸都勸不聽。

四個姊妹擠在另一處說說笑笑，江意言氣得咬了咬牙，又不要臉皮地湊過去。

「何事這麼高興？」

幾人都沒搭理她，江意言自討沒趣，好一會兒才悻悻然離開。

午時三刻，終於把孟辭墨盼來，眾人才去廂房吃飯喝酒。

飯後，老太太歇息去，男人們擁著孟辭墨去外院書房說話，只有江洵陪江意惜及一雙兒女去了二房。

兩個乳娘想抱小兄妹去廂房歇息，但存存和音兒不想離開舅舅，一人抱一條腿，搖著小腦袋拒絕。「不去，不去……」

音兒還尖著聲音叫，帶了哭聲。

寂靜無聲的二房陡然有了大動靜，讓江洵既是高興，又酸酸澀澀。

平日二房只有他一個人，太清靜了。有幾次他作夢，夢到爹娘和姊姊、姊夫、外甥、外甥女都在家裡，家裡洋溢著歡聲笑語，他笑著笑著笑醒了，才發現那是個夢，又止不住流出眼淚。

他說道：「讓他們在這兒玩吧，玩累再歇息。」

江意惜從包裹裡拿出四套中衣中褲、兩套外衣外褲、六雙襪子和四雙鞋子，連佩戴的荷包、飾品都配齊了，這是她帶著下人特地做給江洵。

江洵笑得眉目舒展，還是說道：「姊，我不缺衣裳。」

江意惜拿衣裳給他比著，笑道：「你買的是你的，這是姊送的，等你將來娶了媳婦，姊才能放心。」

等到存存和音兒歇息了，他們出門在二房內院轉了一圈，商議著如何修整院子，等到開春，就該蓋房了，老太太不知能活多少年，她活著時不好搬出去。

等到小兄妹醒來，二房又熱鬧了起來，江洵抱一個牽一個，跟他們在院子裡玩鬧著，興致一點不比孩子們差。

江意惜又跟秦嬤嬤說了一陣話，囑咐她一些三房的注意事項。

申時，孟辭墨讓人過來傳話，該回家了。

看到江洵不捨的樣子，江意惜笑道：「那個人就快回來了，把那件事解決，說不定年底你就能把媳婦娶回家，有了媳婦，三年抱倆，這裡就熱鬧了。」

江洵紅了臉，他也盼著那一天快點到來。

紅彤彤的夕陽斜掛天邊，照著房頂、樹上的積雪熠熠發光，江洵又抱一個牽一個，向外院慢慢走去。

存存偶爾會聽娘親說舅舅可憐、舅舅孤單，知道舅舅捨不得他們，他抬頭囑咐道：「二舅舅，你一個人在家不好玩，就去找偶和妹妹玩。」

音兒也在他的臉上親了親，說了兩個字。「記著。」

惹得江洵忍不住笑了出來，而後認真回道：「好，記著啦！」

孟辭墨和另三個江家女婿站在外院等媳婦，江家男人陪在一旁，當女人孩子走出二門，各自打了招呼，幾個女婿迎向自己的妻兒，扶著上自家的馬車。

這一幕讓一個人回娘家的江意言既眼饞又羞惱，卻無可奈何。

她走到江意惜馬車窗前說道：「二姊，我無事就去成國公府找妳聊聊天……」

江意惜不客氣地拒絕。「我要管家、要帶孩子，平時忙得很，沒時間招待客人，妳無事就在家養養身子吧，生個一兒半女相伴。」

江意言咬了咬嘴唇，還是強笑道：「是，我聽二姊的話，會好好調養身子的，不過咱們姊妹情深，我還是想……」

話沒說完，馬車已經緩緩移動，往前離開，看著馬車遠去，江意言眼裡盛滿寒意。

江意惜，總有一天，我要妳得到報應！

前幾天她去青石庵上香，知能跟她說了關於她娘親是被害死的事，她才頭一次知道，母親居然不是自己摔下崖，而是被人推下去的！

不用說，肯定是江意惜讓孟世子動手的，那個賤人，把她在江家受的苦統統算到母親頭上，不僅設計逼迫母親出家，還殺了她……

只看新人笑，不見舊人哭，父親不記曾經的夫妻情分，可恨大哥大姊為了榮華富貴也使勁巴結那個賤人，自己這個同胞妹子反倒是靠後了……

孟辭墨一家回到成國公府已經華燈初上，老爺子、老太太、成國公、劉氏還在打撲克牌，老倆口一家、成國公和劉氏一家。

這是李珍寶上年秋「發明」的遊戲，一傳出來馬上風靡京城，不僅女人喜歡，男人也喜歡。

今天他們四人打了一整天，還特別認真，老倆口配合得很好，多數他們贏；成國公和劉氏配合得不好，多數他們輸。

劉氏的臉色有些難看，成國公一出錯牌就用眼睛剜他，而老倆口不僅不怪罪兒媳婦，還會說兒子。

「看看，你又出錯牌了！」

「笨，你媳婦剛剛提醒你了，我都聽出來了，你還沒聽出來。」

成國公也知道自己牌技最差，見父母贏得眉開眼笑，便會嘿嘿笑幾聲，打趣道：「咱們回去得對一下暗號，摸眼睛就出什麼，摸鼻子就出什麼……」又恍然大悟道：「爹娘贏這麼多，一定是事先對了暗號。」

說得老倆口大樂，劉氏也禁不住笑起來。

眾人圍著他們看了幾把牌，才去廂房吃飯。

老太太高興，對大兒子大兒媳道：「明天我們四人繼續玩。」

成國公看了眼老爺子，若老爺子願意他就跟，不然單讓他陪三個婦人玩，他可不願意。

相比下棋和玩撲克牌，老爺子其實更喜歡下棋，但他明白老太婆如此是想多製造大兒子大兒媳相處的機會，他也希望大兒夫婦能彼此放下芥蒂，成為一對名副其實的夫妻，於是痛快答應。

「好，老大和老大媳婦明天巳時初來福安堂，其他人不用來，各房自己玩。」

次日，孟辭墨歇息，遣人把孟繡和黃馨請來浮生居吃飯。幾個孩子一隻貓還各自點了自己想吃的菜，連音兒都點了。「要吃牛乳蛋蛋。」就是牛乳蒸雞蛋。

花花點的依然是百吃不厭的松鼠魚。現在雖然沒有新鮮番茄，但有番茄醬。

飯菜擺上桌，江意惜覺得魚味特別腥，忍不住打了一下乾嘔，又用帕子把嘴捂上。

她心裡一動，才記起來月信已經過了好幾天，天天忙碌居然忘了。

年底前就讓吳嬤嬤回家過年，水靈在休婚假，臨梅在休產假，水清主要侍候花花，貼身服侍江意惜的是幾個不太得用的小丫頭，要不然若那幾個老人在，早就提醒江意惜這件事了。

江意惜暗喜，讓人把魚移到離她稍遠的地方。

晌午後，孟繡和黃馨回去歇息，說好晚飯依然過來吃，等到屋裡沒有其他人，江意惜跟孟辭墨說了有可能懷孕的事，孟辭墨眼裡盛滿喜悅，忙道：「妳要小心了，明天就讓吳嬤嬤回來，那幾個小丫頭不頂事。」

江意惜也是這個意思。

兩人正說著悄悄話，丫頭來報。「世子爺、大奶奶，親家大奶奶來了。」

江大奶奶來了，還是大年初三？

江意惜和孟辭墨對視一眼，江家應該出了什麼事。

江意惜獨自去了廳屋，一會兒後江大奶奶走進來，臉色非常難看。

江意惜問道：「大嫂，家裡出事了？」

江大奶奶點點頭，沒有言語，丫頭上了茶，江意惜揮手讓她們退下。

江大奶奶才低聲說道：「姑奶奶，我家大爺讓我來跟妳說一聲，妳心裡好有個數。」

江意惜眼前莫名出現江意言反常的樣子，猜測她要說的事或許跟江意言有關。

江大奶奶的聲音放得更低。「昨天三姑奶奶跟我家大爺說，前幾天她去青石庵上香，聽知能說了一些話……」

她看了江意惜一眼，一副難以啟齒的樣子。

江意惜問：「說什麼？」

江大奶奶道：「知能說，青石庵的無靜師父告訴她，我婆婆不是摔下崖的，是有人推她下崖的，無靜師父當時正好在不遠的地方目擊了一切，之後因為害怕，官府去調查時，不敢說實話，現在受到良心譴責，才把真相告訴知能。

「三姑奶奶說是二姑奶奶讓孟世子做這事的，要我家大爺和她一起替母親報仇，我家大爺根本不信她的話，斥責了她。唉，不過三姑奶奶不聽勸，還說我家大爺只認富貴不認親娘，大爺讓我來跟二姑奶奶說一聲，要防著三姑奶奶一些，她真是瘋了。」

江晉和江大奶奶氣得要命，江意言魯莽衝動，生怕她做什麼事去害江意惜，連累他們，孟辭墨有能耐保護皇上，怎麼可能護不住自己媳婦？

當然，他們也的確不相信是江意惜和孟辭墨動的手。

江意惜心裡一沈。

周氏是鄭吉派人殺的，鄭吉的人不太可能留下把柄，或讓人看到。她前世就認識無靜，那是個只認錢不認人的中年尼姑，沒有一點出家人該有的慈悲和四大皆空，會如此跟知能說，一定是有人花錢收買了她，背後的人知道江意言是個棒槌，聽風就是雨，又和她一直不睦，聽了這些話，或許會破罐子破摔想辦法報復。

所以昨日江意言對她突然態度大反轉，是在找機會接近她，等到她放鬆警戒就出手？真蠢，被人利用了還不知道。

江意惜冷笑幾聲，說道：「謝謝大嫂來告訴我這件事。大哥說得對，若真是我家大爺讓人做的，怎麼可能被人看見，江意言真是又蠢又壞，看她昨天那副德行，看來是真動了害我的心思。我知道了，會注意她的。」

兩人說了一陣話，江大奶奶起身告辭。

江意惜回到臥房就把這件事告訴孟辭墨，孟辭墨臉色不好起來，沈聲說道：「聽鄭叔的人說，年前何氏的一個陪房去了青石庵燒香，這事八成是何氏讓人做的。」

江意惜也猜測是何氏，說道：「或許何氏聽到了鄭家想把婷婷嫁給洵兒的風聲，想阻止親事，使了這法子想借刀殺人，挑起江意言的恨，江意言再把江晉說動，我回娘家若出了什麼事，任誰也想不到她身上。」

孟辭墨眼裡冷意更深。

「這事交給我處理，妳現在情況特殊，不要想太多，我明天就讓孟連山去青石庵一趟，之後等鄭叔回來，讓他想個一勞永逸的辦法，他若收拾不了，我收拾。」

若何氏不是鄭吉的妻子，孟辭墨早就動手了。

次日，吳嬤嬤一接到信，就趕回浮生居。

她雙手合十笑道：「阿彌陀佛，老奴一直盼著呢。有貴媳婦也想跟來，老奴沒讓她來。」她想讓水靈早些懷孕。

晚上孟連山回報，說無靜不在青石庵，年前就去泉州走親戚了，他又問了知能，知能的說辭跟江大奶奶說的一樣。

不用說，無靜肯定不會再回青石庵，不是被殺，就是拿著銀子逃了。

孟辭墨又讓人把祁侯爺、江伯爺、江三爺、江晉請去南風閣喝酒，說了有人挑唆江意言害江意惜的事，怕鄭吉面子不好看，沒有提及何氏，只說有人跟孟辭墨和江意惜有隙，想借刀殺人。

江家男人跟孟辭墨道了歉，祁侯爺也承諾會把江意言拘好，不讓她出府壞事。

之後，孟辭墨又去鄭家見了鄭老大人和鄭統領、鄭玉。

鄭家人也不知道何氏怎麼會知道那件事，分析很可能是婦人說話不注意，讓奴才看出端倪，何氏又在鄭府有眼線。

鄭老大人氣道：「沒想到何氏真敢出手害人，如此狠辣歹毒，把自己的不幸轉嫁給同樣不幸的人，鄭家是留不得這個女人了，等到鄭吉回來，我跟他說……」

孟辭墨要的就是這個結果。鄭吉覺得對不起何氏，不忍心下狠手，讓長輩幫他下決心。鄭統領也連連搖頭，何氏當姑娘時喜歡在花宴上作詩，幾乎每家花宴都有她的身影，有「才女」名頭，加上長相不錯，為許多青年公子傾慕。哪知十幾年的怨婦生活，會讓一個好好的女兒家變得面目全非。

想想她在花宴上作詩的樣子，那雙充滿希冀的眸子陡然清晰起來，那眸子裡不止有希冀，還有野心和慾望，在家族沒落之際，大長公主府向她家提親，她哪怕知道鄭吉不想娶她，還是不顧一切嫁進來，期望透過自己的優秀和努力得到富貴，再得到男人的愛。

她沒想到鄭吉會那麼執著，過了這麼多年，依然拒絕她的靠近，眼看夫君和仇人的私生女生活得那麼好，仇人的兒子又要娶夫君的姪女……也就更增添了她的恨，一環扣一環，繫成了一個個解不開的死結。

正月初九，江意惜自己摸出了滑脈，又請御醫來家裡，也摸出了滑脈。

江意惜再次懷孕了，這個消息讓老夫婦極喜，傳話讓她三個月不用管家，不用每日早上去請安，晚上直接去吃飯即可。

知道自己又要有弟弟或妹妹了，存存高興地跳起來，還「耶！」了一聲，「耶！」是他跟珍寶姨姨學的。

音兒見了也要跳，跳不起來，蹲了蹲小屁股，「耶！」了一聲，花花也高興，跟著小兄妹又跳又叫。

幾家姻親都來送了禮，江意慧、江意柔、江意珊親自來道賀。祁家也送禮了，來的不是江意言，而是祁大奶奶。

聽祁大奶奶說，江意言犯了錯，被祁夫人禁足一年。

江意惜嘴角扯出一絲冷笑。這就是不自量力，憑她一個江意言還想整死自己。

正月中旬開始，江意惜早孕反應厲害起來，吃不下東西，覺得什麼吃食都有腥味。

二十那天，鄭玉和鄭婷婷來了浮生居。

孟辭墨和鄭玉在廳屋說著公務，提到鄭吉已經讓人送信來，正月底二月初就能到京。江意惜和鄭婷婷不喜歡聽這些事，就去廊下說悄悄話。

大地回春，天氣正好，屋前幾枝紅梅競相綻放，江意惜讓人給李珍寶送了信，只說自己胃口不好，想吃她親自做的素菜，沒有說鄭玉在這，想給她一個驚喜。

巳時末，李珍寶來了。她穿著洋紅錦緞披風、淡青色長裙，妝容精緻，十分漂亮，又與大多漂亮小娘子有異，不一樣的美麗非常吸睛。

李珍寶看到梅花後的江意惜和鄭婷婷，腳步輕快地小跑過來，像隻歡快的蝴蝶。

「嘻嘻，我給偉大的娘親做孕餐來了！」李珍寶說道，來到她們面前，又壓低嗓門報告好消息。「我的姊姊，我吃了幾個月的藥和藥膳，月信正常多了……」

江意惜馬上「噓」了一聲，鄭婷婷羞得滿臉通紅，跺了跺腳。

李珍寶已經來到廊下，不明所以地看看她倆身後的小窗，小窗半開，裡面正坐著孟辭墨和鄭玉。兩人都拿起茶盅，假裝低頭喝茶沒聽見。

李珍寶的臉霎時也紅了，她朝江意惜翻了一下白眼，嘟嘴道：「他們在屋裡，妳也不提前說一聲。」

江意惜手指戳了一下她的腦門，嗔道：「自己口無遮攔，還怪別人。」

「好好好，是我的不是。」李珍寶指了指後頭跟著的素味等人手裡的食材。「看看，我連食材都帶來了，等一下就親手給姊姊做好吃的，做出的不止是美味，還是妹妹的愛。」

江意惜笑道：「小嘴兒比蜜甜，謝謝妳啦。」

李珍寶一手摟著江意惜的胳膊，一手拉著鄭婷婷，三人往後院小廚房走去。

李珍寶已經聽鄭玉說了江意惜和鄭吉的關係，以及鄭婷婷和江洵的關係，她吃驚於江意惜居然跟她有血緣關係，是她的遠房表妹。

兩人是表姊妹，關係就更親近了，她湊近江意惜耳邊說道：「雖然我沒見過妳娘，但看妳和江洵的容貌舉止，還有妳爹對妳娘的癡情，妳娘肯定差不了。宜昌皇姑祖母眼光差，又霸道，丟了一個好兒媳婦，害了她兒子一輩子，也害了妳。」

江意惜輕聲道：「談不上害我，我爹非常好，這事萬莫說出去，包括雍王爺。」

「知道，我又不傻，什麼該說什麼不該說，心裡有數……」

幾串笑聲漸行漸遠，屋子裡的鄭玉才呼出一口氣。

小珍寶什麼都好，就是太敢說。不過，她的身體有所好轉，倒是大大的好事，自己是家裡唯一嫡子，若子嗣有影響，父母總會不高興。

他的眼裡透出喜色，清了清嗓子，沒好意思說話。

孟辭墨打趣道：「老弟，先預祝你們多子多福，兒孫滿堂。」

鄭玉有些臉紅，嘀咕道：「我們還早，倒是恭喜你們又要添丁進口。」

孟辭墨笑道：「同喜，同喜。」

飯前江洵也來了，自從知道姊姊又懷了孕，隔三差五就要來看看。

男人們在廳屋喝酒吃飯，女人在側屋炕上吃。

李珍寶講了嫁妝準備情況，有雍王府準備的，還有皇上和太后娘娘賞賜的，不加食上和她搞的幾個作坊，也有十萬兩銀子以上，跟幾個公主的嫁妝差不多，這還是她極力推拒的結果，她總不好比公主們還高。

關鍵是，公主的許多嫁妝不屬於駙馬和她的子女，公主一死，那些東西就要還給內務府。而李珍寶的所有嫁妝都屬於她自己及她的兒女，也就是屬於鄭家。

江意惜笑道：「鄭將軍不止抱得美人歸，還抱了個聚寶盆，有福哦。」

說得李珍寶和鄭婷婷大樂。

鄭婷婷又講了鄭家擴修鄭玉院子的事，問李珍寶的要求，李珍寶也不客氣，真的提了幾點注意事項。

江意惜又抱歉地跟鄭婷婷說了目前江家二房的情況。「老太太在，你們只得暫時住在江家，雖然地方小些，好在人口不多……」

鄭婷婷紅著臉說：「我不在乎……」只要能同江洵在一起，吃糠咽菜都願意。後半句話她沒好意思說出來。

李珍寶也說道：「最重要的是人好，那些困難只是暫時的。」

她在知道鄭家長輩願意把鄭婷婷嫁給江洵後，對鄭家長輩更加敬佩。封建大家庭，大多把政治聯姻看得比子女幸福更重要，他們願意下嫁閨女，說明他們是真心愛護子女。

飯後，六個人坐在西屋喝茶聊天，和煦的陽光透進西窗，把窗格映在地上，李珍寶的話最多，時時把眾人逗笑。

未時末，前院的婆子來報，戒九師父和戒十師父來了。

江意惜欣喜道：「愚和大師回來了？」

這兩個和尚也跟著愚和大師出去雲遊了，老和尚弄出的優良種子讓湖廣等地大豐收。他們今天來，肯定是來拿好茶葉。

江意惜笑道：「請他們進來。」

兩個和尚進來，一個揹著背簍，一個挑著兩個大筐。戒九又長高一大截，戒十的眼神更加慈悲平和。

戒九道：「江施主，這是貧僧師父送的好茶，依然如之前一樣分配。」

江意惜讓丫頭把茶葉抬進東側屋，又讓她們把之前準備好的茶葉抬出來。

戒十拿出一個掛件說道：「花花呢？貧僧師父讓貧僧送小東西這個掛件，之前多有得罪，這個掛件是貧僧雕刻，貧僧師父用藥水泡了一年，又開了光，對小東西的身體大有益處，再請江施主轉告一聲，小東西長得……非常非常俊俏，這是貧僧的心裡話。」

江意惜接過，替花花表示感謝。雖然戒十沒明說這掛件可以延年益壽，江意惜也明白他的意思。

花花的皮囊已經七歲，相當於人的中年，雖然牠可以換皮囊，但現在這個皮囊非常不錯，她也希望牠能在這個皮囊裡多活些時候，或許還有其他好處，江意惜猜不出來。

小掛件是一隻貓，只有半個拇指大，跟花花很像，唯妙唯肖，可愛極了。

李珍寶笑道：「改天我去報國寺看望他老人家。」

戒九笑道：「阿彌陀佛，節食小師父若去，要等到五月以後，貧僧師父一回寺就閉關修行了。」

請他們給愚和大師帶了些素食點心，送走兩位師父後，江意惜就把茶葉分配了一下，因為皇上喜歡這種茶，這次江意惜和李珍寶依然各拿出兩斤孝敬他，另外又分別送了鄭老大人和宜昌大長公主各半斤，還送了江洵半斤。

晚上花花回來，江意惜把那個小掛件給花花看了，並說了戒十的歉意和誇牠的話。

花花傲嬌地翻了個白眼，牠不想搭理那個醜和尚，但這個掛件實在太漂亮了，味道也好聞，便乖乖讓人掛在牠脖子上。

第五十六章

正月底，天氣漸暖，花花的心也悸動起來，在家裡待得難受，上樹上房，扯著嗓門嚎。

老國公想去孟家莊看孟月，就帶著花花和啾啾去了。

兩天後，老爺子讓人給孟辭墨送了封信回來，大意是孟月已經鬆口願意嫁人，老爺子提了幾個家人幫著看的人選她都沒同意，後來她願意嫁前年孟辭墨說的那個後生，還想離開京城這個傷心地。

老爺子說，等他們成了親，就把後生調去吳城，孟月的事傳不到那裡，又有劉氏的父親幫忙看顧。

孟辭墨遺憾地跟江意惜說：「歐陽將軍上年初就娶媳婦了，連兒子都生了。」

孟辭墨暗自嘆氣。姊姊眼界高，喜歡俊俏多才又懂風花雪月的男子，但她嫁過人，又有被擄的名聲，條件好的男人都不願意娶，願意娶她的，不是家世過低，就是特別「上進」、看中孟家家世的人，孟家也不願意，萬一遇人不淑，劉氏這樣強勢的人都被欺負成那樣，孟月還不得被人拆骨吃肉啊？

估點錢財不怕，怕的是孟月到死都被蒙在鼓裡，人財兩空孟家還不知情，只能給老爺子回信，說他再看一看。

江意惜道：「說一千道一萬，還是要本人爭氣，若找不到適合的，不如單過，你這個弟弟總不會害她。」

孟辭墨也是這個意思。

二月初三，雍王世子李凱和世子妃崔氏的長女滿百日，雍王府大擺百日宴。

小姑娘大名李圓圓，小名小圓圓。名字是姑姑李珍寶取的，寓意團圓、圓滿。

這是對外的說辭，還有李珍寶沒說的，小圓圓長得極是喜氣，圓圓的眼睛、圓圓的小臉、圓圓的小嘴、圓圓的小蒜頭鼻、圓圓的小身子……大圓套小圓，全身都是圓。

小圓圓極得姑姑李珍寶喜歡，祖父得皇上看重，母親又是崔次輔孫女，可說一出生就萬千寵愛。

這天上午，除了老爺子和孟月、幾個小蘿蔔頭，成國公府的主子齊聚雍王府喝滿月酒，連懷孕不久的江意惜都去了。

孟辭墨不想讓江意惜去，江意惜還是堅持去了。她跟李珍寶和崔文君的關係都好，李圓圓的百日宴不好不去。

她說道：「放心，何氏還沒有本事在雍王府佈局。」

孟辭墨想想也是，又囑咐跟去的丫頭婆子要注意安全。

成國公府的眾人來到了雍王府，李二奶奶和李三奶奶親自站在花廳外迎客。

因為李珍寶和江意惜的關係，李二奶奶和李三奶奶對國公府的眾人非常熱絡，李三奶奶扶著孟老太君走進花廳。

廳堂裡珠環玉繞，坐的都是皇親貴戚、世家大族的當家人，連趙淑妃和曲德妃都來了。她們會親自前來祝賀，既是因為皇上和太后對雍王府的偏愛，也是為各自兒子爭取雍王府的支持。

趙淑妃瘦多了，也漸顯老態。這些日子，因為李紹的那番話，皇上沒有停止過對她和英王的猜忌，經常讓人砸爛身邊的東西找毒藥、毒蠱或是毒石，日子非常不好過。

曲德妃依然美貌如初，嫵媚微豐，像熟透了的櫻桃，看著比趙淑妃年輕十幾歲。

這裡只有孟老太太和劉氏的座位，其他人見完禮就走，或是去側屋和廂房找認識的人聊天，或是去梅園賞梅。

宜昌大長公主和何氏也在，何氏瘦得脫了相，趙淑妃正在安慰她。「妳也要愛惜身子，聽說鄭大人快到京了……」

前半句是安慰，後半句就讓何氏難堪了。她不能說她身體不好是想丈夫，也不能說不想丈夫，特別是看到江意惜也在場，氣得抖著嘴唇不知該說什麼。

宜昌大長公主本就不喜趙淑妃，見她挑事，沈臉說道：「何氏前些日子得了風寒……」

江意惜裝作沒聽到她們的談話，逗了逗乳娘懷裡的小圓圓，跟崔文君說笑幾句，告辭退出。

聽崔文君說，李珍寶在梅園的聞香閣招待喜梅的小姑娘小媳婦，請江意惜去那裡。

江意惜來過雍王府多次，便由水草和水萍跟著向聞香閣而去，水草小心翼翼扶著她，水草是幾個小丫頭中最穩重的一個，她們走得很慢，不時注意地上有沒有冰、有沒有石塊。

雖是早春，路邊的樹枝和盆栽已抽出新芽，樹上廊下掛著彩綾彩燈，還能看到遠處的湖波蕩漾。雖然沒到花團錦簇的時節，也是一路風光旖旎。

雍王府的梅園非常出名，占地六畝，一到正月底二月初就滿園紅梅怒放，景象十分壯觀。

聞香閣是座四層六角小樓，坐落在梅園的正南面，左右和後面被紅梅包圍，站在三、四樓的窗前，正是賞梅的好地方，不僅盡覽梅園，也能看盡整個雍王府。

快到梅園時，江意惜抬頭看到聞香閣二樓窗口探出一顆腦袋，是李珍寶。

她招手笑道：「我的姊姊，我正等著妳呢！」

江意惜也笑著朝她招招手。

突然，李珍寶臉色大變，發出「啊」的一聲尖叫，只因她看到王府的一個丫頭沒站穩撞到了水萍，水萍又向前撲撞到水草。

江意惜和水草正抬頭打招呼，沒注意到前面腳下是一小片冰，水草被撲倒在地，她雖然鬆了手，但還是把江意惜也帶趴在地上，地上是碎石路，磕得江意惜渾身生疼，肚子就更疼。

李珍寶等人嚇壞了，連忙衝了下來。

水草和水萍哭著扶江意惜起來，江意惜起不來，肚子越來越痛，還伴隨著有血流出，江意惜嚇傻了，流著眼淚喃喃叫道：「孩子，我的孩子……」

她覺得天像塌了似的，雖然沒有暈過去，大腦卻一片空白，痛得使不出力氣，只能由著人把她抬進屋裡，隱隱約約聽到李珍寶和黃馨等人的哭泣，還有「快請御醫」的聲音。

「我的孩子……」她有氣無力地喊了一聲，便眼前一黑，昏了過去。

孟辭墨正在前院，聽說江意惜出事，趕緊來到內院，只見聞香閣的一間屋子緊緊關著，黃馨和孟霜、孟繡及幾個丫頭守在門外哭。

孟辭墨推開門進去，看到江意惜躺在榻上，眼睛閉得死死的，臉色和嘴唇蒼白，如死了一般，鮮血濡濕了裙子，連褲腳和繡花鞋上都有斑斑血跡，李珍寶守在一旁哭，兩個御醫在施救。

孟辭墨不敢相信，分開前時還笑靨如花的妻子，現在怎麼變成這個樣子了？

看到孟辭墨，李珍寶哭道：「孟大哥，對不起……」

孟辭墨沒理她，紅著眼睛問御醫。「惜惜怎麼樣？」

一個御醫說：「孟大奶奶小產造成大出血，血還未止住，唉……」

他們一個施針，一個開了藥讓人去煎，半個多時辰後，血終於止住。

一個御醫說道：「孟大奶奶雖然還未清醒，但血止住了，已沒有生命危險，不過，以後子嗣艱難了。」

聽到已沒有生命危險，孟辭墨就放了心，抱起江意惜出門，上了聞香閣外的一輛車廂寬敞的馬車，即刻趕回府。

雍王府來了這麼多客人，不能因此事而怠慢，百日宴還要繼續，只是孟家人都吃不下東西，也急著回府了解江意惜的情況，李珍寶不放心，也跟著他們一起去。

雍王和李凱把孟家人送出王府，連連賠著不是，只有孟二老爺孟道正暫時先留下，他要等雍王府找出加害人，給孟家一個交代。

那個撞人的丫頭已經在眾人慌亂中逃跑，後被發現投河自殺。她其實不是雍王府的丫頭，真正的身分是雍王府戲班裡的一個戲子小彩蝶，之前是文王府戲班的，唱老旦，因為李凱喜歡她的唱腔，李紹便送給了李凱……

雍王府把戲班的人都拘起來審問，孟二老爺還暗示要查查小彩蝶是否跟何氏或何家有關係。

孟辭墨回府之前悄悄交代他，讓他注意何氏。他雖然不知為何把江氏被害跟何氏聯繫起來，還是這樣說了。

雍王爺親自審問此事，查到半夜，有幾個戲子說小彩蝶一直在為舊主李紹抱屈，說李紹是被孟辭墨害死的，一番審問下來，案情指向小彩蝶是為舊主報仇，報復不了孟辭墨，就報復孟辭墨正懷孕的媳婦江氏。

聽了孟二老爺的話，雍王府也重點查了整個戲班子包括王府下人同何氏的來往，但皆一無所獲。

孟二老爺子時末回到國公府，孟辭墨還在前院等他。

孟二老爺道：「雖然那麼說，也沒完全定案，會繼續調查，我覺得不像何氏所為，她應該沒有那個本事做得如此乾淨。」

是戲子所為，戲子作案前就抱著必死的決心，作案動機直指為李紹報仇，目前沒查到其他線索……孟辭墨也覺得何氏不一定有這個能耐。

次日，李凱和崔文君帶著厚禮來成國公府賠罪道歉，崔文君哭得厲害，出了這事，不僅害了江意惜、害得雍王府和成國公府生隙，也害了自家小閨女，才剛剛一百天的孩子，怎麼這麼倒楣。

孟辭墨徹夜未眠，一直守在江意惜身邊，聽說李凱夫婦來了，才來到廳屋。

李凱給孟辭墨長躬及地，慚愧道：「是我們管家不嚴，讓孟大奶奶受委屈了，唉，也怪我大意，把那個害人精弄進府。」

孟辭墨連座都沒讓，冷臉道：「不要說那個戲子是為舊主報仇，我不信。」

李凱道：「府裡戲子都沒放出來，還在審問，也已經派人去找前文王府戲班裡的戲子了，那些人就流落在幾個固定的地方，還是好找……」

孟辭墨道：「那就請回吧，找到人再來說。」

李凱紅了臉，走也不是，不走也不是。

李珍寶一直在浮生居東跨院，想去陪江意惜被丫頭勸住，畢竟人家的夫婿守在房裡，她大半夜跑過去於禮不合，直到天色漸亮她才睡著，這時聽到哥哥嫂子來了，又趕緊過來。

她的眼睛通紅，慚愧道：「也怪我，若我不跟姊姊打招呼，她們的注意力也不被我吸引，哪怕被丫頭撞了，也不會這麼嚴重。」

孟辭墨問道：「珍寶郡主是一直站在窗前等惜惜嗎？」

李珍寶說道：「沒有，之前我在另一邊賞梅，後來聽到有人說孟大奶奶來了，我才走去北窗前看她……」說到一半，李珍寶突然領悟，瞪大眼睛道：「難道這也是有人故意引我過去的？真的把我當傻子了？」

孟辭墨和李凱都是一驚，相互對視一眼，有了猜測。

若江意惜在雍王府丟了命，雍王府可是把成國公府得罪狠了，雍王府和成國公府交惡，也就是跟平王交惡，這是誰最願意看到的？

李凱又問：「小妹，說那話的是誰？」

李珍寶想了想，肯定道：「是郭敏，是她沒錯，郭氏的娘家姪女。」

郭氏是現雍王妃，李珍寶不喜歡她，背後都直呼她為「郭氏」。郭氏跟李凱和李珍寶的關係一般，之前跟趙淑妃的關係很好，後來在雍王多次干涉下，郭氏才沒敢跟趙淑妃走得過近……

郭敏喊的那句話或許是無心之語，但造成了這麼嚴重的後果，還把案情巧妙地往別的方向引領，就不一定是無心之語了。

孟辭墨咬牙道：「你們可以往這方面查，也不要漏了何氏那條線，她與惜惜不睦，哼，等找到人了，看我怎麼收拾他們。」

李凱點點頭，對崔文君道：「妳替父王和我向孟大奶奶道歉，再去給老太君磕頭賠罪，我先一步回府查此事。」

他得趕緊回去跟父王商量，若真是和郭氏有關，不能讓她把痕跡全部抹淨了，那就不好查了。

崔文君點頭應了，隨後跟李珍寶一起進了正屋臥房。

只見劉氏坐在床頭，江意惜躺在床上，站在一邊的吳嬤嬤眼睛都哭腫了。

江意惜聽到外面的說話聲，雖然聽不清內容，但聽得出有李珍寶、李凱、崔文君的聲音，只是她無心回應。

不管他們找沒找到凶手，她的孩子都沒了，而且，她遭受了這次的重創，哪怕有眼淚水，以後也可能懷不了孩子了。

是她的錯，愚和大師明明告誡過，都是她大意了，她不該出去的，是她害了孩子……想到這，眼淚又奪眶而出。

劉氏輕聲勸道：「妳在坐小月子，不能這麼哭，落了病根不好治。」

吳嬤嬤也勸道：「大奶奶，妳不能緊著哭。」

崔文君和李珍寶更加內疚，兩人來到床邊，看到江意惜閉著眼睛，眼淚從眼角流出，鬢角的頭髮都打濕了。

崔文君歉意道：「姊姊，對不起，是我們管家不嚴，出了惡人……」

李珍寶哽咽道：「姊姊，都是我不好，是我請妳去我家的，也是我招呼妳，害妳沒注意腳下，我有些缺心眼，被人利用了……」

江意惜心裡難受，沒有理她們。

劉氏說道：「妳們的歉意辭墨媳婦都聽到了，她現在身心疲憊，還需要靜養……」

崔文君明白道：「好的，姊姊好生歇息，我們先走了。」

李珍寶還不想走，被崔文君硬拉走了，她們還要去福安堂給老太太賠罪。

此時的福安堂，老太太正哄著兩個孩子。

存存和音兒昨天就被接來這裡，一天沒看到娘親，兩個孩子都不自在，存存哼哼嘰嘰，音兒扯著嗓門哭，老太太哄著。「已經讓人去接太祖祖了，等他回來給你們編蟈蟈兒、編蝴蝶……」

兩個孩子第一喜歡娘親，第二喜歡老爺子，若他在，他們會好過許多。

這時見到李珍寶和崔氏進來，老太太又沈了臉，二人給老太太屈膝行禮，道了歉。

老太太流淚道：「辭墨媳婦遭了大罪，不僅差點死了，身子也不好了，以後子嗣艱難，唉！」

李珍寶再次賠了罪。

她們剛走，孟老國公就抱著花花回到成國公府。花花的眼睛都哭腫了，牠昨天晚上一得到消息就想獨自跑回來，被老爺子攔住，還讓水清把牠鎖進籠子裡。

老爺子知道花花厲害，能夠自己回京，但還是怕牠出事，畢竟有時候人比野獸更可怕，他放心牠獨自去山裡玩幾天，卻不放心牠一隻貓走那麼遠的路回京。

孟月也想回來看江意惜，老爺子沒允，她回來幫不上任何忙，還會把人哭得心煩意亂。他們直接去了浮生居，花花直奔臥房，老爺子在廳屋聽孟辭墨說了事情始末。

老爺子也覺得不太可能是何氏做的，何氏除了能在大長公主府和何家興風作浪，也就挑唆挑唆周氏及江意言那樣的蠢人，在雍王府還找不到她出手的痕跡，她沒那個本事。

這件事，不排除那個戲子真是為舊主報仇，但更大的可能性是趙淑妃和英王出手，目的是離間雍王府和成國公府的關係，也就是離間雍王和平王的關係。因為李珍寶和江意惜要好，不僅雍王同平王的關係更加密切，太后娘娘對平王也有了更多好感，這是趙淑妃和英王不樂意看到的。

聽說雍王府和成國公府都已派人去找前文王府戲班裡的戲子，雍王府也開始暗中調查雍王妃，老爺子點頭表示滿意。

「你去忙吧，我在府裡守著。」

老爺子回府坐鎮，孟辭墨才能放心出門。

他回臥房跟江意惜說道：「好好歇息，我們會把凶手找出來……」

花花難過極了，頭窩在江意惜腋下，小屁股朝天，小身子一慫一慫哭得傷心。

江意惜已經聽說有可能是雍王妃指使人害她，為查得更多消息，剛才悄悄交代花花去雍王府當臥底，主要偵察雍王妃和她的心腹下人，此時正好順勢說道：「讓水清把花花送去珍寶那裡，小東西在這兒哭得我難受。」

孟辭墨也大概明白江意惜的意思，讓花花去，或許會有意想不到的驚喜，提前抓到人也未可知，有李珍寶護著，雍王府的人不敢傷害牠。

孟辭墨抱起花花走了出去，水清剛從孟家莊回來，包裹還沒打開，聽說要去雍王府，又一手拎起包裹，跟著孟辭墨走了。

花花被水清抱進雍王府的聚靈院，李珍寶正斜倚在美人榻上難過。

水清屈膝說道：「郡主，花花一直在大奶奶懷裡哭，哭得大奶奶難受，大奶奶說想讓牠在郡主這裡待幾天，陪郡主解解悶，大奶奶耳根也清靜。」

李珍寶看見眼睛哭得紅腫的花花，抱過來說道：「好花花，比人還記情，都說貓貓不會哭，也不盡然。」

花花把小腦袋埋在李珍寶懷裡，又咧開大嘴哭起來。

李珍寶讓人把水清安排住去耳房，又讓人傳話下去，這隻狸花貓也是她的寵物，不管牠去哪裡，都不許人傷害牠。

花花窩在李珍寶懷裡讓她擼了一陣，就掙脫她跑了出去。兩輩子下凡都在大宅門裡，牠自是知道當家主母住什麼樣的房子，直奔王妃住的正院跑去。

雍王爺也在正院，同雍王妃說著那件事。

雍王似乎已經相信是戲子為舊主報仇，大罵李凱識人不清，什麼人都敢要回府，又罵王府長使官管家不力，讓小彩蝶鑽了空子，對於小彩蝶，他還有些讚賞，覺得她是忠奴……

雍王妃十分過意不去。「出了這麼大的紕漏，我也有責任，唉，江氏跟珍寶玩得最好，因為這件事，或許會影響她們的交情。」

「喵……」

突然，他們聽到一聲貓叫，再是一隻狸花貓躥進來，花花直奔雍王，跳上他的膝蓋。

認出花花是李珍寶的救命恩貓，雍王把牠抱進懷裡說道：「又來這裡串門子了？」嚴肅的臉上方有了幾絲笑意。

花花「喵」了一聲，伸出爪子扯了扯他的鬍子。

雍王妃也認識這隻狸花貓。她之前同雍王去昭明庵看望李珍寶時遇到過牠幾次，知道是江意惜的寵物，但她不喜歡這隻貓，覺得牠再普通不過，不知江意惜從哪撿來的，連眼界特別高的李珍寶也格外喜歡牠。

雍王妃又接著剛才的話題說道：「不過既然已經查清楚是小彩蝶為舊主報仇，事情就算了結了，為何還要找那些戲子？」

雍王道：「這事沒那麼簡單，孟辭墨也不是那麼輕易會被說服的，雍王府得給他一個交代，多找到幾個戲班子的舊人證明小彩蝶之前對李紹的忠心，孟辭墨不相信也得相信。」

正說著，一個婆子來報。「王爺，世子爺在外書房有要務稟報。」

雍王起身要出去，還想把花花抱出去，花花躲開了，跳上炕几，抬起一隻爪子把五彩盜蝶裡的一塊點心扒拉下來，蹲著吃起來。

雍王寵溺地看了眼花花，吩咐道：「就留著吧，牠想做什麼就做什麼，不許傷害牠。」

幾個下人屈膝道：「是。」

雍王走了出去，聽到腳步聲走遠，雍王妃皺眉看了一眼花花，目光裡滿是嫌棄。

一個丫頭上前收拾裝點心的碟子，另一個丫頭過來想把花花抱走，花花抬起頭，惡狠狠地叫了幾聲，聲音特別尖，嚇了雍王妃一跳。

雍王妃阻止道：「算了，不過一隻小畜牲，等牠。」

雍王妃端起茶盅喝了一口茶，又心煩意亂地把茶盅撂下。

隨著珠簾響動，一個四十幾歲的婆子走進來。

雍王妃和郭婆子對視一眼，看出郭婆子有話要說，她倒下斜倚在引枕上，脫下繡花鞋把雙腿放上炕，郭婆子坐去小錦凳上給雍王妃捶腳，她舒服地閉上眼睛。

一個丫頭把香爐蓋打開，用長銅夾搗了搗裡面的灰，又丟了幾片香進去，同另幾個下人躬身退下。

郭婆子聽到腳步聲出了正房，抬頭輕聲說道：「稟王妃，剛剛聽前院的人說，世子爺和世子妃把灑掃的人都抓了起來，審問那處冰是怎麼回事……」

雍王妃一下睜開雙眸，起身輕聲喝道：「他是懷疑到我們頭上了？那個豎子，一直跟我較勁，自從醜丫頭回來，更得意了。」

郭婆子道：「不一定是懷疑到我們頭上，例行審問罷了，府中這麼大的地方，一小塊冰沒發現也正常，頂多是負責灑掃那裡的婆子丫頭失職沒看到冰，誰想得到戲子會用那塊冰害人呢。」

雍王妃又重新躺下，說道：「等這陣風頭過了，還是把趙婆子做了，只有死人才不會開口。」

郭婆子垂目道：「是。」

花花的琉璃眼轉了幾轉，耳朵跳了跳。難道自己才是男主角，一來就聽到這麼大的瓜？牠激動得身子都有些發顫，趕緊穩住情緒低頭把點心渣舔乾淨，沒有點心吃了，牠就趴在炕几上假裝睡覺，心裡暗道，人不可貌相，這個壞王妃原來是蛇蠍美人，小珍寶雖然長得不怎樣，卻是頂頂好的大好人。

直到晌午要吃飯了，花花也沒聽到更有價值的東西，牠起身跳下地出了正院。

牠沒有往聚靈院跑，而是去了後院，跳出後牆往成國公府跑去。

雍王府離成國公府不算遠，三條街的距離，之前江意惜帶牠去雍王府的時候，特地告訴過牠怎麼走，還提醒牠，橫穿馬路時要注意馬和馬車，寧可跳圍牆爬房頂，也不要走過於僻靜的小路，還要離乞丐遠著些，別被壞人抓住燉了……

花花一路小跑，兩刻多鐘後回到浮生居，江意惜正在吃晌飯。

吳嬤嬤吃驚道：「花花，你不是去雍王府了嗎，怎麼自己回來了，水清呢？」

吳嬤嬤嫌牠身上髒，用身子擋住，不想讓牠靠近大奶奶，花花從她胯下鑽過，跑去腳踏板上。

江意惜知道牠此時回來肯定有事，便阻止過來要抱走牠的吳嬤嬤。「莫管牠，去廚房給牠拿條魚過來。」

「是。」

吳嬤嬤不放心別人服侍江意惜，一直貼身服侍，水草和水萍因為在雍王府保護主子不力，挨了十板子，被送回家養傷了，若沒有江意惜說情，早被趕出府了，現在雖然讓她們傷好後還能回來繼續在浮生居服侍，也從一等丫頭降到了二等丫頭。

屋裡沒人了，花花立著身子喵喵叫道：「娘親，我聽到了大秘密，雍王妃就是大反派、害人精，我有可能是男主喲……」

報。

然後，實況轉播了雍王妃和郭婆子的對話，說完又黑影一閃跑了，牠還要回去打探情

吳嬤嬤正好端了一盤清燉鱸魚來到前院，見花花往院外跑，喊道：「花花，魚來了！」

花花頓了頓小身子，喵了一聲，還是忍住饞跑了出去。

江意惜靠在床頭沈思，想不到這事真是跟雍王妃有關，自己與她無冤無仇，她應該是聽命於趙淑妃。

既然知道是誰做的，也就不必繞彎子了，她打算讓孟辭墨去跟李凱說這事，至於孟辭墨為何知道是趙婆子做的，他自己找託辭。

壓在心頭的大石頭挪開，江意惜頭一落枕就睡著了。

睡夢中，她居然看到一個光屁股小男娃，小男孩長得很像存存，流著眼淚對她說：「娘親，我不想離開妳……」

江意惜淚流滿面，追著他喊：「兒子，兒子……」可她無論怎樣追都追不到小男孩，還摔了一跤，大哭道：「兒子，等等我……」

然後就聽見有人在她耳邊說：「大奶奶，大奶奶，醒醒，醒醒！」

江意惜睜開眼睛，看見吳嬤嬤在一旁叫她。原來是作夢，可夢境又是那麼真實，她相信夢裡的孩子就是她肚子裡的孩子，因為她一時大意，把孩子弄沒了……

江意惜難過極了，趴在吳嬤嬤的懷裡哭道：「嬤嬤，我夢到我兒子了！我懷的是兒子，

他喊我娘親，還哭了，說不想離開我……」

吳嬤嬤也落了淚，勸道：「大奶奶，妳還年輕，等到把身子調養好，小哥兒又會回來找妳，御醫說了，妳不能太激動，要靜養。」

江意惜緩緩止了哭，是啊，只有把身體調養好，兒子才會回來找她。她撫摸著肚子，低聲說道：「寶貝等著，等娘親調養好身體，再續我們母子緣分。」

這麼想著，她也就沒有那麼傷心了，又平靜地躺下。

下晌陽光強烈，透過窗紙把菱形雕花格映在地上，看著地上的光暈有些眼花，她的視線又望向床頂，都說小產也是月子，要坐一個月才能下地。

晚上孟辭墨下衙，直接回了浮生居。

江意惜遣退下人，悄聲道：「我下晌作了個夢，夢到咱們兒子了……另外還有人告訴我，這事是雍王妃讓灑掃婆子做的，那婆子姓趙，雍王妃身邊的郭婆子也參與了。」

孟辭墨神情一凝，他知道自己媳婦作夢有多準，既然她作了這個夢，一定是上天給她的提示。

他沈臉罵道：「那個郭氏真是找死，她投靠趙淑妃妄想鬥倒李凱，卻拿我妻兒的命去換，可惡至極！我現在就去找李凱，等把事情查清，得讓雍王爺和李凱給我們一個說法。」

他飯也沒吃，起身匆匆走了。

孟辭墨子時末才回到成國公府，同老公爺和成國公、孟二老爺商議一番後，回了浮生居。

他輕手輕腳進淨房洗漱，出來時，看到江意惜已經坐起身靠在床頭。

「醒了？」

「嗯，事情有結果了嗎？」

孟辭墨臉色嚴肅，坐上床說道：「查出來了，主謀的確是郭氏……」

孟辭墨去雍王府，說從可靠管道得知，雍王府管灑掃的趙婆子聽人教唆，故意在貴客會前往的聞香閣附近留下一些冰，預謀製造意外，讓人不慎滑倒……

李凱心裡已有底，上午先審問了王府所有管灑掃的婆子、丫頭，但沒問出個所以然，只得打了灑掃管事十板子、內院管事十板子、專門管灑掃的婆子丫頭二十板子，趙婆子當然也被打了二十板子。

之後，李凱下令封鎖消息傳進內院，另外派人直接把郭婆子和趙婆子抓來審問。

趙婆子一被抓來就嚇壞了，還沒等上刑就說了實話，交代是郭婆子給了她二百兩銀子，讓她在那裡弄一塊滑冰。

郭婆子馬上就被帶了過來，一開始咬死不承認，上了重刑才說實話，的確是雍王妃讓她做的，之所以安排小彩蝶動手，是因為小彩蝶表面沒有親人，實際上已經私下跟哥哥相認。

郭婆子讓自己兒子設局，給小彩蝶哥哥欠下賭債八百兩，小彩蝶哥哥被討債的人切掉一根手指頭，痛哭流涕求妹妹救他，小彩蝶想用自己的一條命換哥哥家的五條命，還得了忠奴的好名聲，會被厚葬，就答應做了。

至於雍王妃為何要害江意惜，郭婆子也不清楚……

審問完，才把雍王請來。

雍王不太相信，又親自審問了郭婆子一番，得到同樣的答覆，氣得砸了茶碗。

他沈思片刻後問孟辭墨。「你從什麼管道得知這事是趙婆子和郭婆子做的？」臉更沈了，眼裡有了怒意。「難不成你們成國公府，或者本王的皇兄在雍王府裡安插了細作？」

孟辭墨否認道：「王爺高看成國公府了，我們還沒有那個能耐，至於陛下安沒安細作，陛下沒讓屬下做過，屬下不知。屬下之所以猜測是趙婆子做的，是出事後派人打探雍王府下人，查到趙婆子的兒子這段時間手面特別大，趙婆子又是管灑掃的，便推測她或許有參與。至於郭婆子，只是懷疑，她是雍王妃的心腹，有什麼見不得光的事肯定交由她辦，從她身上必能尋到線索……事實證明，屬下猜對了。」

說完他也沈了臉。「王爺如此，是先發制人，不想給我們一個交代？」

孟辭墨之所以知道趙婆子有個兒子，是因為李凱派王府護衛抓人時，孟連山跟著去了，趙婆子之子二十幾歲，一看就是個混混，長年出入賭坊。

雍王看了一眼孟辭墨。他說的兩點雖然都是猜的，只能說明人家聰明，而不能說明人家一定在自家安了細作。

他瞪了兒子一眼，兒子差孟辭墨不是一點半點，這種家務事，不是應該先自家審了，想好怎樣處理，再告訴他們嗎？現在還要外人來教他們怎麼做，面子都丟光了。

雍王忙說道：「孟大人多慮了，本王只是一問，若本王王妃真的有參與，本王不會徇私，必會給你們一個交代。」

之後如何審問雍王妃肯定不會讓外人看到，得了雍王的保證，孟辭墨便告辭離開了。

江意惜問道：「已經查實，郭氏會被處死嗎？還有幕後的趙淑妃，若郭氏供出她，會怎樣處理？」

她知道郭氏不會被處死，還是這樣問了，她就是想讓郭氏以命抵命。

孟辭墨搖搖頭，把她攬進懷裡說道：「不可能，郭氏是王妃，處死她要經過皇上和宗人府。這是雍王府醜聞，還牽扯進了趙淑妃，他們不會擺在明面說，大概會找別的藉口處置郭氏，至於趙淑妃，哪怕郭氏真供出她來，雍王也只會私下跟皇上稟明……臣子的命在他們眼裡不算什麼，何況還是一個未出生的孩子？李紹是我們孟家逼迫皇上賜死的，這次不能再施壓，祖父戰功赫赫，德高望重，不能讓皇上對他有一點不喜和忌憚，否則，對我們孟家不利，對平王也有影響……」

江意惜悲憤道：「可那些人害死了我們的兒子……」

孟辭墨冷聲道：「我兒子不會白死。等風頭過了，我會要郭氏償命，還有趙淑妃，我不會放過她們。君子報仇，十年不晚。妳切勿憂心，還有李珍寶，有些事咱們不好做，她能做……」

兩人相擁著沈默了一陣，孟辭墨道：「大師說過，這個劫過了，妳會順遂一生。」

江意惜道：「可孩子沒了。」

「我們還年輕，會有的……」

次日早上，李珍寶一睜開眼睛，就看見花花像冰棍一樣直直睡在她旁邊。這兩天，只有這個小東西能讓她開心了。

她剛穿好衣裳，素味就從外面跑進來。

「郡主！聽撫棋姊姊說，害人的人找出來了。」撫棋是崔氏的大丫頭。

李珍寶聽了，提著裙子向外跑去，素味在後面高聲喊著。「郡主，妳還沒洗漱呢。」

李珍寶跑到兄長的院落，這時李凱正和崔文君在房裡說著審問的事。

崔文君用帕子抹著眼淚，只罰那個賤婦去小佛堂，太便宜她了。「郭氏不僅害了孟大奶奶，還害了我的圓圓，百日宴上出人命，圓圓的福氣都被折損了。」

李凱道：「這是父王的意思，這件醜事總不好傳出去讓人看笑話，父王說，等過些時候會再以她得了惡疾為由，把她趕去莊子，降為側妃。這事還牽扯到趙淑妃和英王，事關皇家體面，妳且放寬心，君子報仇，十年不晚……」

李珍寶這時跑了進來。「大哥！那件事是誰幹的，是不是郭氏那個老巫婆？」

是崔文君一大早讓人把消息傳給李珍寶的，在雍王爺宣佈處置之前，還有可能改變結果。

李凱只能老實說：「是，是郭氏得了趙淑妃指示安排的……」

接下來李珍寶知道了雍王對郭氏的處置方式，氣憤不已。這樣高高拿起，輕輕放下，對不起江意惜，也對不起小圓圓！

她對崔文君說道：「嫂子不氣，這事不會就這樣算了的，我去找父王，讓他把郭氏趕出雍王府，我還要進宮跟皇祖母念叨念叨，好好收拾趙淑妃。」

說完，又提起裙子往外院跑去。

晚上戌時初，孟辭墨正跟江意惜閒話，外院婆子來報，雍王、雍王世子、珍寶郡主攜厚禮來了。

珍寶郡主已經向浮生居而來，老公爺請世子爺去外院待客。

孟辭墨剛走不久，李珍寶就來了浮生居，懷裡還抱著花花，李珍寶一進來，就撲進江意惜懷裡。「我的姊姊，對不起，我被老巫婆利用，害了妳……」

江意惜還能說什麼呢？她拍著李珍寶的背說道：「不怪妳，不要把別人的罪攬在自己身上。」

李珍寶又道：「姊姊，我給妳報仇了，今天我父王和大哥去見皇上，我去見了皇祖母，皇祖母知道這事非常生氣，說她們心思歹毒，不僅害了無辜的小圓圓，更害了江二姊姊的孩子，立刻派人去跟皇上和我父王說必須嚴懲。

「妳知道嗎？那趙淑妃還大呼冤枉，說她只是跟郭氏說了幾句不喜孟家和妳的話，誰知郭氏就自作主張做了那等惡事，那個壞女人，把鍋都推到了郭氏身上！幸好皇上沒被她騙了，現在郭氏得到了嚴懲，被父王降為側妃趕去莊子，趙淑妃也被皇上降為趙妃。我父王說，若不是看在英王的面上，趙妃這個位分都保不住，皇上現在特別討厭她，對她網開一面，只是因為皇上不願意平王一支獨大……」

雖然沒有要了那兩個女人的命，但這已經是最好的結果了，若沒有李珍寶在雍王和太后娘娘面前進言，連這個結果都不會有。

江意惜摸著肚子說道：「珍寶，謝謝妳。」

李珍寶難過地說：「是我闖的禍，妳還謝我什麼，姊姊放心，郭氏去了莊子，我大哥大嫂不會讓她有好日子過。」又道：「我已經跟我父王說了，今天要陪姊姊一宿，今天姊夫公務繁忙，晚上不會回來住，我父王會再跟他說。」

江意惜點點頭，李珍寶下床去了淨房，由素味、素點服侍洗漱完，換上睡衣睡褲上了江意惜的床。

此時水清也把洗乾淨的花花抱了過來，兩人一貓躺在床上，花花還想睡中間，被李珍寶扒拉開，她要睡在中間。

李珍寶話匣子開了就停不下來，先罵了一陣郭氏和趙妃，接著是慶幸鄭家清明，沒有那麼多破事，說著說著，又誇起了鄭玉如何如何好。

她說了好一陣，才發現江意惜和花花都睡著了，她翻了個大大的白眼，嘟嘴道：「說了半天，真是對貓彈琴。」

次日，李珍寶在浮生居玩了大半天，申時末才回王府。

江意惜覺得挺對不起小圓圓，因為自己破壞了百日宴，她特地讓李珍寶給小圓圓帶一副小金鎖回去，這是小音兒的，還沒戴過，之前求愚和大師開過光。

李珍寶接過笑道：「老神仙開過光就是有福的，我大嫂定會喜歡，我本還想著等老神仙出關，求他賞小圓圓一樣什物呢！現在不用了。」

二月初八，夜風呼嘯，寒星閃爍，一隊人馬快速穿過街道，來到鄭少保府前。

眾人下馬，一個護衛走去緊閉的朱色大門前，拍門叫道：「開門，鄭大人拜訪。」

大門打開，門房伸出頭一看，真的是鄭吉，趕緊躬身笑道：「吉爺回來了，老太爺正盼著您呢！」

他趕緊把大門打開，另一個門房飛奔去稟報老太爺。

鄭老少保知道鄭吉這幾天會回京，一直等著他，見他這時候過來，知道他肯定還沒回大長公主府，又讓人去準備酒菜。

鄭吉給鄭老少保見了長輩禮，坐下淨了手和臉。

遣下下人，鄭老少保笑道：「為了婷婷的事，讓你放下公務大老遠趕回來……」

鄭吉笑道：「這是好事，婷婷和江洵都是好孩子，不能因為我耽誤他們的姻緣，影響姪女的幸福，是我的錯。」

他的臉色凝重起來，有了一絲羞赧。「唉，一失足成千古恨，我懺悔了半輩子，二十年過去，惡果還在延續。」

鄭老少保看看鄭吉，親自為他續上熱茶，說道：「年少慕艾，任誰也想不到，名震大江南北的鄭大將軍是個癡情種。」

鄭吉的臉更紅了，擺手道：「二叔說笑了，怪我年少時不知深淺，害了扈姑娘、惜惜、何氏，現在又延續到婷婷和江洵身上。」

鄭老少保道：「江二夫人已經仙逝，辭墨媳婦也把那件事放下了，只有何氏還想不開……」

鄭吉道：「何氏也是個可憐人，想要的要不到，長期鬱結於心，是我對不起她。我之前已經跟她說清楚，除了情感給不了，我會儘量滿足她的所有要求，這次回來，我會再跟她談談。」

鄭老少保嚴肅了起來，說道：「你們真的說清楚了，她甘願放下執念，只要身外之物？何氏的確是個可憐人，在她看來，不僅是你虧欠她，我們整個鄭家都虧欠她，但是，這不是她害人的理由。」

鄭吉雙眉一挑，眼裡迸發出怒火。「她害惜惜了？惜惜怎麼樣了？」

鄭老少保說道：「何氏的確出手害辭墨媳婦了，只不過手段不高，被她避開了……」

他說了何氏派人去青石庵讓人挑唆江意言的事。

聽說江意惜無事，鄭吉放下心來。他還是有些不相信是何氏所為，在他的印象裡，何氏溫婉平靜，雖然心中有恨，倒也不像敢一再出手害人的人。

他問道：「確定是何氏讓那個尼姑做的？」

鄭老少保道：「人證物證俱全。」

鄭吉不得不相信，想到何氏陽奉陰違，自己幫老何家做了那麼多事，希望能彌補對何氏的虧欠，她還敢暗中害人，令他氣憤難平。

鄭老少保又道：「可是，辭墨媳婦前幾天還是被害了，小產，差點連命都丟了。這件雖然不是何氏做的，但不把這個隱患解決了，誰知道她什麼時候又會出來害人，只有千日做賊，沒有千日防賊。不能讓她害不了江氏就害婷婷，抑或別人，甚至再下一代，為了我們鄭家清明，何氏是不能留在大長公主府了。你下不了狠手，我就跟老哥哥和大長公主說清楚，讓他們做個決定，他們再不忍心，我們和成國公府便不會客氣了。」

聽說江意惜到底還是受害了，鄭吉極是心疼，他也聽出來了，二叔是在逼迫他處置何氏。

待鄭吉回到大長公主府，已是深夜。

他沒有去內院，直接去了外書房，外書房裡瀰漫著龍涎香，幾盆盆栽綠意盎然，感覺主人從來沒有離開過。

鄭吉留下的心腹鄭賀知道主子這幾天會回來，一直歇在外書房耳房，聽見主子回來，鄭賀趕緊起身，親自服侍主子沐浴。

鄭吉閉著眼睛坐在浴桶裡，聽鄭賀稟報大長公主府這一年及他打聽到的其他情況，特別是何氏和何家的近況，事無鉅細都說了。

鄭賀心裡忐忑，只憑夫人做的那幾件事，都夠被休棄的了，他越調查越心驚，沒想到看著清婉美麗，有著才女之稱的夫人會做那些事。

沐浴完，鄭吉穿上白綾中衣褲，外面直接套了件青色薄棉袍。

來到書案前，上面擺了幾摞帳本，鄭吉拿起一本，又撂下。

這麼多年，何氏從大長公主府共移出五萬多兩銀子幫補娘家，何家做了許多欺壓良民及索賄收賄等壞事，比較嚴重被人告發的都由何氏出面解決。

五萬多兩銀子，這在富貴無邊的宜昌大長公主府不算什麼，卻是何氏能夠挪用的最大數額。大長公主府絕大多數錢財由公主府屬官家令管理，鄭吉的大多私房則由心腹管理，否則，還不知她會挪用多少。

錢財之事鄭吉沒往心裡去，但幫何府擺平的那幾件事卻讓鄭吉沒想到，這些都是她用大長公主和鄭吉的名頭去辦的，其中包括兩樁人命官司、三件索賄事件，這幾件事都沒有完全抹平，有心人一旦翻出來，宜昌大長公主和鄭吉就會被推去人前。

何氏嫁進大長公主府後初始的五年，她只是貼補何家錢財及幫助兄弟子姪一些小事，並未涉嫌犯法。只是或許覺得生活無望，何家人又知道何氏的心思，時日漸久，雙方膽子都越來越大，兩樁命案就是近六年做的。

鄭吉氣得太陽穴突突直跳，他知道，何氏變成這樣與自己有關。若只是這些事，沒有對惜惜出手，他會讓人把那幾件事擺平，罰何氏進府中小佛堂，直至終老。

可何氏不聽他的一再勸告，一心想害死惜惜，就絕對不能留在府中。以何氏心裡的仇恨和怨念，若趕她出府，肯定會選擇同歸於盡，把惜惜的真正身世鬧出來。

作為大將軍，鄭吉殺人無數，殺人不眨眼，但是，他無論如何不能對那個女人下毒手，一部分原因是兒子鄭璟，更多的原因是他本身。

那麼，只能那樣做了，雖然是下下策……

他沈思的時候，鄭賀跪下請罪道：「奴才有罪，出了紕漏讓唐嬤嬤去青石庵挑唆惡尼，差點害了孟大奶奶。」

雖然沒造成惡果，其他任務又完成得非常好，但鄭賀的確出了紕漏，這個紕漏，是不容許出的。

鄭吉冷聲道：「明日去領十板子，罰月銀一年。」

鄭賀磕頭道：「謝將軍。」
兩個小廝進來服侍鄭吉歇息，已是丑時末。

第五十七章

卯時末，宜昌大長公主一醒來，服侍她穿衣的夏嬤嬤就笑道：「老爺夜裡回來了，怕影響殿下歇息，沒來打擾您，歇在外院。」

大長公主眼裡迸發出喜悅。「吉兒回來了？快、快服侍本宮梳洗，今兒本宮要穿那身才做好的衣裳……」

她孩子氣的話逗樂了在場的人。

住在東廂房的鄭老駙馬進了上房，他也聽說兒子夜裡回來，樂得一臉褶子。

東側屋裡，老倆口盤腿坐在炕几前，等兒子過來一起吃早飯，夏嬤嬤笑道：「聽說老爺丑時初才回府，八成還在歇息……」

話未說完，外面傳來丫頭驚喜的聲音。「老爺來了！」

鄭吉進屋，給老倆口磕頭道：「拜見母親父親，兒子不孝，讓你們操心了。」

大長公主眼裡溢出淚光，親自起身把兒子扶起來，看他神色還好，笑道：「回來就好，回來就好。」

三人還沒吃飯，何氏就來了。

平時，大長公主體諒何氏身體不好、鄭婷婷年輕覺多，讓她們辰時末再來請安，何氏都是辰時末來，而鄭婷婷是辰時初來。此時剛剛辰時初，何氏應該是聽說鄭吉回府了，趕緊過來。

何氏妝容精緻，穿著平時幾乎不穿的大紅遍地金宮緞褙子，依然看得出面色憔悴，眼裡有血絲，一看就沒歇息好。

她先給公主和駙馬夫婦屈膝行了禮，又給鄭吉屈膝說道：「老爺專程回府，是因為婷婷的事嗎？老爺，我不同意。」

她已經打算好了，自己沒能如願把江意惜那個賤人弄死，也絕不容許鄭家跟江家聯姻！她是鄭家長房長媳，生了唯一的兒子，不能讓他們把自己的臉面和尊嚴踩在腳下。

若鄭吉一定要站在二房那邊，她就把他的醜事抖出來，讓全京城的人知道他和那個賤人的醜事，他不要臉，她也不給他們留臉面了。

何氏的話讓大長公主和鄭老駙馬一愣。「婷婷的什麼事？」

鄭吉眼內無波，給夫婦倆各自舀了半碗乳鴿湯，笑道：「娘、爹，吃完飯再說。」又對何氏道：「妳去廳堂待一會兒，有些事我會跟妳說清楚。」

何氏嘴唇抿得緊緊的，扭頭去了廳堂。

大長公主和鄭老駙馬對視一眼，看來兒子回來是出了什麼他們不知道的事情了。

何氏剛在廳堂坐下，就看見鄭婷婷來了。

鄭婷婷給何氏屈膝笑道：「嬸子來了。」

說完正要去東側屋，何氏輕聲說道：「妳這丫頭太著急了些，雖說妳今年已經十八歲，恨嫁的心思也不要太過明顯，他們還在吃飯，那些事等吃完飯再說也不遲，哼，還真把這裡當妳家了。」

鄭婷婷沒料到何氏會說這些，她愣了一下，望望屋裡的幾個下人，臉紅得能滴出血來，用帕子捂住臉哭著跑了出去。

兩屋之間只隔了一簾珠簾，鄭吉聽到廳堂裡的說話聲，沒聽清楚內容，抬頭問道：「怎麼回事？」

一個丫頭硬著頭皮掀開珠簾說道：「稟老爺，剛剛大姑娘來了，又走了。」

大長公主問道：「那丫頭來了怎麼又走了？」

丫頭不敢說實話。「……奴婢不知。」

小丫頭說完，就知道自己答錯了，一下匍匐在地，哭道：「奴婢該死！」

屋裡站著幾個下人，除了何氏的兩個丫頭，還有三個大長公主的丫頭，之所以小丫頭答話，是因為她正好站在珠簾外，她隱約能看到側屋裡的情景，大長公主也隱約能看到她，她不敢不答話，又不敢說大夫人說了什麼話，一時情急說了「不知道」。

她一如此，大長公主幾人都臉色怪異地看向她，另兩個丫頭也趕緊來到珠簾外跪下，正要稟報，何氏就起身說道：「婆婆，無甚大事。兒媳說老爺回來了，想跟婆婆和公爹多多相親，她就轉身走了。」

這是何氏想好應對大長公主的話，何氏心裡氣得要命，她敢那麼說鄭婷婷，就是想著自己可以把話搪塞過去，只要大長公主相信，那幾個丫頭就不可能把那些話再傳給大長公主知道。

至於鄭婷婷，她只是隔了房的姪孫女，自己是嫡兒媳婦，對她說這些不好聽的話，她自是不敢轉述，可現下被這個死丫頭一攪和，大長公主倒是認真了。

大長公主沈了臉，知道肯定不是何氏說的那樣，但當著下人的面不好教訓兒媳，兒子又剛剛回京。

這個何氏，行事越來越不著調了，哪裡像個大家主婦，自己當初怎麼就看上了她？沒本事攏住男人的心，還搞得她比誰都委屈。

吃完飯，鄭吉扶著大長公主坐去羅漢床上，等到鄭老駙馬坐好，鄭吉讓人把何氏請進來，把下人遣下。

大長公主沒搭理何氏，問鄭吉。「神神秘秘，到底什麼事啊？」

何氏沒言語，冷冷看著鄭吉，大有你敢那樣做，咱們就玉石俱焚，反正我豁出去了的氣勢。

鄭吉面無表情看了她一眼，對大長公主和老駙馬說道：「何氏嫁進府裡十九年，大略估算下來，從府裡共挪用五萬餘兩銀子給何家。」

他的目光又轉向何氏。「這些錢財可以不予追究，但妳卻不該縱著何家作惡，還以我母親、父親和我的名義干涉官衙斷案……」

鄭吉一件件數落出來，何氏嚇白了臉，也氣壞了大長公主和鄭老駙馬。老倆口知道何氏是會利用他們的名頭幫助何家，但想著何氏膽子小，又賢慧，絕對不敢做違法亂紀的事，沒想到她不僅敢做，還做了那麼多，甚至牽扯到命案和大筆索賄！

大長公主氣得怒目圓睜，喝道：「何氏，妳居然作了這麼多惡事，看來，我們府是留不得妳了。」

老駙馬也搖頭嘆道：「何氏，枉我們如此信任妳。」

何氏一下跪在地上，哭道：「婆婆、公爹，兒媳也是心裡有苦無處發洩啊，兒媳苦啊……」

大長公主氣道：「我們怎麼苦了妳了？妳都快把我們整個府搬去老何家了，我們怪過妳了嗎？何氏，妳身體不好，我免了妳的晨昏定省，家裡的銀子隨妳用，補品補藥像流水一樣賜予妳，不說公府、侯府，就是王府、郡王府，還有那些公主府，哪個兒媳婦有妳自在，有妳富貴？只因我兒為國鎮守邊陲，妳守空房守多了，就熬不住了？好，好，我現在就讓我兒放妳回家另嫁，找個男人天天陪著妳。」

大長公主的話讓何氏羞憤欲死，紅著臉哭道：「婆婆，您折煞兒媳了，兒媳心裡苦，是另有隱情。」

她的頭轉向鄭吉，哭道：「鄭吉，那個賤人已經死了十幾年，你為了她和她的賤種，就如此對我？你以為你抓住我的把柄，就能堵住我的嘴？你不把我這個正妻放在心上也就罷了，璟兒可是你唯一的嫡子啊，你怎麼能如此對我……」

鄭吉眼裡盛滿寒意，拳頭都握了起來。這個女人不止刻薄惡毒，還蠢笨、看不清形勢。他說道：「妳敢當著我的面罵她賤人，妳再罵一遍？」

語氣波瀾不驚，卻嚇得何氏抖了抖嘴唇，到底沒敢再罵一句「賤人」，用帕子捂著臉哭。

鄭吉又道：「我給了妳十九年的體面，妳自己不要，怪得了誰？至於璟兒，是我對不起他，沒有教導和陪伴他，還給他做了一個壞榜樣。但也是因為璟兒，我才一再容忍妳，誰知妳不知收斂，還越來越過分，居然敢招搖撞騙，借刀殺人，想置惜惜於死地，妳真的以為我不敢動妳？」

何氏可不敢承認她想置江意惜於死地，否認道：「我沒有……」

鄭老駙馬提高聲音說道：「還有什麼我們不知道的事，說清楚。」

鄭吉起身跪在父母面前，沈聲說道：「母親、父親，兒子慚愧，瞞下了一樁舊事。」

大長公主問道：「什麼事？」

鄭吉道：「惜惜……哦，就是孟辭墨的媳婦江意惜，她是兒子的親閨女。」

「什麼？」

大長公主和鄭老駙馬異口同聲喊道，他們吃驚不已，對視一眼。

大長公主又問道：「她母親跟你有染？」

鄭吉道：「她母親就是扈明雅，是我不好，跟她、跟她……她懷了孕，那時我卻不在京城……」

鄭吉大概說了一下扈明雅意圖投河自盡，卻被江辰救下娶回家的事。

「江將軍是君子，他知道惜惜不是親骨肉，依然待她如親生，把她撫養長大。明雅是個好女人，自從嫁給江將軍，便與我徹底斷絕來往，惜惜的身世，還是多年後我聽說她長得像鄭家人，一時起疑派人去查出來的。」

他又說了當年江辰是如何把扈明雅帶出京城，又把長女生辰說小近四個月瞞住眾人的事。

大長公主和鄭老駙馬都唏噓不已，剛剛兩人還很看不起扈明雅，居然未婚就委身於人，一定不是個好女人。但聽說她為此投河自盡，被江辰救起，成親後從此跟兒子斷絕來往，想盡辦法隱瞞江意惜的身世，覺得又不應該輕視她，特別還有江辰，那是怎樣的一個男人，對扈氏是如何癡情，又有怎樣的胸懷，才能做到這一步？

被江辰如此心悅、被兒子思念一生，扈氏一定有可取之處，大長公主聯想到江意惜的模樣及雲淡風清的行事，再看看面前跪著的一對怨偶，第一次對自己有了疑問，難道自己真的做錯了？

大長公主目光盯在鄭吉臉上，一晃二十年，兒子已經不再年輕，雙鬢有了幾絲白髮，這麼多年來，不僅自己過得孤單，兒子更苦，長年駐守邊陲，多少次命懸一線，克制住最基本的人性……

若當初同意兒子和扈氏的親事，兒子就不會一走那麼多年，不會受那麼多苦，自己也會兒孫繞膝……若有個江意惜那樣討人喜歡的親孫女承歡膝下，該多好？那個小姑娘，居然是自己的親孫女。

可是，就在這個府裡，那小姑娘竟被人推下湖，詆毀她的謠言滿天飛，連自己都戳著她的脊梁骨罵。想到自己的親孫女在江辰死後受江老太太和江家人苛待，被趕去鄉下莊子，嫁給孟辭墨後才改變境遇，前幾天又被趙妃和郭氏設計流產，險些喪命……

大長公主心如刀割，流淚道：「本宮的兒孫本該金尊玉貴，沒想到卻受了那麼多苦，可憐的惜惜，從小在別人家長大，喊別人祖母、父親，被人欺凌……是本宮的錯，是本宮的錯！」說著，親自起身把兒子扶起來。

鄭老駙馬也紅了眼圈，怪不得那個丫頭長得像三妹，原來是自己的親孫女。他搖頭嘆道：「可憐的孩子，受苦了。」

何氏沒想到鄭吉會直接承認江意惜是他的親閨女，之前想好拿捏他的話根本說不出來，更可氣的是，大長公主和老駙馬直接就認下了江意惜。

她尖聲說道：「婆婆、公爹，璟兒是你們嫡嫡親的長孫，兒媳是八抬大轎抬回來的正妻，那個私生女受苦，是她活該，誰讓她的生母不檢點……」

「何氏！」

鄭吉已經忍到暴怒邊緣，他的手握成拳又鬆開，若這人不是何氏，他會毫不猶豫一巴掌搧過去，哪怕她是女人，可何氏是璟兒的生母。

何氏住了嘴，倔強地看著大長公主和老駙馬。這個男人一直站在那對賤母女一邊，但公婆看在璟兒的面子上，也應該站在自己這一邊。

大長公主的目光又轉向何氏。當初看著那麼好的女孩子，今天怎麼會變成了這樣？刻薄、蠢笨、不顧大局、一臉怨婦樣……

她皺眉說道：「何氏，不用妳提醒，本宮也知道璟兒是本宮的嫡親孫子，也未否認妳是吉兒的正妻。可妳好妒、刻薄，對丈夫親生骨肉肆意謾罵，簡直一點規矩都沒有，惜惜是吉兒的親閨女，就是本宮的親孫女，還由不得妳欺辱。」

鄭吉又道：「我知道惜惜的身世後，再三告誡何氏不能動惜惜，為此，我捨下臉皮求陛下為何家子弟要好處。可何氏，好處照收不誤，私下還要置惜惜於死地……」

「沒有，我沒有動江氏！」何氏矢口否認。

鄭吉目光轉向她。「妳太膽大妄為了，那孟辭墨是誰，是保護皇上的人！妳居然想動他的妻子，真是找死，若不是看在我的面子上，妳早被弄死了！還有我二叔和鄭松，他們想招誰當女婿還輪不到妳管，更不允許妳隨意去害人，妳這個惡婦，妳害人的證據早被他們抓到了，還死不承認。」

何氏一下跪坐在地，冷意湧遍全身，顫抖起來。

鄭老駙馬問道：「什麼害人？什麼招婿？」

鄭吉又把鄭家看中江洵，想讓他當女婿，何氏得知消息後讓人去青石庵賄賂尼姑，把周氏摔死的事扣在江意惜身上，想借江意言兄妹的手害死江意惜的事說了。

「我給了何氏一次又一次機會，承諾我能給予的所有富貴，可她總想要我不能給的，要不到，就去害人。母親、父親，二叔和我都不願意何氏繼續留在府裡。」

大長公主徹底冷了臉，咬牙說道：「這樣惡毒的婦人，還留著做甚，直接杖斃。」

何氏這一刻真的害怕了，哭求道：「老爺，你不能這樣對我，我為你生了璟兒，替你孝敬公婆……」說著，她去抱鄭吉的雙腿，鄭吉嫌棄地躲開，她又去抱大長公主的腿。

鄭吉怕她傷著大長公主，一掌劈在她脖子上，她暈了過去。

鄭老駙馬也搖頭說道：「處置了吧！手還伸得長呢，國事、家事、隔了房的事她都要管，管不了，就害人。」看到鄭吉面露不忍，又道：「怎麼，你捨不得？這個惡婦，於公於私，都不能留下。」

鄭吉起身跪下，求道：「母親、父親，兒子殺人無數，不是心軟之人，可何氏，兒子不能殺她，她嫁進門時也是個好姑娘，之所以變成這樣，兒子有不可推卸的責任，兒子辜負了明雅，害得惜惜流落在外，不願意再弄死另一個女人。她是璟兒的生母，也不能休離，就把她送去莊子靜養，派婆子嚴密看守起來即可。」

大長公主想到何氏第一次給自己敬茶時的模樣，清麗脫俗，溫婉可人，若自己不作主把她娶進門，也不會變成這樣，至此也有絲不忍，說道：「把她送去遼城莊子，再派幾個厲害婆子服侍，對外的說辭是她得了會過病氣的惡疾。她身邊的奴才都清理了，若沒有人助紂為虐，何氏也做不了這麼多壞事，還有老何家，忒可惡，有些帳慢慢清算。」

鄭老駙馬說道：「下晌就把何氏送走。今天是初九，晚上璟兒從國子監回來，不能讓他們母子碰面，也不要告訴他何氏去了哪裡。」

鄭吉說道：「璟兒是個好孩子，我會跟他談清楚，等鄭玉去了西慶我就回來，在爹娘身邊盡孝，守著璟兒。」

看到兒子終於想通，願意回京守在自己身邊，大長公主又紅了眼圈。

自己就這麼一個兒子，當初自己為什麼那麼狠心，一定要跟他置氣？他喜歡誰就娶誰好了，多簡單的事，若是自己柔軟一些，這個家是不是會像鄭家二房一樣和樂？

可惜，世上沒有後悔藥吃。

她說道：「吉兒，娘應該答應你的。」

這是她第一次在丈夫和兒子面前如此示弱。

鄭吉正待說話，見何氏悠悠轉醒，便道：「母親、父親，我跟何氏單獨說幾句話。」

宜昌大長公主和鄭老駙馬相攜出去，去了西側屋。

宜昌大長公主氣得心肝痛，小聲嘀咕道：「吉兒對咱們可是狠心得很，一跑二十年，可對女人……」她的老臉皺成包子。「那個女人死了十幾年，還是心心念念忘不了，而對這個女人看似無情，臨了，又捨不得她死了。」

鄭老駙馬面沈似水。「吉兒留下何氏，也不完全是不忍心，還是為了璟兒。璟兒與他本不親近，若知道生母死於他手，他們父子關係就更加無法修復了。唉，只怪何氏被仇恨迷失了心智，留她不得。」

鄭老駙馬對大長公主耳語幾句。「我們做這個惡人，既如了兒子的願，也清理了門戶，璟兒不滿意，就不滿意我們吧。」

大長公主微微點頭。她心裡也不願意讓何氏繼續活著，膽子忒大，居然敢背著他們做那麼多壞事。

她提高聲音把夏嬤嬤叫進來，悄聲交代幾句。

夏嬤嬤臉色一僵，隨即恢復表情，躬身說道：「是，老奴交代下去。」

東側屋裡，何氏高聲哭鬧幾句，不知鄭吉說了什麼，聲音又低了下來，一刻多鐘後，兩個粗使婆子把已經哭得癱軟的何氏架出去。

下晌申時初，何氏被人迷暈過去，塞進馬車悄悄帶離京城。何氏的心腹全部悄悄處死，心腹的家屬也集中起來，該清理的清理，該賣的賣了……對外的說辭是，何氏患了過病氣的惡疾，要去莊子休養一段時間，等病好後再回京。

鄭璟在戌時初回到家，興沖沖去拜見祖母、祖父和一年未見的父親，卻得知母親因為犯錯已被送出京城。

鄭吉同鄭璟談了兩個多時辰，這是父親同他說話最多的一次。

夜深，鄭璟才走出正堂。

他沒有去外院自己的書房，而是去了母親的院子。院子裡空空蕩蕩，已人去樓空，每一扇小窗都是暗的，不像以往母親知道自己要來而為他亮著燈。

天上明月高懸，把院子照得影影綽綽，掛了一點綠的樹枝在夜風中搖曳著。

這個家本就冷清，這裡更冷清，哪怕在最多姿多彩的春夏之季，來到這裡也令人倍感蕭索和靜謐。

他小時候是在祖母院子裡長大的，從記事起，只要來這裡，乳娘都會給他多穿一件衣裳。此時，無邊的孤寂和寒冷包圍著他，他的心如掉進寒潭，寒徹肺腑……

他知道父母關係一直不睦，也聽說過父親心悅另一個女人，直至今天才知道，那個女人正是江意惜和江洵的生母，而江意惜還是自己同父異母的姊姊。

母親為何那麼傻，為何不聽自己的一再勸告？如今頂著鄭夫人的名頭被罰出京，連去了哪裡自己都不知道。

他還知道，就憑母親犯下的過錯，母親再也回不了這個家了，若母親沒生下自己這個兒子，恐怕命已經沒了。

鄭璟的眼裡又湧上淚水，淡黃色的月亮似被揉成碎銀。他低聲說道：「娘，妳沒有男人，還有兒子，將來還會有孫子孫女，妳比那個女人強多了，妳有最最珍貴的命啊！哪怕他們認下江意惜，江意惜的身世也見不得光，她搶不走妳兒子任何一樣東西……娘，其實妳什麼都不用做，就已經贏了，妳為何還要心存不甘，做那些事……」

哭了好一會兒，鄭璟用袖子擦了一下眼淚，一個人緩緩來到他身後站下，他哪怕沒回頭，也知道是婷婷。

鄭璟沒出聲，繼續望著正房發呆，那人也沒離開，同他一起保持沈默。

早上，鄭婷婷被何氏罵得痛哭跑回自己家，後才聽祖父說已經同吉叔談好，會處置何氏，心裡的鬱氣才消散。

等到下晌，大長公主府傳來消息，何氏已經被送出京城，她馬上想到，何氏離開，最傷心難過的會是鄭璟。

鄭婷婷從五歲起就來到大長公主跟前生活，她和鄭璟一起長大，七歲前根本同吃同睡，兩人的感情甚至比親兄妹還好。

她覺得，在鄭璟最難過的時候，她應該陪他一起度過。有些話不能對外人說，也不好對長輩說，鄭璟能說心裡話的，只有她。

不知站了多久，鄭婷婷打了一個響亮的噴嚏，才把悲傷中的鄭璟驚醒過來。

他回過頭，看到鄭婷婷披著綠色斗篷，朦朧的月光下，小臉凍得發白，嘴唇都有些紫了，他也才感覺到自己腳也凍僵了，渾身冰涼，說道：「婷妹回去吧，莫著涼。」

鄭婷婷說道：「璟哥，你也回去吧，更深露重。」

鄭璟搖頭道：「我睡不著，回去難受。」

鄭婷婷伸手拉了拉他的袖子，建議道：「要不，咱們進屋說說話？你這樣，我也睡不著。」

鄭璟聽了，抬腳走進正房，正房沒鎖，屋裡如何氏在時一樣，兩人沒關門，坐到八仙桌旁。

鄭璟看向鄭婷婷說道：「江洵很好，恭喜婷妹，我代我娘向妳道歉，對不起，她不該那麼做。」

鄭婷婷翕了翕嘴唇，不知該說什麼。

鄭璟的目光移開，看向門外灑滿月光的院子，樹下有兩個人的影子，是鄭婷婷的丫頭。她們不好離得太近，避免聽到主子們的談話。

鄭璟又道：「小時候，我娘不像現在這樣冷冷的，看不到笑。她的笑其實很溫柔，眼裡的暖意像春天的日頭……」

他的眼前出現何氏年輕時的模樣，笑著親了親紮著揪揪的小男孩。

鄭婷婷「嗯」了一聲，鄭璟又繼續說道：「我娘是個好強的女人，為了讓我娘開心，我非常用功，想給她爭氣，想考上進士，讓她看到，丈夫不如意，但她還有個能幹又向著她的兒子……」

鄭婷婷聽鄭瑆絮叨，幾乎沒有說話，鄭瑆難過流淚時，她就會遞上帕子，鄭瑆沒接，用袖子擦了眼淚，繼續說著心事，說到後面，鄭瑆不知不覺趴在桌上睡著了。

等天亮他醒來時，看到身上蓋著厚厚的大氅，屋裡還燒著幾盆炭。

一旁的丫頭說道：「大爺醒了？大姑娘已經回屋了。」

鄭瑆起身在幾間屋裡轉了一圈，才去了外院，剛走到二門，就看到一個婆子領著御醫向內院匆匆走著。

鄭瑆問：「我祖母怎麼了？」

婆子站下說道：「稟大爺，是大姑娘不好了，發熱，似得了風寒。」

鄭婷婷的病來勢洶洶，高熱、說胡話、不省人事，大長公主府的人和鄭家人嚇壞了，請了最善治風寒的御醫和大夫來看，但到了傍晚，人還未清醒。

謝氏坐在床邊哭，鄭瑆更是自責不已，站在門外不走，悔不該讓柔弱的姑娘陪自己一起吹夜風。

斜陽餘輝灑滿宮牆，江洵一散值便匆匆走出宮門。他面色嚴峻，接過江大手裡的韁繩翻身上馬，向大長公主府狂奔。

今天鄭吉進宮跟皇上密談了一個時辰，離開時跟江洵說鄭婷婷得了風寒，讓他散值後去大長公主府看看。

他著急地來到大長公主府，才知道鄭婷婷如此病重，幾個御醫和大夫忙碌了一天，病情毫無起色。

江洵想起姊姊曾經跟沈老神醫相處那麼久，應該有治風寒的好藥。他又匆匆走出大長公主府，騎馬向成國公府跑去。

此時的江意惜正在浮生居吃晚飯，她坐在床上吃，孟辭墨坐在桌前吃，二人邊說著話。孟辭墨說到今日在宮裡正好碰上了鄭吉，鄭吉趕著出宮，只迅速跟他提了兩句何氏出京的事時，江洵正好來了。

他不好進臥房，站在門口說道：「姊，婷婷得了嚴重的風寒，生命危在旦夕……」

他滿臉是汗，眼裡盛滿悲哀，江意惜嚇了一跳，一下坐直身子。

「什麼？你等著，我跟你一起去公主府。」

吳嬤嬤忙攔道：「大姑奶奶，妳還在坐小月子，不能出去敞風，再說，風寒會過人。」

孟辭墨也皺眉說道：「想一齣是一齣，妳現在怎麼能出去？妳不是有幾丸治風寒的好藥嗎？」

現在是江意惜小產的第八天，至少要坐半個月的月子。

江洵也道：「姊不要去，拿點好藥給我就成。」

江意惜也是急糊塗了，見他們都這麼說，只得對吳嬤嬤說：「好吧，吳嬤嬤幫我去西耳房拿個東西，裡頭藥櫃左邊第二格有幾個錦盒，拿一個紫色錦盒過來。」

西耳房裡的藥都是好藥，櫃子都上了鎖，吳嬤嬤從梳妝檯的小抽屜裡拿出一串鑰匙，去了西耳房。

半刻鐘後，她拿了一個紫色錦盒過來。

江意惜打開確認沒錯，這錦盒裡就裝了兩顆專治風寒的丸藥。老神醫說，這種丸藥能治各種風寒，不過只能救急，徹底治好病還是要靠後續湯藥慢慢調理。

江意惜道：「拿去給婷婷，每次服半丸，兩個時辰一次。人清醒過來後，再吃藥調理。」

若是能用光珠照一下更好，但情況緊急，房裡人又多，她不好操作。

江洵接過錦盒急急走了。

次日晌午，鄭婷婷終於清醒過來，御醫說已經沒有大礙，眾人才放下心來。

鄭吉對一直守在鄭婷婷院子裡的鄭璟說道：「婷婷病好了，你去國子監吧，不要耽誤功課，我還會在家裡待兩旬，你休沐的時候，咱們再好好說說話。」

鄭璟本想請一天假，明天再去，但想到只有自己有出息、有了話語權，才能給母親一份好生活，他便不堅持了，給守在這裡的謝氏作了長揖賠罪，他才去了國子監。

守了一夜，總算看到妹妹好些了，鄭玉也才去了軍營。

而後鄭吉去了正堂，跟父母說了鄭婷婷的病情，老夫婦都長鬆一口氣。

鄭老駙馬笑道：「惜惜真有本事，得愚和大師看重，連那種好藥都有。」他們都以為那兩顆丸藥是愚和大師給的。

大長公主更是笑得舒暢。「吉兒，惜惜是我們的親孫女，她病了不能來看本宮，本宮就去看望她。唉，可憐見的，她之前受了那麼多的苦，是本宮對不起她，若當初讓扈氏進門，就沒有後面的事了。」

說到這，她的眼圈又紅了。

鄭吉搖搖頭，他已經跟父母明確說過扈氏的遺言，江意惜也不願意跟自己相認，可父母不死心，特別是母親，總想把江意惜認回來，哪怕是私下相認。

鄭老駙馬又道：「我們並不是要她不認江將軍，她依然姓江。」

大長公主點頭道：「我們也感謝江將軍，他是個好孩子，可惜了，早早就死了。若他活著，本宮會賞他，還會去皇上那裡為他謀前程……」

這話讓鄭吉有些不適，忙說道：「江將軍文武雙全，若活著，沒有我們幫忙，也會有大造化。惜惜跟江將軍的感情非常深，拒絕跟我見面，不止是尊重她娘的遺言，也是忘不了江將軍待她的好。」

大長公主說道：「我們只是想見見惜惜和那兩個孩子，又不強求她姓鄭，這跟她與江將軍感情好沒有矛盾吧？哎喲，臭小子，你要氣死老娘啊？」

鄭吉道：「娘，不是我不想讓你們見惜惜，而是即使你們去了成國公府，惜惜也不會見你們。」

鄭老駙馬道：「惜惜實在不想見就不見吧，的確要給她適應的時間，我們只去見兩個重外孫孫，總行吧？」

一說到重外孫孫，老夫婦的眼睛都笑瞇了。

大長公主樂道：「那兩個孩子要是回來，我們就是四代同堂了，多好的福氣！哎喲，我們府還是多少年前才有奶娃娃的叫聲，我喜歡那個聲音，嬌嬌軟軟的，連拉的粑粑都有股奶香味。」

鄭吉說：「兒子也是想先跟兩個外孫培養好感情，再軟化惜惜的心。」他的笑容更盛。「聽辭墨說，音兒長得特別像我。」

老夫婦一聽，更高興了，大長公主笑道：「像你，不就是像本宮嗎？」

鄭老駙馬說：「吉兒長得更像我，重外孫女是像我了。」

老駙馬難得跟大長公主爭執，這件事卻認真了。

鄭吉給老夫婦作了半天思想工作，他們才同意暫時不去打擾江意惜，等到鄭吉跟孩子們培養好感情，他們再跟孩子見面。

下晌申時初，鄭吉一人攜禮去了成國公府。

孟老國公在外書房接待了鄭吉，兩人說了公事後，鄭吉又講了自己父母如何後悔、如何想見惜惜和那兩個孩子的事，之後就提出去福安堂給老太君見禮的請求。

這個請求老國公不好回絕，但他還是跟下人說道：「去福安堂說一聲，鄭將軍要去，讓女眷孩子先避開。」

老爺子是故意的，他知道鄭吉就是想見見存存和音兒，或許這還是大長公主和鄭老駙馬的意思，但他偏不如他們的意。

鄭吉知道老爺子是在給惜惜出氣，作揖說道：「老師，學生千里迢迢回京，您老人家總不希望學生遺憾而歸吧？」

他打起了親情牌。

老國公沒有鬆口，說道：「請完安就回來，晚上老夫同你一醉方休。」

鄭吉無法，只得先去給老太太見禮。

福安堂裡果真只有老太太一人在。

老太太也挺納悶的，不說鄭吉小時候經常來府裡玩，就是長大後也經常來府裡，老爺子何必刻意傳話讓人避開？但老爺子都那麼吩咐了，她也就非常聽話地把其他人遣走了。

老太太也聽說何氏得了惡疾被送出京養病，非常關心地問了何氏病情。兩人說了兩刻多鐘話，鄭吉才去了外院找老國公。

之後，鄭吉連續來了成國公府三天，都是以陪老國公下棋為名。

第四天，老國公不得不讓人去內院把存存和音兒接來外院見鄭吉。他不想鄭吉天天來家裡纏他，不僅嫌煩，還怕皇上知道會不高興。

存存跑在前頭，乳娘跟在後面追，存存吃力地邁過高高的門檻，一跑進書房就往太祖祖的膝上爬，邊爬邊笑道：「太祖祖，存存跑得快，妹妹在後面。」

孩子留著瓦片頭，穿著靚藍色錦緞小長袍、同色褲子，腰間繫著黃色絲帶，長得非常像孟辭墨，齒白唇紅，極是漂亮。

鄭吉在前年底見過存存一次，雖然才過去一年零兩個月，孩子變化極大，不僅長高了一大截，還能跑能跳，話也說得順溜。

他笑道：「一年多沒看到，一下長這麼高了。」

老國公得意道：「這你就不懂了，孩子一歲以內長得最快，大概會長六至八寸，一歲以後會放慢速度，這一年，存存只長了三寸多……」

他年輕時長年在外帶兵打仗，基本沒帶過孩子，孩子的生長發育情況，還是這幾年在家裡帶重孫子重孫女才知道。

鄭吉很是慚愧，他比老國公還不如，璟兒五歲多時他才第一次看到，後來又一走數年，再次見到璟兒，已是少年郎。而第一次見惜惜，她連兒子都有了，自己不知道她是親閨女，根本沒仔細看她一眼。

老國公聽到鄭吉的嘆氣聲，不忍過於擠兌他，對存存說道：「這是鄭祖父，去磕頭。」

存存聽了，爬下太祖祖膝頭。孟中已經得了吩咐，拿了一個蒲團放在鄭吉前面。

存存是聽話的好孩子，太祖祖讓磕頭，他就磕，他跪在蒲團上磕了一個頭，喊道：「鄭祖父。」

喊完，就站起身愣愣看著鄭吉。

鄭吉激動不已，雖然孩子沒有叫他外祖父，卻給他磕了頭。他把存存抱起來放在自己膝頭，從懷裡取出一根繫著紅絲帶的碧色平安扣，親自給存存戴在脖子上。

這時，另一個乳娘抱著一個小女孩走進來。

小女孩一歲多，穿著淡橘色提花綿緞小襖、紅色長裙，裙子上繡著幾枝梅花，頭頂上梳著兩個小揪揪，小揪揪繫著紅綢繩。

孩子長得眉目精緻，粉雕玉琢，大大的眸子異常明亮，挺挺的小鼻子，的確非常非常像自己，只不過比自己更白、更清秀。

鄭吉目不轉睛地看著她，喜歡得不行。

音兒先看了鄭吉一眼，目光就轉向老爺子，向他伸出手說道：「太祖祖，抱抱。」聲音軟軟糯糯，鄭吉的心都被軟化了，他下意識伸出手，音兒卻撲進了老國公懷裡，老爺子一陣暢快的笑。

音兒爬在老爺子的身上，先扯了扯他的長鬍子，再親了他一口，說著。「太祖祖，親親。」

老爺子又是一陣暢快的笑。

不知他是故意的，還是一看到重孫女就什麼都忘了，沒有介紹鄭吉，而是自顧自地抱著重孫女樂。

存存從鄭吉膝上滑下來，跑過去倚在老國公腿邊湊熱鬧，一老兩小擠成一堆。

鄭吉急道：「老國公，介紹一下。」

老國公才把音兒放下地，指著鄭吉說道：「音兒，這是鄭祖父，去磕頭。」

存存也說道：「妹妹，他是鄭祖父，哥哥已經磕過頭了。」

小妮子走到蒲團前跪下，沒跪好，不僅跪了下去，雙手還趴在地上。

她覺得這不是磕頭，又跪直身子，標標準準磕了一個頭，再直起身說道：「祖祖，磕頭。」

她還不會說「鄭」字。

鄭吉起身一把把孩子抱起來，他這是第一次抱這麼小的女孩，孩子軟軟的、香香的，他的心如吹滿了春風，無比溫暖和熨貼。

他沒有坐下，把孩子抱得很高，孩子和他面對面，他伸出手，先摸摸小揪揪，再下滑，前額、眉毛、鼻子、小嘴、下巴。

怕手心的繭子把孩子刮痛，用手背撫摸，他眼裡有了淚意，似抱著外孫女，又似抱著小時候的江意惜，嘴裡無聲說道：「音兒，惜惜……」

音兒感受到了這位「祖祖」眼裡的暖意和善意，格格笑了兩聲，抬起雙手摸摸他的臉，又湊上小嘴親了一下。

「祖祖，親親。」

鄭吉大喜，也親了她一下。這是他第二次親孩子，上次是親存存。

鄭吉坐下，把音兒放在膝上，又從懷裡取出紅色平安扣，戴在音兒脖子上。這兩個平安扣是他特地在一位天竺聖僧那裡請的，一共請了三個，另一個送了鄭璟。

見存存眼巴巴地看著他和音兒，鄭吉又招手把存存叫過來，一大兩小擠在一起。

他試著跟孩子多說些話，問道：「音兒會說什麼話？」

音兒掰著小胖指頭說道：「娘親、太祖、爹爹、哥哥、花花。」

存存又道：「還有還有，妹妹還會說飯飯、鳥兒、姑姑、漂亮……好多好多，妹妹最聰明了。」

鄭吉故作驚訝。「哦，音兒這麼聰明，像祖祖。」

那個樣子看得老國公都尷尬，老國公見鄭吉激動成這樣，心裡也有所感觸，帶著下人去院子裡侍弄花草。

兩個乳娘不知其意，站著沒動，又被孟中叫出來。

不多時，屋裡傳來鄭吉酣暢淋漓的大笑聲，以及兩個孩子糯糯的笑聲。

夕陽西下，天邊彩霞越來越濃豔，當成國公和孟二老爺前後腳回到家，被請來外書房，還沒進院子就聽到裡面傳來存存和音兒的笑鬧聲，期間還夾雜著貓叫聲及鄭吉的笑聲。

成國公和孟二老爺對視一眼。

這裡是木齋，是孟家男人商議要事及招待貴客的外書房，從來都是莊嚴肅穆、悄無聲息的，怎麼由著稚兒和外人，甚至貓在這裡放肆？

進了院子，二人更是一驚，只見鄭吉抱著音兒，牽著存存，花花圍著他們跑跳，三人一貓玩得極是開心。

鄭吉有多久沒這麼笑過了？好像還是少年時。

孟二老爺拱手笑道：「鄭大將軍，何事如此開懷？」

成國公臉色不好，這一幕礙了他的眼。

他才是那兩個孩子的祖父，他還沒抱過孫子孫女，孫子孫女也從來沒有對他這麼熱絡過，鄭吉一個外男，憑什麼抱著他的孫女，腆著臉笑成這樣？

成國公皮笑肉不笑地說道：「鄭將軍，你兒子也快娶媳婦了，讓你兒媳婦多生幾個親孫子親孫女，你抱著樂個夠。」

鄭吉臉上一僵。他知道孟道明這個草包一直對女婿不好，對自己閨女和外孫外孫女也算不上好，心裡早就不高興，只是不好說出來。

聽了這話，鄭吉譏笑道：「孟大人放心，我有了親孫子親孫女肯定會樂個夠，就像現在這樣，我可不會像孟大人，這麼乖的孫子孫女不知道疼惜，還不如我。」

說著，他親了音兒一下，音兒反親了他一下，他再俯身用另一隻胳膊把存存抱起來，親了存存一下，存存又反親了他一下。

音兒親鄭吉只是單純地喜歡鄭吉，而存存親鄭吉，除了喜歡，還是做給祖父看的。他看出祖父跟自己和妹妹不親近，他也不想親近祖父。

成國公不承認自己不疼惜孫子孫女，走過去伸出手道：「存存、音兒，過來，祖父抱。」

存存和音兒都面無表情看著他，鄭吉「哼」了一聲，轉過身向屋裡走去。成國公還想追，被尖利的一聲貓叫嚇了一跳。

花花正立著身子擋在他面前，成國公本能地抬腿想踢花花一腳，又縮了回來。父親對這隻貓可比對他好多了，他敢踢牠，老父就會揍他。

不多時，孟辭墨也回來了。

酒菜上桌，鄭吉才不捨地放開兩個孩子，由乳娘把他們抱回內院。

孟二老爺看到鄭吉的不捨，笑道：「鄭將軍也想含飴弄孫了。」

鄭吉笑道：「年輕時不懂珍惜，這把年紀就稀罕孩子了。」

成國公剛才的氣還沒出出來，譏諷他一句。「鄭將軍不到四十歲，還年輕，多納兩房小妾，給你生一群孩子，想怎麼稀罕就怎麼稀罕……」何苦稀罕別人家的孩子。最後半句沒敢說出口。

鄭吉冷哼道：「你以為我是那些傻子？哼，好女人不知道珍惜，天天想小妾。」

成國公知道他是罵自己，剛想反唇相稽，看到老國公冷冷瞪他一眼，沒敢再說話，心裡氣得要命，自己如今不僅不如一隻貓，連一個外人都不如。

次日鄭吉沒來成國公府，進宮跟皇上和重臣商議了一天國事，不過第三天，又來成國公府玩，之後隔兩、三天來一次成國公府陪孩子玩，其實他想天天來，但也知道不能那麼任性。

江意惜也知道此事，她遵照扈氏的遺願和自己的本心不跟鄭吉有過多來往，不願認那個親生父親，卻不願意阻止鄭吉同存存和音兒接觸，鄭吉也不容易，她不希望他過得太苦。

二月十九，這天江意惜坐滿半個月的小月子，終於能出門了。

早飯後，她去福安堂給老爺子和老太太請完安，又帶著臨梅去議事堂分派了事務。回到浮生居，看到老國公正拿著剪子在錦園侍弄花草，旁邊站著一圈孩子，存存、益哥兒、音兒。

轉眼又是一年春，錦園裡的春天依然比其他地方來得早，別處的許多花還未開，這裡已是春色滿園。

江意惜沒進浮生居，拐彎去了錦園。

她陪老國公說了幾句話，就笑道：「我想請祖父幫著洵兒去鄭府說合。」

老爺子抬起頭笑道：「江洵那小子有眼光，婷婷不錯，出身好，人好，爽朗大氣，有男兒氣概。兩個孩子我都看好，老頭子就去做個好事。」

他願意去說合，不僅因為看好江洵和鄭婷婷，也願意促成這門親事，成國公府和鄭府成了姻親。

下晌，江意惜派人給江家送了信，明天她有要事回江家同老太太、江伯爺、三老爺商議。

上次江老太太在謝氏跟前吃了虧，怕老太太找事，必須江伯爺和三老爺在家。

她剛交代好此事，歇了晌的存存和音兒就被乳娘領來上房。

李珍寶說孩子要多曬太陽，叫什麼「補鈣」，江意惜就領著兩個孩子和一隻貓在大樹底下玩。

此時春光正好，不冷不熱，陽光從不算茂密的枝葉中灑下，照在人身上暖暖的，啾啾也高興，扯著嗓門背情詩。

這時，外院的婆子來報，鄭將軍找老國公下棋來了，老國公讓人把存存和音兒領去前院。

婆子又道：「鄭大人還邀請老公爺明天帶著存哥兒、音姐兒去大長公主府玩。」

江意惜沉了臉。讓存存和音兒去大長公主府玩，實際上是讓大長公主和老駙馬看他們吧？

她不阻止孩子們同鄭吉來往，卻不願意孩子們同大長公主來往。若不是那個老太太棒打鴛鴦，哪裡有後面這麼多事，若不是冥冥之中江辰救下扈氏，扈氏和她的命早沒了，她一點也不喜歡那個老太太。

江意惜說道：「不行，明天我要帶孩子回江家。」

鄭吉是個聰明人，她如此乾脆地拒絕，希望他以後不要再提無理要求，否則連他的面都不見。

存存和音兒、花花聽說鄭祖父又來了，都急不可待地向外面走，花花跑在最前面，存存緊跟其後，音兒急得不行，「哇」的一聲哭起來。

「花花……哥哥，等等……音音哭。」

花花和存存最受不了音兒哭，急急煞車，向後看去。

乳娘抱起音兒，幾人一貓向外走去。

傍晚，江洵同孟辭墨一起來到成國公府，聽說鄭吉帶著存存和音兒在外書房玩，孟辭墨去了外書房，而江洵去了浮生居。

之前鄭吉是江洵崇拜的長輩，後來知道鄭吉與母親有那樣一層關係，他不知該如何面對他。

鄭吉回京後，江洵只見過他一次，就是鄭婷婷病重那天，鄭吉主動喊他。「洵兒。」江洵則朝他抱拳躬身道：「鄭將軍。」

兩人就說過這麼一次話，他還把之前的稱謂「鄭叔」改為「鄭將軍」。

江意惜猜到江洵今天要來，沒有去福安堂，還讓小廚房多做了幾個下酒菜。

江洵到了，她見江洵前額有塊紅痕，衣裳上有污漬，問道：「跟人打架了？」

江洵搖頭沒言語。

兩人吃飯的時候，遣退下人，江洵才悄聲說道：「被陛下用茶碗扔的。還好茶不熱，陛下也沒用力，我挨的算輕的，昨天郭公公被杖刑二十……」

因為李紹的那一說，皇上的疑心病越來越重，總懷疑有人給他下毒，最懷疑的當然是趙妃和英王，現在根本不讓他們近身，又時常怪罪護衛和太監保護不力，一不高興就要把氣發在他們身上，連孟辭墨都被皇上用摺子砸過腦袋。

這是有些幻覺了，伴君如伴虎，伴腦子有病的君，就更難了。現在江意惜一點不覺得孟辭墨和江洵的職位好，太危險。

不過，皇上對曲德妃倒是更加寵愛和倚重了，覺得她善良溫婉，不帶一點目的性的愛慕他。若皇宮只有兩個人不會害皇上，就是太后娘娘和曲德妃。

哪怕皇上對平王不喜，但看在曲德妃的面子上，對平王也頗多忍耐。

江意惜還剩半條西雪龍沒用，可以治幻覺，但她可不敢多事主動幫皇上治病，曲德妃也沒有讓她為皇上治。

曲德妃表面對皇上溫柔恭順，實際上巴不得他早些死，經歷了被廢太子輕薄、被趙妃和英王陷害、被皇上罰去皇陵多年的種種變故，曲德妃已經不是原來的曲德妃。

如今平王的心病已經完全治癒了，這件事除了曲德妃、平王妃和孟辭墨夫婦、孟老爺之外，沒有其他人知道。曲德妃也不會讓平王知道自己曾得過那種病，還是透過江意惜治好的。

姊弟倆又商議了一下去鄭府求親的事宜，江洵離開時提醒道：「明天記得把存存和音兒帶回家，今天我沒看到他們，想他們了。」

江意惜道：「明天要辦正事，你哪裡有時間和他們玩？等以後你把婷婷娶回家，每次回家我都把他們帶上。」

江洵樂得眉眼彎彎，他作夢都希望那天快些到來。

第五十八章

次日，江意惜去了江府。

如意堂裡，老太太、江伯爺夫婦、三老爺夫婦、江晉、江洵幾人正襟危坐，不相干的人都打發走了。

江意惜昨天就傳信來說有要事，他們猜不出是什麼事，問江洵，江洵推脫道：「二姊不讓我先說，等二姊來就知道了。」

這更讓江家的幾人心裡打鼓，不過看江洵的表情，應該是好事，最有可能的是關於他的親事，可若是親事，又有什麼不能說的？

江意惜抵達後直接來到如意堂，坐下喝了口茶，見老太太等人都緊張地看著她，便講了她看中鄭統領長女鄭婷婷，想說給江洵為妻的事。

江伯爺等人都是一愣。鄭婷婷可是鄭府唯一嫡女，在宜昌大長公主跟前長大，又長得貌美如花，是「京城四美」之一，得多少豪門公子愛慕？江洵再是探花，江家門第也差鄭府甚遠。

江意惜又笑道：「我暗示過鄭夫人，她和鄭統領也極是欣賞洵兒，願意他當女婿。老國公已經答應幫忙說合，明天就去鄭府，就麻煩祖母、大伯、三叔請個官媒，過幾天去鄭家提親。洵兒已經十八歲，成親日期最好定在今年底明年初，呵呵，以後可有得忙了，還請大伯娘和三嬸多多幫襯。」說完，還起身給他們屈膝福了福。

她雖然是親姊姊，但嫁了人，就是別人家的人了，江洵的親事，還是要仰仗這些族親幫忙。

眾人俱是大喜，有了成國公府那門貴親，再加上鄭府和大長公主府，江家的門庭又高了一截，子弟們前程也更有保障了。

雖然江意言嫁的平原侯府也不錯，但江意言不得男人和公婆喜愛，有等於沒有。

江三老爺哈哈笑道：「惜丫頭見外了，洵兒是姪子，我們做長輩的理應打理這些事。鄭大姑娘賢名遠播，洵兒娶到她是福氣。」

鄭統領可是他的頂頭上峰，沒想到成了親家。

江伯爺也笑道：「鄭大姑娘在宜昌大長公主跟前長大，得大長公主親自教導，聽說連太后娘娘都極是寵愛她。」

江晉更是喜得找不著北。自己不好每次升官都去求成國公府，現在又有了鄭府和宜昌大長公主府的關係，對自己更是有助益。他知道老父最是遺憾沒能跟雍王府當成親家，一次是江意惜和李凱，眼見要成了，江意惜不願意。一次是江洵，姊弟倆跟李珍寶關係那麼好，卻讓鄭玉捷足先登了。

他笑道：「鄭府門第雖然比不上雍王府，但鄭大姑娘長得比『那位』俊俏多了，是個男人，都更願意娶鄭大姑娘。」

「那位」當然是指李珍寶，這話讓江意惜和江洵都沈了臉。

江伯爺氣得甩了他腦袋一巴掌，罵道：「黃湯灌多了，胡說八道什麼！」

江晉也知道自己口快造次了，李珍寶是江意惜的乾妹子，跟江洵關係也不錯，若這話被雍王府的人知道，自己可是要倒大楣。

他趕緊起身給江意惜姊弟作揖，賠罪道：「是哥哥太替二弟高興，瘋了，一時口不擇言，你們莫生氣。」

老太太原先還和其他人一樣高興，江家攀上了那門貴親，可聽了江晉的話，想起自己之前做的傻事，不禁老臉一紅，再想到她曾請謝氏幫著說合那門親事，謝氏態度極其不好，更是氣惱不已。自己想高攀雍王府的心思鄭家人都知道，若讓鄭婷婷順順利利進門，自己的威嚴何在？

她顫抖著手拿起茶碗喝了一口，再把茶碗往几上重重一撂，「砰」的一聲響，把屋裡人的目光都吸引過來。

老太太見所有人都看向她，撇了撇嘴，表示自己對這樁婚事的不以為然。「鄭大姑娘今年十八了吧，若真那麼好，怎麼連親都沒訂？哼，說別人好，也不需要把自家人貶得這樣低，洵兒是探花，連公主都配得上，何況是她。」

老太太找事，打擊了鄭婷婷，還把江洵抬上天。

江洵忍不住說道：「祖母慎言，皇家公主不是我們能拿來開玩笑的，孫兒得中探花是運氣，當不得祖母誇上天。」

江意惜沈臉說道：「祖母誤會了，鄭家的事我還是瞭解一些，婷婷至今未婚配，不是她本人不好，而是長輩心疼她，一直想給她找個好後生，他們選來選去，這才看中了洵兒。」

她早猜到老太太會作妖，倒也不氣，心裡萬幸早早分了家，以後鄭婷婷嫁過來，偶爾受些閒氣是肯定的，卻不會時時被她拿捏，老太太眼紅的十里紅妝，更是抓不到一根毛。

老太太道：「咱家洵兒是探花，別人挑咱們，咱們也要挑別人……」

江意惜截斷她的話說道：「祖母說得是，我和我家大爺一直在尋思這件事，正好我們也相中了婷婷，婷婷人好、家世好，與洵兒郎才女貌。」

江伯爺和三老爺見老太太又找事，這麼好的親事還要橫挑鼻子豎挑眼，氣得要命，更何況，這樁親事不只江洵願意，江意惜夫婦也願意，她反對無用，還平白得罪人，何苦來哉？

江伯爺說道：「娘，鄭統領對三弟一直頗有照拂，鄭老少保在軍中餘威尚在，鄭吉更是皇上看重的良將忠臣，與鄭府聯姻，對咱們家好處多多，洵兒會更加前程似錦……」

三老爺也道：「是啊，娘，文兒和斐兒也大了，多個人脈多條路不是？」

跟老太太說話，利益必須講透澈，江文和江斐學業不精，江文十七歲，連個童生都沒中，剛剛被三老爺弄進軍營，當了個從八品的小武官。江斐十六歲，只中了個童生，先生說中秀才渺茫，將來還是會進軍營謀前程。

江晉現在是從七品的文官，但本人沒有任何功名，能力一般，升官全靠走門路。若多了鄭府和大長公主府這兩門姻親，對江家有多重要，任誰都知道。

江晉不敢再說話，三夫人知道此時沒有她發言的資格，二人一臉急切。江大夫人也希望能促成這門親事，不過因為沒有切身利益，倒不似其他人那麼著急。

老太太臉色陰晴不定，想同意，又覺得憋氣，不想同意，捨不下那麼大的利，兒孫也不會聽她的。

江意惜直接忽視老太太的表情，當她默許，笑道：「既然各位長輩都同意這門親事，有些事就拜託各位了。」

若不是怕老太太無事找江洵的晦氣，江意惜說話會更不客氣。江洵聞言，起身給長輩們作揖致謝。這件事就算敲定了。

三夫人暢快地笑道：「哎喲喲，我作夢都沒想到，鄭大姑娘會當咱們家的媳婦。」

吃了晌飯，老太太說累了自去歇晌，眾人又商議了求親及婚事準備情況，江意惜才同江洵回去二房院子。

二房還在改建中，雖有些凌亂，已初具規模。因為人少，屋舍不多，還規劃了一片小花園，看著就比較敞亮。

江意惜表示滿意，覺得鄭婷婷會喜歡這種風格。

隔日，孟老國公帶著江意惜去鄭府說合。五日後，江府請的官媒去鄭府提親，江洵和鄭婷婷的親事正式定下。

二月二十二，江意惜和李珍寶一起去了昭明庵。這天江洵休沐，也一道去了，這種好事當然落不下花花，馬車還未到昭明庵，牠就猴急地跳下車直接跑進了山裡。

今天來這裡，不僅是為了要請蒼寂住持給江洵和鄭婷婷算成親的黃道吉日，江意惜還要把扈莊贈與江洵。

三人午時到達昭明庵，李珍寶和江家姊弟分別給昭明庵捐了五百兩銀子和二百兩銀子的香油錢，蒼寂住持親自陪他們吃了齋飯。

蒼寂住持看了江洵和鄭婷婷的生辰八字，算到今年臘月初八為黃道吉日。

幾人回到扈莊，江意惜要搬去孟家莊的東西已經收拾好，陸續讓人搬去孟家莊放置，其他家具及花草鳥兒會留給江洵。

原本主管扈莊的吳大伯也跟服侍江洵的賀大叔交接完畢，今後就由賀大叔管理扈莊，等這裡的事務處理完，吳大伯和吳有富一家就會住去京城的宅子。

成國公府的大總管是老爺子的心腹，如今已經年邁，預計不久後會讓副總管孟東山接班，現今吳大伯暫時跟著孟東山學習，將來正好接副總管的班，吳有富則當馬房副管事。

在老公爺的安排下，成國公府正慢慢地越過成國公向孟辭墨過渡。在付氏死後，成國公府就不屬於成國公掌管了，前幾年成國公非常不願意，卻是無能為力，經歷過一些事後成國公也想通了，孟辭墨的確比自己有能力，他有意接管成國公府就接管吧，畢竟是自己的兒子，只要他能保證自己平平安安當官、太太平平享福，隨他。

江洵第二日要上衙，下晌匆匆趕回京城，江意惜和李珍寶會在扈莊住一晚，明天再回。傍晚，鄭玉來看望李珍寶兼吃晚飯，江意惜又把孟月請過來，這回孟月沒有拒絕，前來小坐了會兒，看來精神氣色都還可以。

次日江意惜回到成國公府，已是下晌未時末，她坐的轎子還未到浮生居，就聽到了孩子的笑鬧聲。

她掀開轎簾，看到鄭吉懷裡抱一個、手裡牽一個正在錦園亭子裡玩，老國公在園子裡忙碌著侍弄花草。

遠遠看到那個身影，她心裡情緒是複雜的，她放下簾子，想直接回浮生居，誰知眼尖的存存看到了娘親，邊跑邊大聲喊道：「娘親，鄭祖父又來跟我們玩了，我和妹妹請鄭祖父吃了晌飯……」

音兒這才知道轎子裡坐的是娘親，也扯著嗓門喊：「娘！娘……」聲音都帶了哭聲，抬轎子的婆子放下轎子，江意惜只得下來。

看到那個想了多少日夜的身影，鄭吉目光燦燦，嘴上笑著，眼裡有了濕意。

他沒想太久，就大步向江意惜走去。

小小孩童趔趄著朝江意惜奔去，明媚的陽光下，昂起的小臉光潔如玉，彎彎的眼睛閃著喜悅的光芒。

終於來到娘親跟前，他不顧一切撲上前，江意惜彎腰接住存存抱起來，轉身向浮生居走去。

鄭吉懷裡的音兒大哭起來，嘴裡喊著。「娘親！娘親……」

江意惜硬起心腸繼續走著，鄭吉的腳步頓住，悵然看著那個背影，大手手背給音兒擦著眼淚。

江意惜懷裡糯糯的童音響起。

「娘親，存存想妳，想爹爹，妹妹也想妳，想爹爹。」

昨天孟辭墨值夜班，到現在都還沒回來，兩個孩子晚上是去福安堂歇息的。

聽到「想爹爹」三個字，江意惜腳步頓了一下，她剛才餘光看到鄭吉雙鬢已經花白，較上年瘦了不少，似比成國公還老，明明他還不到四十歲，正值壯年。

江意惜咬了咬嘴唇，又繼續往前走。

聽到那三個字，鄭吉心裡更是五味雜陳，似有百萬個火球欲炸開。自己的閨女想爹爹，從來不是想自己，而是想另一個男人。

自己有什麼資格讓她想呢？在閨女需要爹爹為她撐起一片天時，是另一個男人為她遮風擋雨……

鄭吉不再猶豫，大踏步去追那個背影。

江意惜越走越快，鄭吉緊緊跟在後面，她很不高興，當初說好默默祝福，鄭吉這樣是要違背承諾了？

她不好在外面同鄭吉爭執，鄭吉對存存和音兒的過分熱情，孟三奶奶等聰明人應該已經看出不同尋常了。

音兒破涕為笑，以為娘親和鄭祖父是在玩遊戲，大聲催促著。「祖祖，快，快，追……」

存存也笑得開心。「要追上了，娘親走快些……」

江意惜進了浮生居，徑直向上房走去，鄭吉也跟了進去。

吳嬤嬤剛笑道：「大奶奶回來了……」話還沒完就發現江意惜臉色不好，又見鄭吉跟了進來，一愣。

江意惜把存存放下，對吳嬤嬤說道：「帶孩子出去，我同鄭將軍說幾句話。」

屋裡的幾個下人中，只有吳嬤嬤知道江意惜同鄭吉的關係，她會意地抱過鄭吉懷裡的音兒，一手牽著存存，帶著幾個丫頭向外走。

已經顯懷的水靈前些日子也回來當差了，這時站著沒動，她覺得房裡只留下大奶奶和鄭將軍不合規矩。

吳嬤嬤皺眉低聲喝道：「跟我出去。」

水靈看了一眼江意惜，只得跟出去。

江意惜走至窗前，背對著鄭吉說道：「鄭將軍，當初說好默默祝福，不見面、不相認，你這樣苦苦相逼，以後我連孩子都不會讓你見。」

語氣冰冷，如冬日寒冰。

鄭吉嘆了一口氣，說道：「惜惜，我只跟妳說幾句話，說完就走。」

江意惜默然。

鄭吉上前兩步，與江意惜有三、四步距離時，不敢再走。

金色陽光射入小窗，籠罩在光暈中的綠色背影曼妙多姿，她已經長得這麼高了，是兩個孩子的母親了，自己錯過了陪伴她的所有時光，如今只希望能在自己活著的時候可以多看看她，只多看一看。

鄭吉沈默片刻，說道：「惜惜，謝謝妳，有存存和音兒相伴，這些天我過得非常愉快，可惜時光太短暫，我明天又要離京了。來錦園，原本只想遠遠看妳一眼，可剛剛情不自禁跟了過來……

「惜惜，我尊重妳的堅持和選擇，不強求相認，比之江將軍，我差之千里，他比我更有資格擁有妳娘和妳。

「唉，回想這麼多年來，快樂的時光實在不多，打仗、練兵、忙不完的公務……難得一點閒暇時光，就是回憶年少時那驚鴻一瞥，卻苦澀多過歡愉，求而不得的遺憾折磨得我幾近瘋狂，只恨上天不公，恨我年少輕狂……我痛苦半生，前年底終於知道，上天待我不薄，明雅給我留了一樣稀世珍寶，我還看到了，這寶貝太珍貴，我自知不配擁有，就像我不配擁有明雅一樣。

「時光如梭，妳大了，嫁了人，當了母親，我也老了，長了許多白頭髮，惜惜，對我的怨就放下吧，心裡有怨，是很折磨人的，妳就把我看成與江將軍一同歷經生死的上峰和袍兄，也可以把我看成辭墨的世交叔叔，不要排斥我，我們保持距離，只要我偶爾能看看妳、聽聽妳的聲音，足矣。」

語速緩慢，聲音沙啞，有幾處停頓，江意惜已是淚流滿面。

她不願意鄭吉知道她在哭，死死咬住嘴唇，沒有哭出聲，但是，她微微抖動的肩膀鄭吉還是看到了。

鄭吉的眼裡也湧上淚來，面前的背影模糊起來，氤氳成一抹綠。他伸出手，想順一順她的頭髮，或是摟一摟她的肩膀，告訴她，閨女流淚，爹爹心疼……然而手在空中頓住又縮了回去，翕了翕嘴唇，最後什麼都沒說。

該說的都說了，又離她這樣近，不能再讓她為難，鄭吉咧開嘴笑了一下，又道：「我去錦園看存存和音兒，明天一早跟陛下辭行後就會離京，明年底之前鄭玉會去西慶，我大概後年就調回京城任職，老了，不想離開了。」

江意惜沒言語，也沒回頭。

鄭吉走出正房，走到通往錦園的月亮門前，他回頭看了一眼，小窗裡已經沒有那個人影。

錦園裡的存存和音兒看見鄭吉來了，扯著嗓門叫起來。「鄭祖父快來！扔高高，太祖祖扔不動。」

「祖祖，高高。」

鄭吉笑起來，快步向那兩個小人兒走去。

幾個人在錦園裡玩著，不多時把益哥兒和才從外院下學的安哥兒吸引過來。

暮色四合，西邊天際佈滿紅霞，不要說鄭吉，一直等著江意惜留飯的老國公都失望起來。

鄭吉把一直抱在懷裡的音兒放下地，說道：「老師，天晚了，我該回去了。」

老國公正想請他去外院喝酒，水草過來屈膝笑道：「老公爺、鄭將軍，我家大奶奶略備薄酒，請老公爺和鄭將軍，還有府中的其他老爺都去浮生居喝酒吃飯。」

老國公眼裡一下閃過精光，哈哈笑道：「辭墨媳婦有幾道拿手好菜，你得嚐嚐。」

鄭吉嘴角勾起，又把音兒抱起來。

鄭吉同老國公在東廂喝茶，兩個孩子在院子裡玩鬧，鄭吉走去窗前，此時他才有心思留意浮生居裡的景致，庭院與錦園一樣花團錦簇，四處瀰漫著芬芳，碧池裡游著錦鯉，藤蔓架爬滿新綠，簷下幾十隻鳥兒歡快地叫著，還包括他送的啾啾。

屋舍敞亮簇新，擺設精緻奢侈，富貴程度不下於大長公主府，女兒在這裡生活，有孟辭墨愛著，有老國公寵著，還有一對可愛的兒女，女兒是幸福的。

鄭吉回過身，又給老國公深深一揖，不僅感謝老人家對女兒的寵愛，還幫自己拉近同女兒的距離。

成國公、孟二老爺、孟辭墨陸續下衙，幾個男人也來到東廂喝酒吃飯。

可惜直到鄭吉離開，江意惜也沒有再出現在他面前，不過鄭吉已經非常滿足。

明天鄭吉就要離京，孟家幾人沒時間去送行，晚上鄭吉離去前，成國公、二老爺和孟辭墨特地送他至前院角門處，幾人拱手別過，孟辭墨身體前傾以示恭敬。

當那一行人馬消失在夜色中，成國公忍不住問孟辭墨。「我怎麼覺得鄭吉對音兒和存存比我這個親祖父對孫子還好？」

孟二老爺的瞳孔一縮，他也想知道。

孟辭墨道：「鄭將軍跟我岳父生前關係好，有心代我岳父照拂惜惜和洵兒，對音兒和存存自然也多加愛護。」又笑了笑。「鄭大姑娘也說惜惜同她長得像，鄭家和江家說不定幾百年前是親戚，這就是緣分吧。」

不管別人怎麼問、怎麼想，都用這個藉口搪塞，孟辭墨大大方方說出來，成國公和二老爺倒是沒多想。

孟辭墨回到浮生居，剛進大門，就聽到孩子們的笑鬧聲。

東屋炕上，存存擺弄著有異域風情的木製小刀劍，音兒擺弄著西域小玩偶，這些東西都是鄭吉送的，江意惜在一旁默默看著。

孟辭墨走進東屋，兩個孩子都站起來伸出手。

「爹爹。」

「想爹爹。」

孟辭墨笑容和煦，一手抱起音兒，一隻手摸了摸存存的瓦片頭，他同江意惜並肩坐在炕上，存存又從後面抱住爹爹的脖子，兩個孩子隔著爹爹打鬧，覺得特別好玩。

孟辭墨從小缺失父愛和母愛，不像其他父親那樣嚴厲，對兩個孩子非常隨和，就任他們玩著。

他說道：「鄭叔今天非常高興，喝了不少酒，敞開嗓門笑了好幾次，說真的，我認識他這麼久，還是第一次看見他笑得這樣開懷，是發自內心的笑。」

音兒聽出爹爹是在說鄭祖父，也跟著說道：「祖祖好，寶貝好。」

這些天，鄭吉送存存和音兒的東西能裝一大箱子了，不好厚此薄彼，也送了安哥兒和益哥兒、黃馨不少小玩意兒。

江意惜道：「我發現他長了好多白頭髮，國公爺比他大，還沒有那麼顯老。」

孟辭墨道：「二十年來，他風餐露宿，又苦悶抑鬱，可不老得快？」

江意惜又道：「他說明年底鄭玉要去西慶，他就會回京，唉！我都捨不得珍寶，太后娘娘和雍王爺怎麼可能捨得？」
李珍寶已經說到時她會同鄭玉一起去西慶，還沒心沒肺地特別想去，但目前因為怕太后和雍王爺傷心，珍寶沒敢跟他們說。
孟辭墨笑道：「別擔心，李珍寶一撒嬌，他們再不捨也得捨。」
氣候漸暖，晃眼來到三月中，桃花紅杏花白，宜昌大長公主府又要舉辦桃花宴了。
三月初八下晌，女眷及幾個小孩子都在福安堂陪老太太說笑解悶，下人來報，宜昌大長公主跟前的夏嬤嬤求見。
老太太笑道：「定是下帖子來了。」
劉氏眼睛一亮，她正盼著呢。
劉氏帶閨女嫁進孟家這麼久，也有來給孟繡提親的人家，但劉氏都看不上，劉氏看上的，奈何後生條件太好，人家又不願意，這些日子，劉氏又篩出了兩個好後生，想趁著桃花宴去相看相看，也正好讓孟繡在才藝展示上亮亮相。
孟繡個子高，但比劉氏還是矮了一大截，加上偏瘦，身材勻稱，長相白皙清秀，屬於比較出挑的姑娘，但因為劉氏名聲響亮，哪怕孟繡經常出席各種宴會，看見她的人也覺得她長相不錯，但還是怕她跟她娘一樣粗鄙和厲害，劉氏因此就特別想讓閨女在才藝展示上亮亮相，突顯一下閨女的優點。

孟繡在作詩和音律上沒有天賦，但身材好，有韌性，所以江意惜提議她練劍舞，一般也有姑娘在才藝展示上表演武術，但劉氏不讓孟繡練武，練剛柔並濟的劍舞就正好，為此專門花高價請了一位師傅教女兒，孟繡有傳承，劍舞練得非常好。

劉氏滿含期待地瞥了江意惜一眼，江意惜頭皮發麻。她知道，劉氏想讓她把孟繡引見給宜昌大長公主。

雖然老太太也能引見，但劉氏就是覺得大長公主和鄭吉對江意惜另眼相看，若由江意惜引見，大長公主會更給面子。

江意惜和兩個孩子肯定不會去參加桃花宴，可劉氏在孟家已有一定地位，老國公和孟辭墨都非常尊重她，江意惜不好一口拒絕，只得另想辦法讓孟繡在桃花宴上大放異彩。

夏嬤嬤進來給老太太屈膝施了禮，雙手奉上帖子笑道：「我們府三月初十舉辦桃花宴，大長公主和老駙馬請貴府的主子們都去賞花。」

她又用最熱切的眼神看了一眼坐在老太太旁邊的存存、益哥兒、音兒，笑道：「大長公主還說，我家老爺稀罕成國公府的孫子孫女，沒少說他們的好，請老太君一定要把小哥兒小姐兒都帶去，讓她老人家也稀罕稀罕。」

老太太自是滿口答應，請夏嬤嬤坐下喝了一盅茶，夏嬤嬤才告辭。

老太太笑道：「待在家無事，索性就都去吧。」

江意惜苦著臉說道：「我現在一想起這些宴會就害怕，參加個桃花宴能被人推落湖，去個百日宴又著了惡人的道……」

老太太想到江意惜小產差點丟了命，也說道：「當真妳與宴會犯沖，妳就不要去了。」

江意惜都這麼說了，劉氏也不好再強求，只是神情還是有些失望。

當眾人說著桃花宴的趣事，江意惜來到劉氏身邊，跟她耳語幾句，劉氏眼睛一亮，拉著她的手笑道：「謝謝妳，只要繡兒的這件大事解決，我就無所求了。」

次日，李珍寶應江意惜之邀來了浮生居。

她先抱著存存和音兒叫了幾聲「乾兒子」、「乾閨女」，跟他們玩了一會兒，把他們放下後，把臉湊近江意惜問道：「怎麼樣，我是不是更漂亮了？」

今天的李珍寶的確更漂亮了，江意惜仔細打量李珍寶，一一誇著。「好像眼睛變大了、鼻子高了、臉瘦了、嘴唇更加飽滿瑩潤了。」她頗有些不解。「眼睛大和嘴唇瑩潤好解釋，用了眉筆和膏子，可鼻子和臉是怎麼回事？」

李珍寶得意地把七、八盒脂粉膏子和幾個大小粉撲、二十幾支小刷子放在桌子上，幾乎把桌子佔滿，最後，又把一套女式騎裝、一個銀製鑲碧玉的梅花篦放在旁邊。

這幾樣東西都是為孟繡準備，由李珍寶親自設計、她的工廠製作的。

這個時代的貴女也喜歡騎馬和玩蹴踘，有女式騎裝，就是把胡人衣服改造一下，窄袖短衣、長褲、長靴。李珍寶把流行的交領和圓領改成立領，繡花和顏色搭配加了一些現代元素，靴子的裝飾不是繡花，而是側面一排漂亮的盤扣，不僅好看還好穿好脫。

化妝品的部分李珍寶懂得不算多，只是把這個時代的脂粉膏子改革了一下，一些化妝工具則直接讓人照她的想法做出來就齊全了。

她也正好想趁桃花宴時推出這些東西，正在找模特兒試用，半個月前江意惜就把孟繡推薦給了她。

在李珍寶看來，把孟月、江意惜這樣的大美人包裝成頂尖美人不算本事，人家本來就豔名在外，能把孟繡這樣的姑娘包裝成眾所矚目的美人，這才是大本事。而且孟繡就是個天生的衣架子，個子一百七十五，身材比例好，長相中等偏上，正是最好的模特兒。

江意惜聽李珍寶說了這些東西的妙處，也極是喜歡，派人把劉氏和孟繡、黃馨請來浮生居。

黃馨一來，指著桌子上的東西笑問：「這麼小的刷子是用來寫字的嗎？不好拿啊。」

她拿起一支小刷子比劃著。

江意惜笑道：「是化妝用的，繡妹妹坐下，讓珍寶今天給妳定妝，明天她還會親自去大長公主府給妳化妝。」

「定妝」是江意惜聽李珍寶說的，應該是她前世用的詞語，顧名思義，就是把妝容定下。

劉氏和孟繡知道李珍寶審美別具一格，她沒還俗之前，許多人說她是第一醜女，可如今，不敢說她變成了大美女，卻也讓人眼睛一亮，比有些美人還引人注目。

丫頭端來銅盆，孟繡淨了面坐下。

李珍寶先讓一個婆子給孟繡梳頭，這個婆子是專門給李珍寶梳頭的，之前在宮裡給公主梳頭，公主尚了駙馬出宮，被李珍寶討要過來。

梳了幾個髮型後，最後定下擰旋式，抹了很多桂花油，又把梅花箍戴上。孟繡的頭髮多、髮質又好，上面的頭髮梳髻，後面的頭髮自然垂下，就能呈現出婉約美感。

李珍寶親自給孟繡化妝，刷子、粉撲、眉筆不停變換，足足用了近三刻鐘的時間才把妝容打點完成。

最後孟繡再把那套騎裝換上，似乎就變成了另一個人，容色清麗，美目流盼，颯爽英姿，一襲紅衣燦然生光。

黃馨笑道：「繡姑姑好美。」

幾個丫頭也不可思議地誇讚著，劉氏沒說話，眼睛亮晶晶地看著閨女樂。

孟繡對著鏡子愣愣的有些反應不過來。

李珍寶笑道：「這些東西送給妳了。」又對江意惜和黃馨道：「也有妳們的。」

孟繡舞劍，黃馨撫琴，二人現場表演了一段，李珍寶又提點孟繡，在舞劍的時候該如何讓她的黑髮更加飄逸……

黃馨知道明天主要的焦點是孟繡，她無意搶這風頭，也打定了主意要穿得低調，找個不引人注目的地方坐。

今天也是如此，孟繡在院子中心舞劍，黃馨指示丫頭把琴放在較遠的地方，看到如此的黃馨，江意惜心裡更加疼惜。父親和母親靠不住，小小年紀就人情練達，知道如何討人喜歡、如何避開鋒芒。

在李珍寶指導孟繡的時候，江意惜悄聲跟黃馨說：「等妳十三歲以後，我們也會為妳謀劃，讓妳像妳娘一樣評個京城四美。」

黃馨笑道：「我知道舅舅、舅娘心疼我，不過，當不當四美無所謂，像舅娘這樣就很好。」

她不在意什麼美名，她娘是四美之一，曾經還被稱為第一美人，命運還不是照樣不濟？

午時初，鄭婷婷也來了，明天才藝展示前，李珍寶會在鄭婷婷院子裡為孟繡化妝，鄭婷婷則另外有一樣任務，就是向貴女貴婦們推銷李珍寶的新式騎裝和化妝工具。

李珍寶的工廠江意惜、鄭婷婷、崔文君都入了股，她們自然也要分擔些工作。

下晌，幾人又指點了孟繡一番，李珍寶和鄭婷婷才走。

三月初十，除了江意惜娘兒仨和寡居的孟三夫人、懷孕的孟三奶奶，成國公府所有主子都去宜昌大長公主府參加桃花宴。

宜昌大長公主夜裡沒怎麼睡好，期盼著江意惜能帶孩子來參加桃花宴，她知道不太可能，卻總抱一絲期望。

兒子離京之前再三囑咐他們不要打擾江意惜，不要主動去成國公府，她心裡如貓抓般難受又著急，卻也不敢不聽勸告，就怕兒子生氣不再回京。

一晃二十年了，兒子終於放下埋怨要回京城，她不能再把他推出去了。

今日的桃花宴，何氏已不在了，由謝氏和鄭婷婷在內院幫忙待客。當孟老太君帶著一眾晚輩來正堂的時候，大長公主看到江意惜和重外孫子、重外孫女果真沒來，心裡又氣又失望，還不敢表現出來。

她招了招手，讓人把益哥兒抱進她懷裡，馬上就賞了益哥兒一套文房四寶，還對孟老太太笑道：「我就稀罕妳家的重孫孫，漂亮又聰明，那兩個小的怎麼沒來？」

孟老太太笑道：「辭墨媳婦在宴會上出了兩次事，嚇著了，不敢來。那兩個孩子還小，不能離開母親，也就沒讓他們來。」

大長公主翕了翕唇不好回什麼，畢竟當初江意惜就是在自家桃花宴上被人推落湖裡的，自己派嬤嬤去訓斥了她，還戳了好長時間的脊梁骨，這苦果也只能自己受了。

申時末，斜陽西墜，江意惜領著存存和音兒正在錦園裡玩，孟辭墨等人陸續參加完花宴回府了。

存存牽著妹妹向他迎去。「爹爹，爹爹……」

孟辭墨抱起撲過來的音兒，一手牽著存存，對江意惜說道：「孟繡一劍成名。」

這個比喻把江意惜逗笑了。「看來，繡妹妹表現得很好。」

「我覺得她應該拿第一，可惜只拿了第四。」

孟辭墨不喜歡參加花宴，偶爾去了，也不會去看才藝展示，只因為今天有孟繡和黃馨表演，他便去看了。

前三名都是男子，一個彈琴，兩個作詩，孟辭墨覺得都不如孟繡的劍舞驚豔。

江意惜覺得，孟繡能拿下女子第一，已經達到目的。

孟繡確實可謂「一劍成名」，桃花宴後許多人家來說親，其中包括劉氏之前看好的常勝侯府六公子趙靈新。

趙靈新十九歲，是常勝侯的小兒子，趙秋月的胞弟。與江洵同在京武堂求學，前年中了武舉人，進士落榜，如今任六品城門領。

之所以這麼大年紀還沒訂親，就是挑得厲害，挑來挑去，在桃花宴上被孟繡的英姿所折服。

趙夫人跟劉氏接觸過幾次，之前印象非常不好，後來發現劉氏不像傳說中那樣潑皮不講理，相反的很有智慧，把成國公管得死死的，成國公府所有人跟她關係都很好，特別是同繼媳江氏的關係，許多親婆媳都沒有那麼好。而孟繡除了個子有些高，其他也樣樣不錯。

見兒子這麼大歲數終於看中一個姑娘，趙夫人自然很快地點頭答應，然而趙侯爺卻不答應，說兒子挑來挑去挑了個「漏油燈盞」。

從政治聯姻來說，成國公府權勢滔天，孟繡的外祖父劉總兵又是平王絕對心腹，兒子娶了孟繡，對常勝侯府益處多多。

可劉氏的名聲實在不佳，趙侯爺親眼見識過她的慓悍好妒，那次劉氏去教坊司「捉姦」，趙侯爺就在現場，他怕女肖母，兒子娶回一個潑婦。

趙靈新只好把四姊趙秋月請回娘家當說客，趙秋月出嫁前就跟江意惜玩得好，同孟繡見面次數比較多，對孟繡的評價是，跟劉氏的性格截然相反，斯文、害羞，舉止有度。

趙靈新、趙夫人、趙秋月一起說服趙侯爺，趙侯爺才鬆口。

孟繡與趙靈新終於訂了親，因為趙靈新年紀偏大，定於明年十月成親。

江意惜見過趙靈新一次，個子很高，氣宇軒昂，特別愛笑。江洵也說趙靈新很好，雖然有些勛貴子弟的毛病，但性格溫和，人品不錯。

這門親事劉氏也中意極了，給老爺子和老太太磕了頭，給江意惜送了禮，對成國公也有了些許笑臉。

一直看劉氏冷臉的成國公突然見劉氏衝他笑，還有些不習慣，暗道，劉氏是不是想透過這件事跟自己和好？其實這些日子看久了，他也不覺得劉氏特別醜，這樣體力好的婦人，應該跟那些柔弱女子不一樣……

訂下親事的當天，晚飯後他沒有去外院，直接跟劉氏回了正院，劉氏以為成國公回屋拿什麼東西，也沒管他，直接進了側屋。

成國公在廳屋喝了一盅茶，見劉氏沒出來，心下暗樂，那樣大大咧咧的女人，也有害羞的時候。他放下茶盅，提腳走進臥房。

劉氏已經換上中衣中褲，坐在美人榻上翻看帳本，盤算著給閨女置嫁妝的事，成國公突然闖進來，嚇得她猛地一抬頭，眼睛也鼓了起來，大聲喝道：「你進來做甚？」

成國公有些懵，這跟自己想的不一樣啊。

他皺眉說道：「這裡也是我的房，我怎麼不能來？」

劉氏合上帳本，冷冷說道：「孟家對我的好，我領了，咱們如何相處，從我嫁進孟家第一天老爺就同我說好了，有字據為證。」

成國公羞得滿臉通紅，冷哼一聲，匆匆離開。

劉嬤嬤早就覺察到成國公對劉氏的態度轉變，樂見他們和好，見夫人這樣，嘆著氣勸道：「夫人，國公爺已經回心轉意，妳就給他搭個梯子，從此好好過日子，哪點不好？」

劉氏道：「我和繡兒的好日子是公爹和辭墨夫婦給的，而不是他孟道明，我為何要給他搭梯子？我這輩子，就這樣過了。」

夜色茫茫，不知什麼時候下起了小雨，春雨細如絲，沒有一點聲響，一匹快馬狂奔至宜昌大長公主府東角門前，敲開門，那人直接去了內院正堂。

大長公主和鄭老駙馬正準備歇息，聽說魯封求見。魯封是保護何氏的護衛，這麼晚回來，又是這個時間……

大長公主和老駙馬對視一眼，說道：「讓他進來。」

魯封進來磕了一個頭，悲傷的說道：「稟殿下、稟駙馬爺，大夫人她、她於五日前病故了。」

何氏一死他就回來報信，路上耽擱五天，拉棺木的車沒有那麼快，大概需要十幾天。

大長公主和鄭老駙馬就是要讓何氏在這個時間「病故」，既除去了誤家誤國的禍害，又能確保明年孫子可以參加秋試。若是何氏九月後死，孝期不滿一年，鄭璟不能下場。

大長公主用帕子擦了擦眼睛，沈痛地說：「唉，沒想到她病得這麼重，本宮原以為她養個一、兩年就能回府，早知如此，不該讓她離京。她是個好媳婦，生前孝順公婆，教導兒子，喪事一定要辦得體面……」

宜昌大長公主府一片縞素，大長公主也病倒了。

聽說何氏的死訊，成國公府幾個女眷都唏噓不已。

老太太說道：「我們和鄭家是世交，鄭吉是老公爺的學生，又對辭墨多有照拂，對存和音兒喜愛有加。老大媳婦、老二媳婦、辭墨媳婦，妳們都去弔唁，辭墨媳婦記得再煲些補湯給大長公主帶去。」

江意惜猜到大長公主和鄭老駙馬不會留何氏，卻沒想到這麼快。她正在想著不去的藉口，老國公說話了。

「老大媳婦、老二媳婦去吧，辭墨媳婦回去煲藥膳，大長公主一直喜歡那一口。」

老爺子幫江意惜推拒弔唁，但還是覺得這個時候她對大長公主應該有所表示。

江意惜不好明著忤逆老爺子，在別人看來，鄭吉的確對存存和音兒不同尋常，她只得答應。不過，她並沒有親手煲湯，而是讓下人代勞，沒有加任何好料。

不是江意惜非得與那個老太太一般見識不可，實在是不喜她的強勢霸道和自私。當初逼得扈氏去投河，兒子一走二十年，現在想認所謂的「孫女」了，大家就都得順著她嗎？怎麼可能？

藥膳煲好，已是午後，臨梅抱著瓷罐去了大長公主府。

大長公主府的人都知道大長公主喜歡孟大奶奶煲的湯，一個婆子親自帶臨梅去了正堂。

大長公主根本沒病，只是不耐煩見來弔唁的人，躺在床上躲清靜；裝病還有一個原因，她知道江意惜不會給何氏弔唁，希望自己生病江意惜能夠帶著孩子來看望她。

她想，她既已處置了何氏，江意惜應該看得出她的誠意，若是聰明人，就應該私下跟她相認，當了她的孫女，好處多多。

當她聽說江意惜只讓一個下人來送補湯，大長公主極是失望，看來那個孩子聰明是聰明，還是不夠大氣。

湯還是熱的，夏嬤嬤舀了幾勺湯在一個白底紅花的粉瓷小碗裡，再呈給大長公主。

夏嬤嬤微微吸了下鼻子，覺得這次的湯跟南風閣賣的藥膳一樣，雖然鮮美，卻沒有那股特殊的香味，算算時間，孟大奶奶至少有一年時間沒有給大長公主親手煲湯了，或許，孟大奶奶在知道自己是大長公主的親孫女後，就不想再孝敬了吧。

大長公主身邊的人，只有夏嬤嬤知道江意惜的真正身世。

大長公主喝了兩口，品一品，覺得沒有江意惜親手煲湯的那股特殊美味，她頓覺索然無味，把小碗遞給夏嬤嬤，閉上眼睛斜靠在軟枕上。

夏嬤嬤看出主子心情不佳，悄然退出屋，剛走到門口，又聽到大長公主的聲音。「惜丫頭有心了，賞她一個玉如意，再把本宮賞那兩個孩子的禮物交給她。」

夏嬤嬤躬了躬身。「是。」

之前，大長公主給江意惜和兩個孩子各準備了一份見面禮，想等他們來了賞他們。

這是大長公主不高興了，把給江意惜準備的大馬國上貢的四顆大珍珠換成了玉如意。

夏嬤嬤從櫃子裡拿出一個玉如意和一本書、一個錦盒，悄聲對還候在廳堂裡的臨梅笑道：「孟大奶奶有心了，大長公主賞孟大奶奶一個玉如意，存哥兒一本王建之字帖，音姐兒一串紅珊瑚手串。」

她又給了臨梅一個裝了兩顆銀錠子的荷包，臨梅道了謝，接過禮物。

這時，鄭老駙馬聽說江意惜遣人送來補湯，又過來賞了存存和音兒各一樣禮物，其實他特別想賞江意惜，但此時卻不宜多做些什麼。

之後老駙馬來到臥房，見大長公主倚在枕上，碗裡的湯幾乎沒喝，問道：「怎麼，不想喝？」

大長公主冷哼道：「不是惜丫頭親手煲的，她是故意的。」

老駙馬勸道：「惜丫頭有心結，這是人之常情，想讓孫女認咱們，就不要輕舉妄動，等兒子回來慢慢謀劃，只要心誠，會感化她的。」

大長公主傷感道：「本宮老了，不知能不能活到那個時候……」

時序進入六月，天氣越來越炎熱，皇帝的身體更加不好了，群臣請求立太子的摺子越來越多。

擁立平王為太子的大臣最多，佔半數以上，皇上倚重的幾位大臣，也大多屬意平王。其次是六皇子李昫，占三成。再次是英王，連一成都不到，英王的勢力已大不如前。

皇上不喜平王，卻不得不承認平王是最好的儲君人選，有能力，又得絕大多數朝臣擁戴。他其實較中意六皇子，但也知道六皇子還沒成長起來，不能服眾，現在就怕自已死了，平王真的會領兵造反。

李紹的那些話不可信，卻老是在他腦海中揮之不去，令他不願讓那個逼宮造反的人繼承大統。

他想等到明年中秋夜，看看是否會出現五星連珠的異象，若出現了，李紹的話就不得不信，必須想辦法把平王和英王兩個逆子弄死，若沒出現，就立平王為儲君。

愚和大師已經出關，皇上再次派人請愚和大師進宮一敘。他想聽一聽大師的意見，再請大師給自己看看身體狀況。

這是皇上第三次請愚和大師，前兩次大師都推了。

六月十二，愚和大師終於來到皇宮，皇帝和他兩人在御書房秘談兩個時辰。

皇上大概轉述了李紹的話，問道：「大師會觀天象，你覺得明年中秋夜會出現五星連珠嗎？」

愚和大師閉目掐指，半刻鐘後睜開眼睛說道：「老衲夜觀天象，沒觀測到近兩年會出現五星連珠，不過，時日還長，是否會出現異象，還要更臨近些才知。」

愚和大師給皇上留了五丸秘藥。「這種秘藥是虎狼之藥，不宜多吃，皇上得的是心病，解鈴還需繫鈴人，想讓自己病好，首先仍要解開心結……」

皇上吃了那五丸秘藥，病情果真得到緩解。

這一日，戒九和戒十又來到成國公府給江意惜送茶葉，戒九悄悄跟江意惜說了，前些天愚和大師進宮會見了皇上，想約十九那天見她和花花，有要事。

江意惜心中一動，大師見過皇上後有事見自己和花花，那要談的事莫非與皇上有關？

十九早飯後，江意惜帶著花花和一個裝眼淚水的小銅筒，丫頭拎著四盒素點，去了報國寺。

愚和大師沒有如之前一樣先吃點心，而是把花花抱在懷裡逗一番，看牠的眼神充滿慈悲和憐惜，那個眼神讓江意惜心裡一沈，看來老和尚有求於花花，不止要眼淚水那麼簡單。

兩刻鐘後，江意惜兩手空空走出禪房，身前身後都沒有花花的影子。

方才愚和大師跟她說了和皇上交談的內容，提到五星連珠的異象可能會帶來前所未有的災難，為破解此凶象，他需要花花的協助……

她神色凝重悲傷，眼圈微紅，耳邊還環繞著愚和大師的話語。「……若有幸得以避開大凶，老衲將折損二十年陽壽，小東西換副皮囊依舊能存活於世間。但若避不開，老衲魂飛魄散，小東西重返九霄雲外，江施主身體遭受重創，屆時天降大荒，百萬生靈塗炭，哀鴻遍野……」

正午陽光灼熱，江意惜感受不到一點暖意，身體似被寒風裹挾，守在門外的戒十雙手合十道：「江施主慢走。」

江意惜停下腳步望望他，他臉上的長疤還在，眼裡盛滿慈悲，已毫無從前的一丁點凶悍。

這樣殘暴的人都能被愚和大師感化，面臨即將到來的禍事，應該不至於出現最壞的結果吧？

江意惜合十還禮。

來到禪院外，水草和幾個護衛從亭子裡迎上前來，她四處看了看，疑惑問道：「大奶奶，花花呢，又野去山裡了？」

江意惜低聲道：「大師說花花同佛門有緣，留下牠跟大師閉關修行一段時日。」她腳步匆匆，走向報國寺大門。

水草又道：「大奶奶，妳早上不是說要拜佛祖菩薩，還要留下吃齋飯嗎？」

江意惜從來沒覺得水草如此聒噪過，她皺眉沒搭理小丫頭，走出寺廟大門。水草伸了伸舌頭，不敢再言語。

上了馬車，江意惜倚在座椅上閉目養神。

如之前分析的一樣，李紹重活一世是想報復曾經欺辱過他的兄弟，只是能力有限，又壞事做絕，先把自己玩死了。但他也沒有白白重生一遭，有些話皇帝聽進去了，如今對平王和英王充滿了懷疑和不滿……

愚和大師一心為改變那個天體異象而努力，既想避開大凶，又能讓皇權平穩過渡，讓花花來到這個世界，就是最重要的一步棋。

愚和大師盡全力把李珍寶救活，這一世花花追逐李珍寶來到這個世界，進了江意惜的肚子。前一世牠也追隨而來，卻被李珍寶一巴掌打了出去，李珍寶永遠不知道，她打出去的不止是一道光，還有百萬人的命……

江意惜從手腕上取下佛珠，默默念著。「阿彌陀佛，佛祖保佑……」

回到浮生居已是未時末，吳嬤嬤聽說主子還沒吃飯，趕緊同水珠一起去廚房忙碌。

存存和音兒以為花花又去山裡玩了，都噘起了小嘴，一個說：「就知道玩，心都玩野了。」一個哼哼嘰嘰道：「花花不乖，想牠……」

兩刻鐘後，一碗冷麵、一碟白切雞、一碟酸木耳端上桌，江意惜吃完，匆匆去外書房找老國公。

她不能把所有話都告訴他，只能提醒他和孟辭墨做好準備，若明年中秋那天真的出現五星連珠，如何確保皇權平穩過渡到平王手裡。

老國公聽了江意惜的話，沈默了許久才說道：「愚和大師有這種顧慮，李紹的話或許真是預警，說句大不敬的話，皇上著相了。英王是真的有弒父之心，但平王要奪的不是皇上的天下，而是逆賊英王的天下，若直接立平王為太子，平王哪裡需要起兵造反……」

老國公還是慶幸自家保對了人，愚和大師跟江氏說了那些話，就說明平王會是下一任君主。

沒有花花的日子，不說浮生居裡的人，就是老爺子和老太太、安哥兒、益哥兒都不習慣。

半個月後的某一天，江意惜明顯感覺胃裡的光珠蒙上一層厚厚的水霧，眼淚水足足裝了半個小銅筒。

不知老和尚又在如何折騰牠，花花哭得厲害，江意惜扶著胃，又心疼又無奈。

小東西本來不想留下幫老和尚的，但老和尚說，若牠不幫忙，將有無數人在災荒中餓死，鄰國會乘機入侵，又會有無數人戰死，孟辭墨和江洵說不定也會上戰場，牠才含淚答應。

之後每旬哭一次，好在眼淚水逐漸減少，江意惜的心才沒有那麼痛。

第五十九章

轉眼進入八月，天氣轉涼，丹桂飄香。李珍寶和鄭玉的婚期臨近，雍王府和鄭府一片忙碌。

李珍寶向孟老國公討要了一株牡丹王做賀禮。牡丹王種在錦園，每次開花足足有上百朵，是老爺子最喜歡的花之一，許多人出高價買，他都沒同意。

老爺子心疼得眉毛都皺緊了，但想到孫媳婦同李珍寶的情誼，還是咬牙答應了。

為了保證牡丹能存活，江意惜親自帶人去錦園把它挖出來，挖的時候老爺子沒去看，挖這株牡丹王就如挖他的心肝一樣，他不捨啊！

下人小心翼翼把牡丹王送去鄭府的心悅軒。

這心悅軒是鄭玉和李珍寶成親後住的院子，名字當然是不受禮教束縛又直白的李珍寶取的，意思是，她和鄭玉彼此心悅。

江意惜也跟著來了，小心翼翼把花種在上房廊外，澆上她帶來的「營養水」。

東廂廊外則已種了一大片三角花，藤蔓爬上廊柱躥上房頂，雖然花期已過，但依然想像得出春夏之季，整片花開時將是何等絢麗，李珍寶對三角花有一種執著的愛。

心悅軒已經收拾出來，院子裡沒有秋天的蕭索，幾十盆菊花怒放著，屋裡更是金玉滿堂，富貴至極，臥室的窗戶居然是兩扇玻璃窗，這是今年夏天才從絲綢之路運回來的玻璃，也是晉和朝第一次出現玻璃，目前只有皇上、太后、曲德妃、宜昌大長公主幾人換了幾扇玻璃窗，雍王則把該自己享受的玻璃送給了閨女。

宜昌大長公主的玻璃當然是鄭吉孝敬的，他還送了江意惜兩塊玻璃、一面鏡子。江意惜留下鏡子，把玻璃孝敬給老太太。老太太極是稀罕，卻也知道此時不好在自家裝玻璃，等以後有臣子家裝了她再裝。

種好花，鄭婷婷把江意惜請去她院子裡吃晌飯。

鄭婷婷悄聲道：「伯祖母聽說妳今天要來我家種花，還鬧著要來看妳，被伯祖父勸住了。」

江意惜冷哼道：「那個老太太從來都只顧自己高興，不想別人感受。」

鄭婷婷呵呵笑幾聲，又道：「伯祖父還怕她在我兄長的婚禮上硬拉著妳說話，一直在勸她。」

江意惜說道：「她想拉也拉不到，成國公府其他主子會來這裡，但我是珍寶的義妹，當然是去雍王府喝喜酒。」

鄭婷婷就是在探江意惜的口風。

大長公主隨興慣了，怕她當眾強拉江意惜說話，增加江意惜的反感，當下壞了喜事，氣氛凝重，母親要她先試探一番，看看江意惜的態度，如今聽說江意惜到時不會在鄭府，也是鬆了一口氣。

江意惜問道：「鄭璟現在怎樣了？」

江意惜沒跟鄭璟近距離接觸過，也談不上有感情，但那個踑踑的面孔會不經意間躍入她的腦海。

無論是鄭婷婷還是孟辭墨，抑或接觸不多的江洵，過往對鄭璟的評價都挺不錯，從小沒得到多少父愛，大長公主無度溺愛，何氏狹隘自私，那孩子居然沒有長歪。

鄭婷婷嘆道：「還難過著呢。他不願意見伯祖母和伯祖父，只偶爾跟我說說話。」

鄭璟聽鄭吉說了何氏犯的錯後，深知這些錯誤為大家族所不容，當時就跪下跟鄭吉求情，留下何氏的命，鄭吉答應了，後來得知何氏的死訊後，鄭璟氣鄭吉言而無信，跑去質問鄭老駙馬。

鄭老駙馬說：「吉兒的悲劇，緣於對兩個女人狠不下心，一個是扈氏，明知自己抗爭不過母親，依然對人家不放手；一個是何氏，自覺對不起她而縱她，但凡有一個他狠下心來做了決定，事情也不會到這種地步。

「何氏是我做掉的，於家於國，她都不能活著，這樣死去對她來說是好事，至少體面。若不是看在你的面子上，若不是吉兒求情，我會把她趕出家門，再弄死她……」

鄭璟無言以對。

八月初八一早，天空湛藍，朝陽明媚，江意惜帶著黃馨、孟繡去了雍王府。

成國公府其他主子稍後會去鄭府，孟照存還有一項光榮的任務，就是「滾床」。

聚靈院裡掛紅著綠，喜氣洋洋，看到江意惜幾人，崔文君笑著迎上前來，幾人寒暄著進入上房。

廳屋和側屋裡，十幾個熟悉或不熟悉的面孔聚在一起說笑著，包括趙秋月和薛青柳。

江意惜笑道：「怎麼不進去陪新娘子？」

趙秋月和薛青柳使了個眼色，不好細說的樣子，這時裡面李珍寶的聲音喊道：「江二姊姊來了？」

江意惜走了進去，只見臥房裡一片紅，李珍寶披散著長髮，穿著新嫁娘的紅衣紅褲盤腿坐在床上，床邊官椅上坐著雍王，父女兩人眼淚巴巴，蒜頭鼻子都是紅的，一看就知道剛剛哭過。

江意惜給雍王屈膝行了禮。

崔文君這時提醒道：「公爹，剛剛世子爺遣人來說，慶王等五位王爺、郡王爺，還有一些朝中大臣已經來了，請您去前院。」

李珍寶拉著雍王的袖子說：「父王，你去待客吧，後天女兒回娘家，再陪你說一整天的話。」

雍王站起身，還是捨不得走，看著李珍寶說道：「感覺寶兒才回府沒住幾天就要嫁人了，別的父親養女十幾載，可我只養了短短一年多，還沒養夠呢……」

他吸吸鼻子，翻著眼皮看房頂，哽咽著說不下去。

李珍寶的淚水又被說了出來，她摟著雍王的胳膊說道：「女兒不孝，讓父王操了這麼多年的心，我雖嫁了人，還是你閨女，會經常回府看你的……」

雍王道：「媳婦經常回娘家，婆家人會不高興，妳嫁過去了，不能像在父王跟前這麼任性……」

江意惜和崔文君勸了幾句，雍王才戀戀不捨地走了。

雍王一走，臥房裡就擁進來一大批看新娘子的人，李珍寶向窗邊望去。

擋住窗口方向的幾人都看了出來，李珍寶是想看走出去的雍王，她們讓出位置，只見小窗半開，外頭金色陽光灑滿庭院，雍王在金光中慢慢走著，背都有些駝了，感覺一下老了好多歲。

李珍寶用帕子擦了一下眼睛，想到父親若知道自己要去西慶，不知會難過成什麼樣？兩世父親都為她操碎了心，這一世父親還算好的，至少看到女兒活到十八歲，還嫁人了；而前一世父親說的最多的是：「爸爸不求妳有出息，不求妳多孝順，只要像正常的女人，過正常的生活，該上學時上學，該上班時上班，該嫁人生子時嫁人生子，我就滿足了……」

江意惜的聲音把她從往事中拉回。

「新娘子，把眼淚哭腫就不美了。」

李珍寶眨巴眨巴眼睛，強把淚意壓下。

不多時，全福夫人來給李珍寶梳頭開臉，之後是喜娘給她化妝、穿喜服。

這個時代的新娘妝李珍寶不喜歡，她想當最美麗的新娘子，前幾天她天天讓人把喜娘請來聚靈院，教喜娘如何化妝，當然也不能太離經叛道，還是結合了這個時代的審美，依舊是紅紅的腮、比櫻桃大一點的唇，卻揉進了李珍寶對美的理解。

妝一化好，猶如陽光照進屋裡，傳出一聲聲驚嘆。

「太美了！」

「好漂亮！」

特別是像孟繡這些即將做新娘子的人，都在想一定要請這個喜娘幫自己化妝，今天珍寶郡主真是最美麗的新娘！

開席了，除了江意惜，所有人都去吃喜宴了，瞧瞧屋裡沒有外人，李珍寶才歪歪脖子扭扭腰，嘟嘴說道：「嫁人原來這麼累，心裡還這麼不捨。」

江意惜笑道：「妳就惜福吧！妳不捨，那是妳爹對妳太好了，我嫁人的時候，恨不得能快些走。」

宴席後，一群女眷又擁進來看新娘子，嘰嘰喳喳說著李珍寶的各種好。

申時初，雍王及前院一些觀禮的人都來到聚靈院，聚靈院裡更加熱鬧，除了憂傷的雍王，所有人都喜形於色。

許多人都暗暗鄙視雍王，哪裡像個爺兒們，比娘兒們還不如，若他不是雍王的身分，肯定要冷嘲熱諷他一番……

隨著前院一陣爆竹齊鳴，絲竹鼓樂聲漸漸靠近，雍王的蒜頭鼻子更紅了，喜娘欣喜地喊著。「新郎官來接親了！」

她把紅蓋頭往新娘頭上一蓋，嘴裡大聲唱著吉祥話。「一蓋，舉案又齊眉。二蓋，比翼共雙飛。三蓋，永結同心佩。」

蓋完蓋頭，又把一個又大又紅的蘋果放進李珍寶手裡。

絲竹聲進入聚靈院，外面的嘈雜聲更大了，隨著一陣哄笑聲，鄭玉在孟辭墨和王副統領的陪伴下來到新房。

鄭玉穿著喜服戴著大紅花，笑得像個傻小子，他來到新娘子面前，笑道：「珍寶，我來接妳了。」

頂著紅蓋頭的腦袋微微垂下。

原來小珍寶也會害羞？

不僅鄭玉，一旁的江意惜和孟辭墨、李凱都挺納悶。

喜娘把李珍寶扶起來，同鄭玉一起來到廳房，雙雙跪在雍王面前。

雍王哽咽道：「女婿，寶兒是本王的心頭肉，你不能讓她受一丁點委屈。」

鄭玉磕了頭說道：「請岳父放心，小婿會一心一意愛珍寶，盡一切所能讓她幸福快樂。」

雍王再也忍不住，眼淚落了下來。「你要說話算數。」

鄭玉堅定地說道：「小婿說到做到，在場的都是證人。」

李珍寶泫然欲泣道：「父王……」

雍王看不到閨女的臉，也知道她哭了，連忙哄道：「寶兒不哭，嫁人是喜事，要孝敬公婆，誰讓妳受了委屈，就回家跟爹說……」

他說不下去了，直接哭出了聲，李凱趕緊過來說道：「妹妹，大哥揹妳上花轎。」

李珍寶給雍王磕了一個頭，起身趴在了李凱身上。

很快的，花轎和絲竹聲漸漸遠去，閨女再回來就是回娘家了。雍王越哭越傷心，比所有嫁閨女的母親還哭得厲害。

幾位觀禮的王爺又好氣又好笑，七嘴八舌勸著他，一位上歲數的老王爺說道：「聽說皇上對小珍寶還有封賞。」

所有人都心裡嘀咕，再封也不會封公主吧？若封了公主可要建公主府，鄭玉是駙馬，就不會再掌兵了。

雍王爺聽了，心裡又好過了些，珍寶有了那個特殊封號，哪怕自己不在了，只要她不忤逆君王，沒有人敢欺負她。

與此同時，鄭少保府的心悅軒裡，一浪又一浪笑聲傳出。

在喜娘的指導下，新郎官和新娘子剛完成合髻、喝合巹酒等儀式，就有外院婆子跑進來稟報。

「大爺、大奶奶，皇上聖旨和太后懿旨來了，老太爺請你們去接旨。」

眾人知道是皇上和太后娘娘的封賞來了，又是一陣恭賀。

鄭玉和李珍寶去了外院，儀門前已擺上香案，鄭老少保和鄭松等人都等在這裡。

鄭玉和李珍寶等人跪下接旨。

皇上封李珍寶為大郡主，鄭玉為承恩侯，太后娘娘對李珍寶一通大肆誇讚，又賞賜了她不少好東西。

「大郡主」的稱號之前沒有，是皇上應太后娘娘請求專為李珍寶而設，能享有公主同等待遇，又沒有公主的某些限制，而封鄭玉為「侯」，比「駙馬都尉」的爵位還高。

鄭家風頭可謂一時無二，在場的人齊聲道賀，鄭老少保激動萬分，朝皇宮方向拱手說道：「皇恩浩蕩，皇恩浩蕩啊！」

李珍寶知道自己會被封「大郡主」，沒想到還給了鄭玉一個爵位，心裡自是感激。

把內侍送走，鄭玉把李珍寶送回心悅軒，才去前院陪賓客喝酒。

客人們都去吃喜宴，存存和音兒就是不去，存存說：「不去不去，要跟乾娘一起吃。」

之前李珍寶就交代了，只要珍寶姨姨一嫁人，就讓他們改口叫她「乾娘」。

音兒又道：「還要跟乾娘一起睡覺覺！」

她的話逗得眾人一陣樂，趙秋月玩笑道：「若那樣，鄭將軍還不把你們打出去啊。」

孟二奶奶和孟三奶奶忍住笑，好說歹說才把兩個孩子哄出去。

戌時末，孟辭墨才帶著兩個孩子回到浮生居。

一整天沒看到娘親了，兩個孩子從乳娘的懷裡滑下來，跑去抱住娘親。

音兒糯糯道：「新娘子漂亮。」

存存對漂亮不感興趣，從懷裡取出一個紅包交給江意惜。「娘親，兒子掙的，孝敬娘親。」

這是他滾床得的大紅包。

乳娘笑道：「奴婢說幫哥兒收著，哥兒不願意，一定要自己揣著，還要親手交給大奶奶。」

江意惜笑著親了他一口。「真是好兒子。」

母子三人親熱一陣，下人把存存和音兒抱去歇息。

江意惜跟孟辭墨說道：「洵兒的聘禮準備了一萬兩銀子，我想再拿八千兩私房銀子，給他備足一萬八千兩。」

分家時江洵分得了一萬兩銀子，老太太幫二房保管的財物只給了江洵一半，也就是二千五百兩銀子和部分擺件，江洵置產和裝修院子花了一些錢，幾乎傾囊而出，也只拿得出一萬兩銀子置聘禮。

據江意惜所知，鄭家和大長公主府給鄭婷婷置的嫁妝就有三萬兩銀子，這麼一比較，江洵的聘禮差得有些多，她想讓江洵的聘禮稍微好看一些。

孟辭墨道：「妳的私房，想怎麼用就怎麼用，一萬八千兩不如二萬兩，我這個姊夫再貼二千兩。」

江意惜笑得甜蜜。

「我如今的私房可不少，我直接拿一萬兩。」

除了田地產出，每年食上能掙幾千兩銀子，南風閣生意也很好，再加上李珍寶之後開的幾個作坊她都有一成股份，她現在每年收入有近萬兩銀子，之前她就想拿一萬兩銀子出來，又不願意讓人說她太過顧娘家，才減至八千兩。

孟辭墨笑道：「小舅子娶媳婦，當姊夫的也應該出力，那二千兩我出了。」

次日傍晚，孟辭墨下衙把江洵叫去成國公府，說姊姊找他有事。

飯後，孟辭墨帶著孩子出去走走消食，江意惜把一萬兩銀子交給江洵。

江洵臉通紅，搖頭拒絕道：「哪有聘禮讓姊姊和姊夫幫著出的道理，鄭家和婷婷都知道我窮，不會在意聘禮少。」

江意惜嗔怪道：「父母不在，姊姊是你最親的人，出點錢怎麼不行？鄭家和婷婷不在意，但別人會說閒話，婷婷是個好姑娘，無論哪方面都不要讓她受委屈……」

說服了半天，江洵才收下，但還是說：「算我跟姊借的，等我有錢了就還妳。」

江意惜搖頭道：「見外了，是姊和姊夫送你的，無須還。」

兩人又商量了一番如何置聘禮，江洵才告辭。

十月底，孟家莊的管事王叔匆匆回京稟報老國公，大姑奶奶居然瞞過下人悄悄出莊子後門與黃程見面。

離莊子不到一里的小河上停了一艘帶篷的小船，兩人見面的地方就在小船裡，那一日正好王叔的媳婦從鎮上買東西回來，遠遠看見船上那個女人像大姑奶奶，男人像前大姑爺黃程，回去就跟王嬸說了。

王嬸還疑惑，明明大姑奶奶每日都在莊子裡，沒出門才是，她立即去內院確認，丫頭說大姑奶奶身子不好在歇息，王嬸強行闖進臥房一看，才發現床上根本沒人，被子裡是枕頭。

老國公氣得一拍桌子。「見過幾次？」

王管事的腰躬得更低。「老奴該死，老奴不知。」

這是孟月的醜事，老國公氣得要吐血也不好意思告訴別人，只悄悄跟下衙回來的孟辭墨說了。

孟辭墨也氣得夠嗆，次日親自去孟家莊，審問了服侍的下人，孟月身邊的幾個下人沒有不妥，問題出在莊子裡一個做飯婆子被收買，幫黃程給孟月送了信，這才開始了交集。

孟辭墨立時讓人打了婆子五十板子，活過來賣了，死了拉倒。

算上昨天被撞見的一次，孟月和黃程共見面三次，孟月說兩人只說了小半個時辰的話，孟辭墨不信，就黃程的德行，好不容易見到孟月，怎麼可能什麼都不做。

孟辭墨沈臉道：「祖父讓妳回府居住。」

孟月木然的眸子立即變得堅毅，搖頭道：「我不回去，我的名聲不好，回去招人笑話。」

孟辭墨看看孟月，雖已年近三十，依舊美貌如初，嬌豔動人，也依舊不讓人省心。他怒道：「大姊想想，妳自己都認為自己名聲不好，黃程為何還一而再再而三的招惹妳？」

孟月臉紅了，垂下眼皮說道：「他說，他一直是心悅我的，之前那樣對我，是他娘不喜我。現在他娘已經死了一年多，他讓我再等他一年半，等他滿了孝期，我的那件事也漸漸平息，他會重新再把我娶回去。」

「糊塗！若黃程是真心心悅妳，當時怎麼會由著晉寧把妳往死裡整？他不僅不幫忙，還不停地納妾，庶子庶女生了一大群，現在又把主意打到妳身上，不是心悅妳，是因為黃家之前是英王一黨，已經被聖上厭棄，而我們孟家得聖上看重……」

黃家真心看重的是孟月能帶來的利益，如今曲德妃得皇上寵愛、平王最有希望成為儲君，孟家前途不可限量，偏偏這話不能明明白白說給孟月聽。

孟月眼淚湧了上來，她何嘗不知道黃程對她的感情也就那樣，但她現在最好的出路就是回黃家。

自己有強硬的娘家，嫡嫡親的姨母是宮中寵妃，晉寧又死了，黃程還承諾，那幾個狐狸精她看不順眼就打發去莊子，她回去，誰也不敢招惹她。

黃程有才情，黃家有底蘊，再有她娘家的幫助，將來黃程官至侍郎都有可能。祖父和弟弟給她找的人家，不是沒有根基的寒士，就是粗鄙的武夫，相較這樣的人，她寧可選擇才貌雙全又家世好的黃程。

孟月用帕子擦了擦眼淚說道：「弟弟，你真為了姊好，就遂了姊的意吧。這世上，又有幾個像你這樣一心一意對妻子的男人呢？看看咱們爹，你們管得那樣緊，還不是要出去偷……」

「腥」字沒好意思說出來。

孟辭墨怒其不爭，已經不想跟她講道理，講也講不通，他搖頭道：「我和祖父好不容易把妳從泥潭裡拉出來，就不會再把妳丟進去，妳徹底絕了這個想法。」

他吩咐丫頭收拾東西，強行把哭泣的孟月架上馬車。老實人幹大事，他怕孟月會鬧出更不堪的事，只有把她放在眼皮子底下才放心。

傍晚回到成國公府，孟月的轎子直接抬去內院，孟辭墨去外書房跟老國公說了這事。

老國公氣道：「我就是把她打死，也不會再讓她去黃家！唉，江山易改，本性難移，再怎麼教都教不好。」

老太太和江意惜也知道了孟月的事，老太太也氣孟月不爭氣，覺得她比大兒子還不省心，索性以孟月身體不好需休養為由，讓她禁足一年。

家裡其他人雖然知道得不多，也猜出了個大概，這幾年，特別是曾寧死後，黃家不停地跟孟家示好，孟家根本不想理他們。

黃馨跟孟月談了兩刻多鐘後，來到了浮生居，她沒有說同母親說了什麼，只是抱著江意惜輕輕啜泣。

江意惜撫摸著她的頭，柔聲說道：「妳母親的事長輩們會管，妳不要想太多，妳還小，開開心心過活就是了……」

黃馨哽咽著「嗯」了一聲，她不能說母親不對，也不能說父親不對，但她知道，她和母親不能再回那個家。

然而，事情沒有隨著孟月回到成國公府而消停，半個月後的某一日，林嬤嬤偷偷來找江意惜，她的眼睛都哭紅了。

吳嬤嬤見她有話要說，帶著丫頭退了下去。

林嬤嬤跪下說道：「大奶奶，救救我家大姑奶奶吧！」

江意惜問：「大姊又做了什麼事？」

孟月天天被關在院子裡，還能闖禍？

林嬤嬤抖了抖嘴唇，悄聲道：「大姑奶奶的月信推遲了半個月，又伴有嘔吐、嗜睡的症狀，怕是懷孕了。」

孟月自己也嚇到了，若她懷孕的事被傳出去，不說她完了，孝期致人懷孕的黃程也完了。

孟月知道，此事只有孟辭墨和江意惜能幫她，所以求林嬤嬤來求助。

江意惜也是嚇了一跳，一時之間也只能先說道：「妳回去看好大姑奶奶，我會同大爺商量此事。」

她怕把老爺子氣著，沒敢跟他說，直到晚飯後同孟辭墨回到浮生居，才同孟辭墨說了這件事。

孟辭墨氣惱不已，卻也不能不管那個長姊，說道：「總要確認她是否真的懷孕，妳去給她把把脈。」

二人一起去了孟月的院子。

孟月被禁足，她不能出自己的院子，一般人也不能進去，但作為孟月的至親，黃馨和孟辭墨夫婦還是可以去看望她的。

此刻院子裡死一般沈靜，孟辭墨走進上房，林嬤嬤著急地迎上來說道：「大姑奶奶一天沒吃飯了。」

孟辭墨點點頭，坐在廳屋圈椅上，江意惜隨林嬤嬤穿過側屋進了臥房。

燭光如豆，屋裡光線很暗，青色羅帳把床遮擋得嚴嚴實實。

林嬤嬤對著羅帳說道：「大姑奶奶，大奶奶來看妳了，大爺也來了，在廳屋裡。」

羅帳裡悄無聲息，裡面的人似睡著一般。

過了小半刻鐘，江意惜對林嬤嬤說道：「妳先下去吧，我同大姊單獨說說話。」

林嬤嬤用帕子擦了擦眼淚，去了側屋，臥房傳來低低的說話聲，側屋裡的林嬤嬤也聽不清。

一刻多鐘後，江意惜回到了廳屋。

「她怎麼樣？」孟辭墨問道。

江意惜低聲道：「大姊的確懷孕了。」頓了頓，又遲疑著說道：「她想隱姓埋名，去一個遠離京城的地方把孩子生下來，再也不嫁人，餘生就守著孩子過。」

江意惜也不禁生氣，都和離了還要失身於那個臭男人，還想把孩子生下來？

傻子都知道孟月是想拖延時間偷偷把孩子生下來，等到黃程孝期滿了，憑著孩子，黃程會更加憐惜她。那孩子身分見不得光，可以在外養著，也可以當哪位小妾的孩子，帶回黃家養。

她真是沒救了。

孟辭墨也猜到孟月的想法，臉色陰得嚇人，垂目想了一下，說道：「我去跟她說。」

他向臥房走去，側屋裡的林嬤嬤攔住他說道：「世子爺，這不合規矩。」

孟辭墨眸子一縮，林嬤嬤嚇得趕緊讓開。

他來到羅帳外，沈聲說道：「妳沒有資格談條件，我給妳兩條路，一條是我幫妳打掉孩子，今後妳去昭明庵出家；一條是，妳主動打掉孩子，今後不許再出孟家門。」

紫紅羅帳一下分開，露出孟月紅腫的眼睛，眼淚撲簌簌流下。

她哀求道：「不要、不要打掉我的孩子……」

見孟辭墨滿臉寒霜，並沒有被她的眼淚打動，嚇得一個寒顫，又撫摸著肚子說道：「辭墨，他也是你的外甥，你那麼心疼馨兒，也該心疼心疼他的。求你了，讓我偷偷生下他，若是兒子，姊也有盼頭了。」

她知道，弟弟最是心疼她和馨兒。

孟辭墨的兩片薄唇裡冷冷吐出兩個字。「不行。」

孟月不可思議道：「辭墨，你怎麼能這樣狠心？娘早早去了，付氏想盡辦法害我們，爹不管我們，我們姊弟千辛萬苦才活到現在，姊能倚靠的只有你呀……」

孟辭墨不想再聽她說下去，打斷她的話說道：「若妳不想選，我替妳選，去昭明庵吧，從此青燈古佛，心如止水，是妳最好的出路。」

孟月的心如掉進寒潭。

之前她覺得，無論她遇到怎樣的困難、闖了多大的禍事，都有這個無所不能的弟弟幫她脫困，幫她掃清一切障礙。

但今天，弟弟居然逼她出家？

她美麗的大眼睛一下瞪圓了，尖聲叫道：「辭墨，你是我弟弟，你怎麼能逼我出家？我不、不、不……」

孟辭墨又道：「那妳是想選第二條路？很好，過陣子我讓人來幫妳。」

他不理孟月的哭鬧，扭頭走出臥房。

來到側屋，他對林嬤嬤說道：「把大姑奶奶看好，這段時日不許任何人見她，包括黃馨，若她出了事，妳們都得死。」

林嬤嬤已經聽到世子爺和大姑奶奶的對話，心裡贊成世子爺的處置。大姑奶奶被付氏養廢了，居然還想保住孩子嫁入黃家，也不想想當初她被打成那樣，孟、黃兩家鬧得勢如水火，她真嫁進黃家，若孟家將來失勢，她能有好日子過嗎？

林嬤嬤戰戰兢兢說道：「是，老奴會把大姑奶奶看好。」

孟辭墨來到廳屋，拉著江意惜向外走去。

路上，孟辭墨說了自己的意思。這件事他不想讓任何人知道，只能派浮生居的兩個心腹婆子去做。

吳嬤嬤的兒媳水靈有孕在身，江意惜不願意讓她插手這件事，便讓臨梅和水珠煮了碗墮胎藥，去把孟月的胎打下來。

孟辭墨和江意惜坐在側屋炕上等消息，江意惜給音兒做著小裙子，孟辭墨貌似看書，看了半天也沒翻頁。

江意惜理解他的心境，自己怎樣待江洵，他就想怎樣待孟月，只可惜孟月不爭氣，吃再多虧也不長記性。

亥時末，臨梅和水珠回浮生居覆命。

臨梅站在側屋門口說：「稟世子爺，稟大奶奶，那件事辦妥了。」

孟辭墨陰沈著臉沒出聲，江意惜起身來到廳屋。

臨梅低聲說了她們如何把那碗藥強灌給孟月喝下，又道：「大姑奶奶鬧得厲害。」

江意惜對孟月也失去了耐心，說道：「鬧夠了，自然會消停。」

若孟辭墨不看在亡母的分上，早讓孟月去當姑子了。

臨梅退下，江意惜回房對孟辭墨道：「那件事解決了，明兒我去看看大姊，給她煲罐補氣血的湯。」她知道，孟辭墨再氣也不會不管這姊姊。

孟辭墨看看江意惜，到底沒有了剛才的嘴硬，點點頭。

之後孟月鬧過兩次自殺，半個月後才漸漸消停，江意惜唱紅臉，隔個三、五天帶罐補湯去看看孟月；孟辭墨唱黑臉，一次也沒去過，似真不管她了一般。

臘月初二，下了兩天的大雪還未停息。

今天鄭家要去江家安床，江意惜帶著兩個孩子去了江家。

他們最先去了如意堂，守在門口的婆子說老太太病了，還未起床。

江意惜知道，老太太定是看到江洵準備了二萬兩銀子的聘禮，不高興了，不過她對江家已算仁至義盡，對得起江辰老爹了，不再理會老太太這一套，順勢便領著孩子轉身去了二房。

老太太聽說江意惜走了，根本沒來臥房門外問候一下她這個老祖宗，氣得胸口發悶，身體還真的不舒坦了。

江洵今天輪休，在院子裡來回踱步，看到江意惜三母子來了，笑著迎上前去，一手抱音兒，一手牽存存。

「姊，你們可來了。」

他讓丫頭去請大夫人、三夫人、大奶奶過來。

江意惜屋裡屋外參觀了一圈，除了上房空蕩蕩，其他屋子和院子都收拾好了，非常好，到處透著喜氣。

隨著說笑聲傳來，大夫人、三夫人、大奶奶來了。

江意惜真誠地向她們道了謝，江洵不懂，老太太不管，二房能拾掇成這樣，多虧大房、三房幫忙。

巳時，鄭婷婷一位族兄帶著抬家具的人來了。

鄭婷婷的家具幾年前就開始做了，清一色紫檀木，鑲金嵌玉，極是奢侈，特別是妝鏡檯，鑲的是大玻璃鏡。

江大夫人、三夫人、大奶奶是第一次看見這麼大的玻璃鏡，極為稀罕，對著鏡子照了又照。

晌午，江洵陪鄭家族兄在前院喝酒，大夫人和三夫人都請江意惜去他們房頭吃晌飯，江意惜去了三房。

三夫人悄悄告訴江意惜，老太太見江洵拿出二萬兩銀子置嫁妝，非常生氣，說他沒有出息，把全部家當都用在了女人身上。另外還有三夫人不敢說的，老太太把江意惜也罵了，說她胳膊肘子往外拐，寧可拿一萬兩銀子送給有錢的鄭家人，也不知道孝敬她這個長輩，繼而又大罵江伯爺和三老爺，說不應該分家，如今二房怕是比大房、三房和她加起來都富貴。

三夫人即使不說，江意惜也猜得出來，她不想因為這事壞了心情，說道：「想不開的人，再如何都想不開，隨她。」

還好鄭家勢大，鄭婷婷也不是能被拿捏的，老太太不敢隨意欺負這個孫媳婦。

下晌，李珍寶來了。她和鄭玉是新娘子的兄嫂，娶親當天不會來江府恭賀，這一日就先把賀禮送來，江意惜知道她今天要來，一直在二房等她。

李珍寶本來就是巨富，又憐惜鄭婷婷嫁的江家窮，送了一架黃花梨蘇繡雙面繡屏風及兩盞玻璃宮燈。

江家人已經知道新娘子的妝鏡是玻璃鏡，現在二房又有了兩盞玻璃宮燈，沒有不羨慕的。

臘月初八喜事當日，下了幾天的雪終於停了，陰霾散去，豔陽高照，孟辭墨夫婦帶著兩個孩子早早去了江府。

孟辭墨和江意惜要幫著招呼客人，存存今天也有一樣光榮任務，就是滾床。老國公、成國公夫婦及二夫人、黃馨、孟繡稍後也會去江府吃喜宴。老國公之所以去江府，因為他是江家請的大媒，而孟二夫人也有項重要任務，就是當江家這邊的全福夫人。

成國公府其他主子去鄭府，一家人又分成了兩批。

這是老爺子第一次來江府，也是江家第一次迎來這麼尊貴的客人，江伯爺帶著江家所有男人及男客來大門前迎接。

今天的貴客還有雍王世子夫婦，平安侯夫婦及兒子祁安白也來了，江意言則託病沒來。江意惜遠遠看了祁安白一眼，她是前世今生第一次看到那個人，長得不錯，就是舉止輕浮，無論看美女美男眼神都讓人討厭。

江老太太沒有再裝病，精精神神出來招待客人，看到這麼多貴人成了自家座上賓，樂得眼睛笑成一條縫。

黃昏時刻，江洵把新娘子接進門。陪江洵去接親的是孟辭墨和雍王世子李凱，這個接親組合羨煞了旁人。

看到一身紅的存存滾完床，一對新人坐在床上喝合巹酒、吃生餃子，全福夫人撒著喜果，唱著吉祥話，站在人後的江意惜眼眶濕起來。

這一世弟弟活下來了，有了出息，又娶了個好姑娘進門……她終於不用再操心這個弟弟了。

客人走後，新郎官回了洞房，孟辭墨被江伯爺和三老爺請去外書房議論朝堂之事。

今天江意惜一家歇在這裡，她和江洵都不願意二房今天太過冷清。

這也是江意惜嫁人後第一次住在娘家，他們住的灼園很小，前後只有六間房，院子裡栽了兩棵海棠樹，等到春天來臨，滿樹花開，灼灼其華。

這個院子仍叫灼園，是江洵專門為姊姊回娘家準備的。

前東屋江意惜夫婦住，前西屋小兄妹共同住，後三間房是淨房和下人房。

第一次住在外家，小兄妹極是興奮，屋裡屋外跑著，戌時末才把小兄妹哄睡。

江意惜剛回東屋坐到床上，就覺得胸口一陣難受，腦海裡出現兩顆水汪汪的琉璃眼。

花花又哭了，感覺哭得很厲害。

江意惜心疼地扶著胸口。

這是花花留在報國寺，第三次這麼哭。老和尚閉關誰都不見，否則她早就去看望小東西了。

孟辭墨回到灼園，見江意惜眼圈通紅，一看就哭過。

「妳怎麼了？」

「我有感知，花花正哭得厲害，不知愚和大師怎樣折騰牠。」江意惜說道。

不說江意惜，孟辭墨也早把小東西看成了親兒子。他坐下把江意惜攬進懷裡，嘆了一口氣，不知道該怎樣安慰她，多日沒見小東西，他也想得厲害，雖然江意惜沒明說，但他已經猜出大概，愚和大師的意思是明年皇家和朝堂有大變動，花花同愚和大師一起閉關修行，或許與此有關。

許久，他才在江意惜耳邊輕聲說道：「該準備的都準備好了，若平王有危險，會隨時撤離京城。」

平王和孟辭墨謀劃的某些事，連老國公都瞞著。

孟辭墨和鄭玉絕對是平王一派，而老國公和鄭吉之所以保平王，是在幾個皇子爭儲的情況下希望平王當儲君，但若平王對皇上有威脅，他們更加忠心皇上，皇上那麼痛快讓鄭吉回京，就有他的考量。

江意惜回憶起愚和大師說的話，平王若撤離出京，會不會就是沒避開大凶的情況？若那樣，愚和大師會死，花花會走，晉和朝將陷入災難……

江意惜又把腕上的念珠取下，雙手合十念道：「阿彌陀佛……」

自從花花離開後，她只要內心不安就會念經。

次日，孟辭墨請了半天假，準備認完親再去上衙。

早飯後，江家人都齊齊來到如意堂。

江意慧一家、江意柔一家、江意珊一家也早早來了，郭捷很討喜地主動跟存表弟玩。

小少年白皙清秀，跟矮黑胖的郭子非相去甚遠，倒是跟江意慧有些許相像了。同李嬌相比，郭捷算是幸福的。

辰時末，江洵同鄭婷婷來到如意堂。這一對璧人往中間一站，感覺屋裡都亮堂不少。音兒喊了一句。「二舅、二舅娘來了。」

鄭婷婷本來就羞得滿臉通紅，聽到「二舅娘」的稱呼，臉更紅了。

存存笑起來。「嘿嘿，婷婷小姨變成二舅娘了。」

小倆口給長輩們見了禮。

鄭婷婷不僅給老太太做了身衣裳，還給江意惜做了一身。

建榮二十三年正月初十六，雍王府氣氛一片傷心，只因皇上下了聖旨，封鄭玉為西慶副總兵，鄭吉回京另任。

皇上的這個意思沒有事先跟太后娘娘和雍王透露，等他們知道，聖旨已經下達。

不希望女兒離京，雍王知道消息後就急急進宮，扶著太后到太極殿向皇上哭求收回成命，但也沒能讓皇上改變主意。

李珍寶陪鄭玉接完聖旨，就來到宮裡陪太后，雍王沒理李珍寶，瞪了她一眼，離開慈寧宮回雍王府。

太后身體已經有些不好，無奈的李珍寶沒去追雍王，而是留下來陪太后。

李珍寶在慈寧宮待了兩天，輕言軟語勸著太后，說了鄭玉的愛國情懷及自己對西慶天高地闊的嚮往，想在那裡建一個頗具規模的邊界集市……並保證，每隔一、兩年會回京住一段時間。

太后哭道：「哀家都這麼大年紀了，誰知能活多久？妳一走，不知還能否見面。」

李珍寶悄聲道：「告訴皇祖母一個秘密，我先前去見愚和大師，特地問了皇祖母的身體情況，愚和大師說，皇祖母是高壽之命。」

這個時代，活到六十歲就是長壽。高壽，至少會有七、八十幾歲以上。

這的確是愚和大師說的，李珍寶沒有馬上說，就是為了在這時寬太后的心。

愚和大師的話太后娘娘絕對信服，想到自己還能多活十幾年，又高興起來，問道：「愚和大師真的這麼說了？」

李珍寶摟著她的胳膊撒嬌道：「當然是真的，這種事孫女哪敢騙人，皇祖母記著，多吃愚和大師送的東西，若沒了，就讓江二姊姊去報國寺要……」

太后娘娘點點頭，又問道：「寶兒問過皇上是否高壽嗎？」

李珍寶實話實說。「問了，老和尚不僅沒說，還嗔怪我不知深淺。」

太后一噎，自己問這個話，也是不知深淺，皇上的壽命能是隨便過問的嗎？只不過愛子心切，她還是不動腦子地問了。

太后情緒穩定了，李珍寶才回了雍王府。

雍王的眼睛又紅又腫，不搭理李珍寶，李珍寶就摟著雍王撒嬌，肉麻的話成筐成簍地往外倒，把李凱都酸跑了，又保證她會時常回京，雍王無事也可以去西慶住，她會給雍王留間專門的屋子等等。

她在雍王府住了五天，鄭玉沒來陪她，而是在鄭府陪祖父和憂傷的謝氏，鄭婷婷也因此經常回娘家陪傷心的母親和即將遠行的兄長。

大地復甦，天氣漸暖，正月十六，鄭副總兵及珍寶大郡主啟程去西慶。

孟辭墨和江意惜帶著一雙子女及黃馨、孟繡去鄭府送行，江意惜還帶了二十幾副調理婦科的中藥要給李珍寶。

哪怕經過沈老神醫的調理，又時常吃江意惜煲的藥膳，李珍寶月信來的時間正常了，但量少得可憐。她若想生孩子，還要繼續調理。

告別的場面悲悲切切，眾人把李珍寶送至外院，看到她鑽進馬車，馬車和騎馬的鄭玉出了正門，同從角門出來的車隊會合。

孟辭墨等男人會送行到城外，見車隊及一行人馬漸行漸遠，消失在街角處，謝氏和鄭婷婷都哭出了聲。

江洵勸鄭婷婷道：「莫哭了，以後我也請求調去西慶，就可以常見面了。」

謝氏嗔怪道：「女婿說的什麼話，我兒剛走，你又想把我閨女拐帶走！」

江洵俊臉一紅，嘿嘿乾笑兩聲，不好說去，也不好說不去，去西慶是他一直以來的願望，他父親的屍骨就埋在那片土地上。

鄭統領唸了謝氏一句。「婦人之見。男兒志在四方，兒子女婿有遠大理想，是好事，難不成都像老何家子孫那樣，靠一個女人養家？女人沒了，家也敗了。」

謝氏不敢再言語。整個晉和朝，二十幾歲的從二品武官不超過五人，自己兒子就是其中一個。

江意惜擦乾眼淚收回目光，才看見音兒正被遠處的一個老者抱著。

老者滿頭華髮，面容慈祥溫和，正是鄭老駙馬，鄭老駙馬眼裡似有淚光，眼睛不眨地看著音兒，音兒兩隻小手扶在那張老臉上，嘴裡說著什麼。

江意惜有些意外，還記得自己剛才一手牽一個，不知音兒什麼時候跑去了那裡。

存存也發現了妹妹正被一個老頭抱著，他拉了拉娘親的袖子說道：「娘親，那個人想拉我，被我躲開了，現在又去抱妹妹……」突然想到什麼，他瞪大眼睛吼道：「他一定是拍花子，想把妹妹偷去賣了！」

說著，就跑向鄭老駙馬那裡，用小拳頭打著他的大腿。「放下我妹妹！不許你賣她，放下！放下……」

一旁的鄭老少保抱起他，哈哈笑道：「渾小子，拍花子不敢進我家門，他是你鄭祖父的爹，你要叫他鄭太祖父。」

存存不好意思起來，呵呵笑道：「是鄭太祖父啊，我才知道，好吧，你可以抱我妹妹，抱完就還給我。」

鄭老駙馬又慈愛地看向存存，伸出一隻手捏了捏存存的小手，笑道：「這麼緊張妹妹，一看就是個好哥哥。」

音兒馬上誇道：「哥哥好，娘親好，爹爹好，太祖祖好，鄭祖祖好……」邊說還邊掰著小胖指頭，這幾個人數完，手指頭也掰完。

在她心裡，鄭吉居然排得這樣靠前，鄭老少保笑道：「鄭太祖父就不好嗎？」

他知道老哥哥有多麼希望跟孫女和孫女的一雙兒女相認，他想製造機會讓老哥哥多跟存存和音兒親近，在場的人太多，許多話如鯁在喉，不能直說。

音兒跟鄭老少保不熟，沒言語，倒是存存狗腿道：「鄭太祖父好。」

鄭老駙馬看見遠處的江意惜臉色不好，把音兒放下，撫摸著她的小揪揪說道：「去娘親那裡吧。」

存存也滑下地，牽著妹妹去了娘親身邊。

江意惜又勸解了謝氏幾句，才帶著孩子回家。

她沒有怪音兒跟不認識的鄭老駙馬親近，親情就是那麼奇妙，音兒到現在還念叨著「鄭祖祖」，鄭吉同鄭老駙馬長得很像，音兒又像他們，親近感或許是發自內心吧。

一整天江意惜都悵然若失，李珍寶在她心裡就是親妹妹，跟江洵的地位一樣。

第六十章

三月底，鄭吉歸京，被封兵部侍郎。

鄭吉擔任這個要職，不說宜昌大長公主府高興，平王一黨也高興。

如今宜昌大長公主府更加門庭若市，有來巴結的，更多的是來說親的，畢竟鄭吉正當壯年，身居高官，出身宗室，沒有小妾，生活自律，得眾多姑娘愛慕。

宜昌大長公主也希望兒子找個心儀的姑娘，奈何鄭吉哪個姑娘都不願意。

春光正好，錦園裡姹紫嫣紅，這個時節，開得最茂盛的當然是牡丹了，幾十種名品牡丹爭奇鬥妍，不僅朵大豔麗，還馨香四溢，特別是其中的首案紅、福鼎白姬、黃金絲，再加上送給李珍寶的牡丹王，凌駕於所有牡丹之上。

孟老國公一直想讓江意惜弄個牡丹宴，就像過去江意惜說的，不把那幾樣極品展示給眾人，無異於錦衣夜行，倒是江意惜非常不客氣地拒絕了，因為幾次在花宴上出事，她現在一聽花宴就頭痛。

江意惜不弄，老太太沒有精力，劉氏也不是會舉辦花宴的主婦，孟二夫人又不夠資格舉辦這種宴會，老爺子只得忍痛放棄。

不過老爺子又想到一個好主意，就是分批請人來錦園賞花，晌午還要去浮生居吃飯。

江意惜知道老爺子生她的氣，都是好吃好喝好招待，賢孫媳婦的姿態做得足足的，才讓老國公找回些許薄面。

成國公府的錦園出盡了風頭，四月初六上午，皇上甚至微服來到錦園參觀，陪同的人有平王、王首輔、崔次輔、鄭吉，護衛裡有孟辭墨和江洵。

老國公一聽到這個消息，就趕緊傳話，府內人員待在院子裡不許出來，以免打擾皇上的興致，只讓浮生居裡的臨梅和水草出來奉茶。

皇上欣賞至午時初才走，他甚喜福鼎白姬，錦園也只種了兩盆，老國公還是肉痛地把最好的一盆獻上，錦園的風頭一時無二。

初十上午，鄭吉也帶著鄭老駙馬和鄭老少保兄弟來了成國公府，要求欣賞錦園的牡丹。

老國公跟這三人關係都好，知道他們不完全是想欣賞牡丹，但還是讓他們來了錦園。

這是鄭吉回京後第三次來成國公府，前兩次都是他自己來錦園賞花，江意惜讓孩子去陪他玩，還留了他和老國公在浮生居吃飯，雖然沒有親自陪鄭吉，但在他的視線中晃了晃。

怨了這麼多年，她不願意再繼續怨，沒有太過親近，是基於對扈氏遺言的尊重，以及對江辰爹爹的愛。

鄭吉知道閨女放下了對自己的怨，已是欣喜不已，不再過多強求，他相信，時間能淡化一切，也能改變一切……

今天鄭家人來，江意惜沒有出面，由孟辭墨帶著兩個孩子去錦園陪客。

或許因為女孩討喜，也或許因為音兒長得更像鄭家人，鄭老駙馬和鄭吉都跟音兒更親近，他們會搶著抱音兒，沒抱到音兒的再去牽存存。

鄰居孟照安和孟照益也跑來玩，鄭老少保又熱情地招呼著這哥兒倆。

不多時，孟家男人都來了錦園，江意惜又讓人多準備酒菜，直到賞完花開始吃飯，存存和音兒才沒被鄭家父子繼續霸著。

飯後，鄭家幾人還不想走，偏偏孟三奶奶的丫頭來告訴孟三爺，孟三奶奶要生了，主家有事要忙，鄭家幾人只得告辭回家。

回去的馬車上，鄭老駙馬遺憾道：「不是說惜惜每次都會讓你看一看她嗎，怎麼連個影子都沒有見到？」

鄭吉也遺憾，說道：「若你老人家不跟著來，惜惜肯定會出來啊。」

次日下晌，孟三奶奶生下一個閨女。

這是二房的第一個姑娘，二老爺夫婦還是很高興，名字是老爺子取的，叫孟容兒。

接著，江意惜又收到一個喜訊，鄭婷婷懷孕了！

江意惜大喜過望，這樁喜事也在成國公府裡傳開，老太太和各房都送了禮來，最好的禮物是劉氏送的，兩斤上等海參和兩疋吳城出的適合孩子做衣裳的軟絨布。

次日，江意惜就帶著兩孩子和一車禮物去了江府。

謝氏早她一步來了江府，老太太不敢拿喬，同江大夫人、江三夫人和江大奶奶都在二房陪謝氏。

謝氏一直沒從獨子遠走邊關的悲傷中走出來，此時得知閨女懷了身孕才終於又高興起來。二房單薄，她希望鄭婷婷能多生幾個子嗣。

晌午，江家女人都在二房吃飯，飯後很知趣地走了，留下謝氏和江意惜同鄭婷婷說著悄悄話。

江意惜特地囑咐，官燕和海參鄭婷婷自己吃，萬莫送人，不僅因為這兩樣東西滋補，還因她撒了一些眼淚水在裡面。

謝氏跟閨女念叨一些注意事項後，又對江意惜道：「大長公主得知大伯抱了音兒和存存，羡慕得緊，也想去錦園賞花順便看兩個孩子，大伯父和小叔都攔了，說時日還長……」

若江意惜態度鬆動，她就勸幾句，逝者已逝，活人要活得更好，但見江意惜臉色微沈，謝氏聰明地把話轉去了另一邊。

從江府回到浮生居，歇息片刻正準備去福安堂，江意惜又心慌起來，腦海浮現出兩顆水潤潤的藍珠子，這是花花又哭了。

花花哭的時候越來越多，她已經刮了三小筒眼淚水，心疼得要命，卻無任何辦法，又坐了一刻多鐘，覺得好過些了才去福安堂。

幾個女人正討論著孟繡的嫁妝，孟家女出嫁公中會出二萬兩，再加上劉氏幾乎拿出她嫁妝的大半，也就是三萬兩銀子的錢物，孟繡的嫁妝就是五萬兩，還有趙府的聘禮，在京城可說是拔尖的十里紅妝。

公中的銀子主要是江意惜在分派，江意惜樂得輕鬆，讓劉氏主辦這件事。

成國公和二老爺陸續回來，孟辭墨又派人回來說，他晚上有公務不回府，近來孟辭墨不回府的次數越來越頻繁了。

幾個男人說著朝中局勢，如今皇上身體越來越差，呼籲立儲的摺子就沒停過，大多擁立平王，皇上都壓下不發，還在平王和六皇子中猶豫。

這樣的局勢加上愚和大師和花花的急切閉關修行，江意惜猜測皇上八成活不過今年，可惜前世的她去年就死了，不知今年皇上是不是真的會死、哪天死，倒是感知花花流淚的時間越來越久，因此越發惴惴不安。

七月初七上午，江意惜正準備去福安堂，突然感應到光珠的藍色比之前暗淡。

她的心一下提得老高，再也坐不住，起身說道：「水草，去跟老太太告個假，我得去報國寺看花花。」

她走出屋子，又退回去，讓人把炕几上的點心放進食盒一起帶去。

天上飄著細雨，存存和音兒追到院子裡，娘親要去看花花卻不帶他們，一個吼道：「娘親，我也要去看花花！」一個哭道：「音音想花花！」

兩個乳娘跑出來，把他們抱起站去廊下，看著幾個人的背影匆匆消失在院門外。

坐在馬車裡，江意惜眼前閃過花花來到她身邊後的一幕幕情景。花花的眼淚、頑皮、實況轉播、緊緊貼在她身上的溫度……若是沒有小東西，自己逆轉這一世哪裡有那麼輕鬆，她越想越難過，眼淚止都止不住。

她知道，愚和大師和花花閉關是為了拯救晉和朝免於危難，若成功了還好，哪怕花花換了個貓皮囊也會回到她身邊。可若失敗了，她怎麼捨得愚和大師魂飛魄散，花花從此永別……

光珠暗淡無光，是不是說明他們成功機率不大？

平王現在「患病」在床，只要情況不對，他就會第一時間撤離京城，等到皇上一死，不管誰繼位，他都會起兵造反，之所以沒有現在就出京，只因為平王還是對老皇帝存了一點期待，政權若能平穩過渡，誰都不願意引起戰爭。

六皇子雖然年紀小，但不知為何身體越來越不濟，江意惜猜測幾個皇子都有可能暗地對他下手，天家無情，無論誰爭奪大位，都必須踩著屍體上去。

決定晉和王朝存亡的關鍵時刻越來越近，江意惜心裡矛盾得緊，理智上告訴她，愚和大師和花花那樣做是對的，換成她自己，她也願意用一個人的命換取上百萬條命，可是，她就是捨不得花花受罪，想再見一見牠、抱一抱牠、親一親牠。

到了寺裡，江意惜直接去了花園後的禪院。

戒五擋在禪院門口，雙手合十道：「女施主，貧僧師父不在禪院，妳不能進去。」

江意惜怒目而視。「我不見老和尚，我要見花花。」

說著，她繞開戒五往裡走，戒五後退半步，又攔住了她。

「花花也不在這裡。」

依舊聲音平和，目光慈悲。

江意惜繼續往裡闖。「在不在，眼見為實。」

她也猜到老和尚和花花不一定在禪院，但她無處可尋，執意想進去碰碰運氣。

戒五不敢跟江意惜有身體接觸，連連後退。

江意惜如願闖了進去，幾間禪房都找遍了，擺設依舊，卻沒有人和貓的蹤影。

她又出來，在禪院裡找了一圈，連灌木叢裡和能藏得下一隻貓的草叢中都找過了，還是沒有。

多日的擔心和思念這時候一起爆發，她失聲痛哭，大叫著。「花花，你在哪裡呀？娘親想你……」

她越哭越傷心，最後蹲下捂住臉哭，跟來的吳嬤嬤和水萍勸著主子，但同時也哭得傷心，花花這麼久沒回家，主子又是這樣，花花應該是出大事了。

戒五不忍，嘆了口氣說道：「江施主，妳在這裡傷心也無濟於事，大師帶著花花去峰台閉關修行……」

江意惜抬起紅腫的眼睛，問道：「峰台在哪裡？」

戒五道：「峰台的位置是寺裡的機密，不能告之外人，何況，那裡有眾多武僧看守，妳即使知道也進不去。施主請回吧，緣來緣去終會散，花開花敗總歸塵。阿彌陀佛。」

聽了他的話，江意惜更緊張了，一下坐在地上。

水萍打著傘，吳嬤嬤把她扶起來，她已經沒有一點力氣，倚在吳嬤嬤的懷裡輕輕啜泣，此時，她連大哭的力氣都沒了。

吳嬤嬤瞪了戒五和尚一眼，勸道：「都說愚和大師是老神仙，他會保住花花的，大奶奶，咱們回吧，在家裡等花花回來。」

「嬤嬤，花花是我的兒子，救過我，救過我們一家，我怎麼能眼睜睜看著牠去死？」

戒五趕緊說道：「江施主誤會貧僧的意思了，貧僧是想說，無論是誰，最終的結果都是個體，聚散本無常，分分合合都是不一定的，並不是說江施主和花花的緣分已走到最終。」

戒五的意思是她和花花還有緣再見？

「你是說，我還能見到花花？」

戒五有些不好意思。「貧僧慚愧，沒有師父的修為，江施主和花花結果如何、能不能再見，貧僧真的不知。」

江意惜無法，由著吳嬤嬤把她扶出寺廟，坐上馬車。

回到浮生居已是申時初，孩子們都去了福安堂。

江意惜喝了半碗湯，就坐去炕上想心事。

雨點漸漸大起來，砸在瓦片上滴滴答答，讓人心煩，江意惜以身體不好為由，沒有去福安堂吃晚飯。

不多時，福安堂的一個小丫頭過來說道：「老公爺和老夫人差奴婢來問大奶奶，花花如何了？」

不止老倆口，所有人都想花花。

江意惜紅了眼，沒出聲，吳嬤嬤小聲說了尋花花無果的事。

小丫頭回福安堂稟報，屋裡的人嘆息不已，存存和音兒、益哥兒幾個小孩子不禁哭起來，老太太和黃馨也流了淚。

除了浮生居幾個主子，花花跟老爺子的感情最深，他也沒心思吃飯了，嘆著氣起身去了前院。

今天是七巧節，姑娘們要對月迎風穿針，然而今晚沒有月亮，眾人也沒有心情，之前準備的許多拜月用的東西都沒用上，只有孟繡和黃馨簡單地用五彩絲穿了九尾針，小姑娘孟音兒象徵性地拿了下針線，眾人就匆匆散了。

孟辭墨帶著兒女回到浮生居，江意惜還坐在炕上發呆，神情悲傷，几上燭光一跳一跳，把她的影子映在牆上。

存存和音兒倚進她的懷裡，孟辭墨坐到她身旁，低聲勸道：「愚和大師佛法精深，花花會無事的，該準備的我們都準備了，不會讓晉和百姓生靈塗炭……」

江意惜輕嘆出聲，各親了兩個孩子一下，把乳娘叫進來，服侍他們去歇息。

今天非常悲傷，可不知為何，她就是想跟孟辭墨親熱，特別特別想。

「我想再懷一個孩子。」她說。

上個孩子流產後，她一直在吃藥調理身體，藥裡加了許多眼淚水，她相信自己一定能再次懷孕。今天是月信後的第二天，是懷孕的好時間。

孟辭墨輕笑出聲，起身把她橫抱起來。

今夜的江意惜似乎變了一個人，沒有了柔順，沒有了矜持，同孟辭墨一遍又一遍攀上雲端。

屋裡春光無限，直至深夜，直到屋外雨停了，江意惜才在孟辭墨懷裡滿足地睡去。

一連三天夜夜如此，之後是隔一天一次。

孟辭墨猜測江意惜想再要個孩子是一方面，還有一方面是想分散對花花的思念。他也想花花，但江意惜用如此的方式分散注意力還是讓他暗喜，不遺餘力地配合妻子。

他不知道的是，白日江意惜天天親自下廚煲補湯，放足了不可示人的料。

氣溫漸涼，時序進入八月，初三這天，孟辭墨因殿前失儀，被皇上下令廷杖五十。

看到趴在木架上被送回府的孟辭墨，江意惜心疼哭了，存存和音兒也大哭起來。

「怎麼會這樣？」江意惜問。她不相信孟辭墨會失儀，一定是皇上找藉口打人。

孟辭墨臉色蒼白，虛弱地說道：「無大事。」又對抬他進來的孟連山和孟青山說道：「把我放在炕上就好。」

老國公會來跟他議事，不好去臥房。

江意惜讓人把哭嚎著的兄妹抱出去，親自給他上藥，見他後背和臀部被打得皮開肉綻，更加不忍他多說話，沒有再多問什麼。

不多時，老國公沈臉進來，第一句話就是：「那個時刻快到了。」見孫媳婦滿臉焦急，老爺子又解釋道：「辭墨是平王的嫡親表弟，生死攸關之際，皇上定然不放心把他留在自己身邊，能保住命就好，辭墨媳婦，妳出去看著門，不許任何人進來。」

皇上因為相信孟老國公，才無條件相信孟辭墨，讓他當了御林軍上將軍，後來聽了李紹的話，對平王有了芥蒂，也就對孟辭墨有了戒心，此時突然對孟辭墨發怒，是因為中秋快到了。

李紹臨死前說這一年的中秋會出現五星連珠的異象，若真的出現了，就證明李紹說的話是真的，皇上會毫不客氣地收拾英王和平王。

江意惜和孟家祖孫都有這個猜測，此時徹底坐實了，愚和大師也是為了此事跟花花正在努力著……

江意惜出去，把下人都打發去後院，她坐在院子裡的樹下守著。

樹葉在秋風中打轉，時而落下幾片枯葉，秋陽明媚，透過枝葉灑下，曬在人身上暖洋洋的。

江意惜撫摸著腹部，光珠又暗淡了一些，連水霧都沒有了。

她默默祈禱著，但願愚和大師和小東西能完成使命，不管小東西換成什麼樣的皮囊，只要能回到她身邊，就是她的寶貝……

還有一件事，這幾天該來月信卻沒來。她希望自己能懷孕，花花回來一定會高興，因為牠又有奶吃了。

院外傳來嘈雜聲，接著是老太太帶著大夫人等一大群女眷過來。

她們聽說孟辭墨被打，趕著來看他，老太太哭得眼睛都紅了。

江意惜起身攔住她們說道：「祖父在同大爺密談，不讓人打擾。」

老太太問道：「辭墨的傷勢重嗎？」

江意惜壓下湧上的淚意，寬解道：「都是皮外傷。」

老太太放下心來。「沒傷筋動骨就好。」

知道江意惜今日無暇帶孩子，一群女人幫著把存存和音兒帶去福安堂。

江意惜去了小廚房，親自做了幾個老爺子和孟辭墨喜歡吃的菜。

晚上，江意惜又給孟辭墨搽了一次藥，藥裡當然加了料。她不知道以後的光珠還會不會流淚，不敢浪費，這些天她沒捨得用，在藥裡加的眼淚水只用牙籤蘸了一點。

次日，鄭婷婷來了浮生居探望。

江洵職位較敏感，這時不好跟孟辭墨走得太近，不止江洵，鄭吉也有半個多月沒來成國公府了。

江洵和鄭吉本是浮生居和錦園的常客，也是小兄妹喜歡的人，他們長時間沒來，連音兒都感覺出不對，哼哼嘰嘰問過幾次。「舅舅呢？鄭祖祖呢？他們不喜歡音音了。」

江意惜就會說：「舅舅和鄭祖祖在忙，忙完就會來看妳。」

說完，江意惜都為自己把鄭吉和江洵放在一起而吃驚。

當初發誓詛咒不理那個人，現在不僅由著他靠近兒女，自己也不知不覺對他改變了初衷。

鄭婷婷的肚子已經很大了，聽聞此事非常焦慮和擔心，她沒好意思去側屋，只在廳屋問了孟辭墨的傷勢。

江意惜大概講了一下，留她吃了晌飯。

八月初九，秋試第一場開考，三場時間分別是初九、十二、十五。

江意惜知道，鄭璟會下場。這一年鄭璟給何氏守孝，除了前幾個月悲傷，後面的時間一直在發憤努力，沒有意外定能考中。她跟那孩子沒有多的交集，還是希望他能金榜題名。

孟辭墨的傷勢好些了，已能慢慢走幾步。

他沒有出浮生居，時而會在東廂同老爺子及幾個江意惜不認識的客人密談。

八月十四晚上，夜空深邃，星光璀璨，中間烘托著一輪明月。

西山白雲峰頂有幾間瓦房，瓦房前面是一處高臺，這裡就是報國寺的峰台。此時峰台上站著一個身材高瘦的老和尚，他抱著一隻貓，靜靜凝視著夜空，山風極大，把他的白色衣袍及白色長鬚吹得飄起來。

愚和大師收回目光看看懷裡的花花，小東西已是瘦骨嶙峋，神情懨懨，他心疼不已，問道：「若是事成，你願意繼續當貓，還是願意給江施主當真正的兒子？」

花花無神的琉璃眸子一縮，立即露出精光。

愚和大師笑起來，又道：「看來，你喜歡當真正的兒子。不過，當兒子，你同她只有二十年的緣分，若是當貓，你們有六十年的緣分。」

花花抬頭望向璀璨星空。

繼續當貓還是給娘親當真兒子？牠當然更願意當真兒子、當人了，能趴在娘親身上喝奶，能看清人世間的五彩斑斕，能說人話，能娶媳婦生孩子，能上學考功名，讓所有人看到他是最聰明的人，能做太多貓做不了的事……

之前牠不知要等多少年才能修煉成人形，這次因為有可能拯救百萬生靈，牠提前有了當人的機會。

可若是當人，元神就會回到體內，由於修煉欠火候，他只有二十年的壽命。當貓，元神在娘親那裡，不管換幾副貓皮囊都能一直待在娘親身邊，同娘親一起離世。

想到自己倒在娘親的懷裡再也醒不來，娘親哭得撕心裂肺的模樣，牠就難過不已。娘親小小年紀就失去了爹娘，若將來要再失去兒子，她怎麼受得了……

星光中的琉璃眼如同人眼一般變幻莫測，蘊含著說不出的情感和憂傷。

愚和大師翕了翕唇，還是忍住沒開口。他已經因為洩漏天機被減了陽壽，若是再多說什麼，不知活不活得過明日。

他希望小東西能選擇那條路，為百萬生靈免遭塗炭而赴死，小東西可是修了大功德，無論幾生幾世，今夜牠的心願必會實現……

愚和大師把懷裡的小東西摟緊了幾分，說道：「考慮好了嗎？想當兒子伸左爪，想繼續當貓伸右爪。」

琉璃眼裡流出淚來，一隻爪子高高舉起……

老和尚也動容了。「阿彌陀佛，有善心者，必得善果。為了大善，我們開始吧……」

遮罩一地容易，但要遮罩整片晉和朝國土，他和牠將九死一生。

同一時間，遠在京城的江意惜睡得正香，突然感覺一陣心悸，心慌得厲害，腦海裡浮現的光珠附上一層厚厚的水霧。

她撫著胸口，不停地喘著粗氣，上半身隨著胸膛起伏。

孟辭墨側過頭問道：「妳怎麼了？」

他背和臀的傷未痊癒，趴著睡覺，也不能坐起身。
江意惜說道：「我心裡難受，花花一定又在受罪了，你說，牠這次會不會死啊……」
孟辭墨把頭枕在她腿上，伸出長臂摟住她的腰，幽幽說道：「不要擔心，上天自有安排，這次若花花回來，我會對牠溫柔以待，比對音兒還溫柔……」
之前他把花花看成淘氣的小小子，像對待存存一樣，有諸多不耐煩，他後悔了，他不該的。
兩人沈默許久，孟辭墨道：「妳有身子了，情緒波動不能太大，放心，愚和大師是高僧，會護好小東西。」
江意惜的手移到小肚上。她又懷孕了，花花知道一定很高興。

今日中秋。
天高雲淡，風和日麗，這個天氣預示著晚上定能賞月。
往年，皇宮都會舉辦中秋夜宴，請皇室中人和宗親、近臣賞月喝酒。今年皇上藉口龍體有恙沒有舉辦，而是坐在望月臺上觀天象，陪同他的，是欽天監吳大人。
昨天，皇上下了一道口諭，讓平王一家和英王一家今天進宮陪太后和曲德妃、趙妃共度中秋。不過太后一大早又讓人去平王府和英王府傳口諭，她身體欠安，讓平王夫婦和英王夫婦在府裡為她抄經祈福。

看著那透亮的藍天，江意惜的心提得高高的，不知愚和大師和花花的努力能不能成功。她沒有心思做別的事，連飯都不想吃，從太陽東升起就坐在炕上望天發呆。

兩個孩子一早就被帶去福安堂，孟辭墨去了前院，同老國公謀劃孟家未來。

若今夜真的出現五星連珠，平王一家就會從暗道逃出京城……

太陽冉冉升起，再緩緩西落，傍晚，天際沒有出現燦爛的晚霞，而是飄來一片烏雲，漸漸的，烏雲越來越多，佈滿整個天際，突然一聲炸雷，隨後是瓢潑大雨。

江意惜無神的眼裡落下淚來，隨之落下的，還有提了多日的心。

她吩咐道：「去，把廊下的燈籠都點亮。」又取下腕上念珠轉著。「阿彌陀佛！下吧，下吧，下到明日天亮……」

存存和音兒從福安堂回來，哭鬧著要找娘親，吳嬤嬤悄聲哄道：「大奶奶懷了弟弟，辛苦，她剛剛睡著，哥兒姐兒莫把她吵醒了。」

兩個孩子趕緊用小手捂住嘴巴，由著乳娘把他們抱去自己屋裡歇息。

吳嬤嬤不知大奶奶為何會鬱悶成這樣，但她猜測肯定出了什麼自己不知道的大事。

她今天沒敢回家，也不敢打擾大奶奶，一直默默地站在旁邊服侍，到飯點了就讓人端飯進來，茶涼了再換熱茶，偶爾提醒大奶奶該歇息了，大奶奶不聽，她也不敢多念叨。

直至夜深，見大奶奶還坐在窗邊看夜雨，她又輕聲說道：「大奶奶，已經二更了，該歇息了。」

江意惜沒言語，她又提醒一句。

江意惜沒回頭，輕聲道：「我睡不著，嬤嬤睏了自去歇息。」

她此時真的一點倦意都沒有，頭腦異常清明。

吳嬤嬤不敢再說話。

雨聲漸漸小了下來，江意惜一驚，向窗外仔細看去，二十幾盞燈籠泛著紅光，雨勢明顯比剛才小多了。

江意惜側頭望望水漏，丑時二刻，她的心又提了起來。

不知過了多久，雨徹底停了。

江意惜又側頭看向水漏，寅時三刻，她再也坐不住了，起身向外走去。

吳嬤嬤趕緊過來扶著她，臨梅拿出一件薄斗篷給她披上。

她來到廊下，靜靜望著漆黑的夜幕。

夜幕就像一塊無邊無際的黑布，沒有出現一顆星星，腦海中，光珠的色彩也暗淡無光，變成了藏藍色，她的心狂跳不已。

漸漸地，東方出現一絲曙光，萬物籠罩在晨曦中……

艱難的一夜過了？她再次感受到那兩顆光珠，光珠的顏色漸漸變得鮮亮起來。

江意惜激動得熱淚盈眶，捂住嘴不讓自己發出聲音。

百萬生靈平安了，花花和愚和大師也能活下來了！雖然花花的皮囊不會再是那隻可愛的狸花貓，但不管是什麼皮囊，只要是牠，就是自己的寶貝。

突然，院門開了，孟辭墨一瘸一拐跑進來，他也看到江意惜了，笑道：「過去了，一切都過去了！」

江意惜也笑著向他走去，沒穿過院子，而是走在遊廊下；孟辭墨的腳步更快，也更瘸，最終兩人擁抱在一起。

吳嬤嬤和臨梅趕緊轉過頭去。

江意惜道：「我今天就去接花花，不能有一刻耽誤。」

孟辭墨笑道：「好，我陪妳去。」

同時，皇宮裡的望月臺上，一宿未睡的皇上長長呼出一口氣。

這個結果也是他盼望的。

但還要再耐心等等，若京城以外的地方都沒出現五星連珠，他就把李紹的墳掘了！

皇上走進望月樓，對太監說道：「傳膳，朕餓了。」

他昨天一天都沒有好好吃飯。

太監躬身拍了記馬屁。「為了黎民百姓，陛下吃不好睡不好，奴才心痛啊，求陛下保重龍體，以慰蒼生。」

欽天監也是極感動，哽咽著說道：「有陛下這樣的皇上，是我晉和朝之福啊。」

早飯後，江意惜就急著要去報國寺接花花。

孟辭墨看看她濃濃的黑眼圈，說道：「花花忙了這麼久，肯定也要歇一歇，現在天還未大亮，妳先睡會兒。」

江意惜想想也是，她的頭剛一挨到枕頭就沈入夢中。

再次睜開眼睛，看到窗紙已經被夕陽染紅，她驚得一下坐了起來。

坐在一旁做針線的吳嬤嬤差點嚇得背過氣，起身嗔道：「哎喲，大奶奶，小心，別忘了妳還懷著身子。」

江意惜氣道：「我要去接花花，他怎麼不叫醒我？孟辭墨呢？」

由於生氣，她第一次直呼其名，吳嬤嬤的眉毛皺得能夾死蚊子。「大奶奶不能那樣說，人家會說妳不賢。」

孟辭墨走了進來，笑道：「報國寺派人送信過來，讓妳明天去見愚和大師，還說叫妳放心，他們都很好。」

江意惜一聽，立即心花怒放，也有心思關心別的了。

「那『那裡』怎麼樣了？」

她問的是皇上和平王，屋裡有外人，不好明說。

孟辭墨知道她的意思，笑道：「很好，平王親自進宮把昨日抄的經書送給太后娘娘。」

江意惜心情總算好了些，立刻起身列出一長串花花愛吃的食物，讓人把食材準備好，等明天花花回來做給牠吃，又把為花花做的漂亮小被子、小枕頭、小玩偶擺去牠的小床上，還跟孟辭墨說道：「明天花花回來，牠如果想睡我床上，你就睡側屋。」

孟辭墨點頭。「好，花花想做什麼都隨牠。」

次日，江意惜寅時就起來做素點、煲素湯，等到天大亮，帶著六盒素點、兩罐補湯，又偷偷帶了一小銅筒眼淚水給大師補身體，江意惜和孟辭墨坐軟轎去了報國寺。

存存和音兒知道今天爹爹和娘親要去接花花，都一大早就醒了，沒有吵著要跟，還囑咐他們一定要把花花帶回來。

來到禪院前，這回是戒七守在院門外，他攔住了孟辭墨等人，單請江意惜一人進去，又叫來兩個和尚把點心和湯拿進去。

裡頭則是戒十守在禪房外，見到江意惜來了，雙手合十笑道：「阿彌陀佛，貧僧師父和花花都在屋裡。」

這是江意惜第一次看他笑，臉上那道刀疤看起來也不那麼猙獰了。

江意惜跟他合十還了禮，匆匆進屋。

來到側屋，看見愚和大師斜靠在炕上的大迎枕上，懷裡抱著一隻貓。

也是狸花貓，體型長相跟花花極其相似，但江意惜依然看得出這隻貓不是之前的花花，儘管有了心理準備，她的眼圈還是紅了。

黑影一閃，那隻貓一下跳進她的懷裡，喵喵叫道：「娘親，我是妳的花花，我又回來了。」

江意惜的眼淚落了下來，卻笑得異常開心。「太好了，我的寶貝又回來了。」

她親了小東西幾口，又仔細看了牠幾眼，笑道：「寶貝真漂亮，跟之前一樣漂亮。」

這個誇獎讓花花笑開了花，小腦袋湊上來舔了江意惜幾下，一人一貓親熱了一陣，江意惜才看向愚和大師。

較之以前，老和尚體態消瘦，兩頰凹陷，臉色憔悴，像得了一場大病，只有眼神一如既往的充滿慈悲。

江意惜把花花放在椅子上，雙手合十躬身說道：「謝謝大師把花花還給我，更謝謝大師救了整個晉和朝。」

老和尚說道：「阿彌陀佛，普濟世人，代眾生受無量苦，乃之大樂。」目光轉向花花，又道：「最不容易的是這小東西，牠披著這個皮囊回來，是不願意江施主傷心，不過，小東西修了大功德，定會心想事成。」

見他說話有氣無力，中間還喘了幾口粗氣，江意惜知道大師也耗損許多，不敢再留下打擾，拿出小銅筒放在炕几上，說道：「大師好好歇息，我帶著花花回了。」

看到小銅筒，愚和大師露出滿意的神色。「老衲身體消耗巨大，要閉關一年，請江施主時常送些素點和補湯過來。」

江意惜答應，抱起花花離開禪房。

出了禪院，孟辭墨和吳嬤嬤、臨梅、水草、水萍及幾個護衛就快步迎了上來。

看到這麼多人來接自己，花花很高興。

吳嬤嬤還說道：「有貴媳婦生了個兒子，還在坐月子，因為不能一道來接你，都傷心地哭了。」

有貴媳婦就是水靈，花花喵喵叫了幾聲，表示牠領了水靈的情。

花花離開一年多，這個皮囊跟前一副皮囊非常像，除了跟花花接觸最多的江意惜，其他人都沒發現花花有什麼不一樣。

孟辭墨起先有些懷疑，但看到有異於尋常貓的表情和舉動，可不就是他家的小淘氣？他很快就打消了內心的疑惑。

江意惜去大殿拜菩薩，感謝菩薩保佑花花平安歸來，孟辭墨身上有傷不能拜，就抱著花花在殿外等候。

拜完菩薩後，沒有留下吃齋，一行人就帶著花花急急回成國公府。

轎子裡，花花趴在江意惜耳邊說了自己的抉擇。

「人家很為難呢，想當人，想當娘親真正的兒子，好想好想，可是，當娘親的兒子只能活到二十歲，我捨不得娘親難過，只有繼續當貓了。」

江意惜感動得想哭。她也肯定，若花花當了她的兒子，在二十歲時就離開，同時失去兒子和花花，她一定會哭死。

花花居然為了她甘願放棄最大的夢想，江意惜忍不住把花花抱得緊緊的，說不出話來，此時所有感激或感動的話，跟花花的行動比起來都是蒼白的。

突然，她想到愚和大師的那句話。「小東西修了大功德，定會心想事成。」

她問道：「離開娘親的日子，你最常想的是什麼？」

花花道：「當娘親的真兒子。」

江意惜笑起來，愚和大師的暗示已經很明顯了。小東西有時候很聰明，有時候又很天真，沒聽出那句話的弦外之音。

大師不說破自有不說破的道理，江意惜也不敢說破，怕說破了會失去那難得的緣分，希望來世他們能成為真正的母子。

「寶貝現在也是娘親的真兒子，哦對了，娘親又懷孕了，明年你又會多一個弟弟或妹妹。」

花花伸出爪子摸著江意惜平坦的小腹，心裡不禁想著，若自己選擇給娘親當兒子，是不是已經鑽進去了？

牠又想到了另一個問題。「娘親懷孕了，不能跟小貓咪太親近的。」

說完，還縮了縮脖子。

江意惜立即把牠抱緊了幾分。「不管了，今天咱們娘兒倆要好好親近親近。」

花花趴在娘親懷裡，小表情幸福極了。

他們的馬車還沒回到成國公府之前，一個護衛已先騎快馬回府報信，等到他們回來了，來到二門時，只見二門內外站了一群人，有孟六爺、安哥兒、孟繡、黃馨、存存、音兒、益哥兒，還有人把啾啾也拎了過來。

花花看到這麼多人來迎接牠，連啾啾都來了，高興壞了！跳下地一溜煙衝進存存的懷抱，小身子瞬間掐入多隻小魔爪裡。

只有啾啾顯然不高興又被冷落，用鄭吉特有的嗓子喊道：「滾！回家！軍棍伺候……」

半個月後，皇上封平王李熙為太子，曲德妃為皇貴妃。這不僅是平王一黨想看到的結果，也是大多數朝臣願意看到的。

五星連珠的異象終究沒有出現，皇上因此解開了心結，不再對身邊人疑神疑鬼的，只是身體雖然比之前有所好轉，還是傷了根本，精力不濟，許多朝事都交給太子處理。

十月初九是孟繡和趙靈新的大喜日子，前一天就陸續有人家來成國公府添妝，有跟孟家關係親厚的，也有關係一般的，比之前正而八經的孟家姑娘出嫁還熱鬧。

只是黃程的兩位堂妹代表黃家來添妝，卻被門房不客氣地拒之門外。

這是孟辭墨的命令，政治上沒有永遠的敵人，但黃家和趙家一樣，是孟家永遠的敵人。

而江意惜懷著孕，不好去孟繡閨房，就讓存存和音兒代她送了添妝。

次日，孟繡出嫁。

人們都說常勝侯府有眼光、娶對了人，孟家和劉家不僅是太子心腹，孟繡的十里紅妝在京城也算極其豐厚的。

孟繡被接走後，劉氏哭得非常傷心，江意惜領著兩個孩子去正院陪她說話，晚飯也在這裡吃，兩個孩子小嘴蜜甜，把「祖母」哄得十分開心。

中途成國公回來一次，看到他們四人融洽得像親婆媳和親祖孫，都沒怎麼搭理他，他知道自己融不進去，垂頭喪氣地走了。

娘仨玩到戌時初才走，劉嬤嬤笑道：「看看你們，不是親婆媳卻比那些親婆媳的關係還好，哥兒和姐兒也好，把妳當成嫡嫡親的親祖母。」

想到兩個小人兒，劉氏笑起來。「辭墨和辭墨媳婦厚道。」

她曾經以為，閨女出嫁了，她的快樂也就沒了，後半生注定孤苦，現在看來，公婆和繼子繼媳真的很好。等到太子繼位，父親有可能進京任職，自己的日子就更好過了。

建榮二十三年臘月二十，建榮帝駕崩。

孟辭墨一直在宮裡沒出來，孟老國公等重臣被主持朝政的太子宣進太極殿商議朝事。三品以上官員和誥命進宮哭靈。孟老太太年邁，江意惜懷孕，太子恩准在家哀思。

臘月二十二早上，江意惜接到消息，鄭婷婷半夜開始陣痛，江老太太和大夫人、三夫人都進宮哭靈，江洵一直在宮裡沒出來，江意惜趕緊坐轎去了江家。

大雪紛飛，天色陰沈，上午的天氣像傍晚。
江大奶奶守在後院西廂，鄭婷婷在東廂生產。
江大奶奶很害怕，鄭氏懷的胎兒過大，家裡又沒有長輩，若鄭氏出了意外可怎麼辦，聽說江意惜來了，長長鬆了一口氣。
她迎出來說道：「二弟妹夜裡子時末開始發作，產婆說胎兒過大，生產有些困難……」
大略了解了情況，江意惜立刻去到東廂，在窗外說道：「婷婷，我來了！還給妳帶了罐補湯，喝了長力氣。」
江府其實也準備了參湯，但都知道江意惜善藥膳，婆子趕緊把她帶來的補湯熱了一碗端進產房。
鄭婷婷「嗯」了一聲，接著又是一陣呼痛，江意惜安慰了她一陣，被勸去廂房烤火，她也不敢逞強，已經感到腿腳凍得發麻。
沒過多久，鄭婷婷的庶嫂鄭二奶奶也來了。
到了晚上孩子還沒生下來，江意惜及鄭二奶奶便住在江府。
次日辰時末，一聲嘹亮的啼哭聲劃破寂靜，裡面的接生婆大叫道：「是個哥兒，恭喜二奶奶！」
江意惜幾人都欣喜地走出廂房。
接生婆又叫道：「八斤一兩，母子平安。」

江大奶奶笑道：「老天，八斤重的孩子，真沒有幾個。」

等到婆子把鄭婷婷收拾好，江意惜幾人進去房裡，只見鄭婷婷一頭汗，汗水把頭髮浸濕貼在腦袋上。她慈愛地看著身側的孩子，精神還不錯。

孩子包在紅色包被裡，臉蛋紅兮兮、胖嘟嘟的，沒有一絲皺紋，頭髮齊耳，又黑又亮，兩隻眼睛睜著，目光澄澈。

江意惜喜歡極了，脫口而出。「真是個漂亮小子，像我爹。」

江洵已經起好名字，若是兒子就叫江遠，若是閨女就叫江雪。

江意惜伸手想抱，江大奶奶搶先抱進懷裡，她笑道：「二姑姑再喜歡也不能抱，大伯娘抱抱。」

她抱了一會兒，鄭二奶奶又抱過去笑道：「讓二舅娘抱抱。」

江遠癟嘴哼哼嘰嘰想哭，乳娘連忙過來把孩子抱去另一間屋餵奶。

鄭婷婷睡著後，江意惜就守在江遠的身旁靜靜看著他。

小江遠睡著了，不知夢到了什麼，嘴角彈出一抹笑意。

這孩子非常像江辰，特別是抿嘴的時候，嘴角左下側會出現一個淺淺的小窩。

江意惜伸手輕輕摸著那個窩。小時候，她就喜歡摸江辰的這裡。

傍晚，哭靈的人回來了，除了江老太太累極回去歇息，其他人洗漱完都來看孩子。

江洵戌時初才回府。

他又成為太子的帶刀侍衛，先帝的近身侍衛中，只有他留下繼續保衛新帝。看到弟弟回來，江意惜才告辭。

國孝期過年也不喜氣，不能穿紅著綠，不能吃肉，不能放爆竹……

正月十七，太子李熙正式繼位，年號貞統，封皇太后為太皇太后、曲貴妃為皇太后、太子妃為皇后、長子李敢為太子，對之前有過從龍之功的臣子也大加封賞。

曲舅舅曲瀾升為戶部侍郎，劉氏的父親劉總兵繼續保衛晉和朝東門戶，加封鎮東侯，劉氏大哥調來京城任西大營副統領，孟辭墨繼續任御林軍上將軍的同時，兼任禁軍右衛營統領，鄭吉兼任太子太保……

成國公十分憂傷，兒子、弟弟、姪子、大舅子、親家統統升官了，唯獨他原地不動，還不受皇上待見。氣不過，又被同僚攛掇著去教坊司找樂子，剛看了幾支舞就聽說劉氏來了，他嚇得趕緊出去，灰溜溜跟著劉氏回府。

二月底，李珍寶回京了。

皇上駕崩後太皇太后悲傷過度，雍王就遣人去西慶把李珍寶接回來，李珍寶連雍王府都沒回，直接進宮探望太皇太后。

次日，江意惜奉曲太后口諭，帶著兩個孩子和花花去永樂宮拜望太后娘娘。

曲太后更加雍榮華貴、溫婉平和，還豐腴了兩分。她抱著存存和音兒各親了一口，看到花花的脖子伸得老長，又笑著把花花抱起來，親了牠一口。

幾人說了一陣家常，曲太后就帶著他們去慈寧宮給太皇太后請安。

李珍寶聽說他們來了，親自迎出大殿。

李珍寶胖了、黑了，好像還長高了一點，晉和朝早已傳遍了這位大郡主的趣聞，喜歡騎馬，隨時黏著夫君，在西部邊陲建立了最大的邊貿集市，建立了女子學堂……

「姊姊、兒子、閨女、花花……」她大叫著，向江意惜撲來。

只見黑影一閃，花花率先衝進她的懷裡。

——全書完

2023年3月出版

天降好孕

文創風1145~1147

前世她有兒不能認，只能以乳母身分看顧孩子長大。
為了守護世上唯一與她血脈相連的人，她願意傾盡一切。
卻眼睜睜看著孩子死在自己眼前……
這一世，她要逆天改命，帶著孩子遠離紛爭。
只是她改名換姓，有了新身分，怎麼卻還是和這個男人扯上關係呀——

碧落黃泉，纏綿繾綣／松籬

死過一回的碧燕，覺得自己實在是不怎麼走運——
孤苦無依、賣身為奴的她，陰錯陽差上了主子的床，珠胎暗結。
生下孩子後，碧燕只能以乳母的身分陪在親生兒子身邊，
更慘的是，想這樣靜靜看望著孩子長大成人，都不得如願。
重來一世，卻回到荒唐的那一夜之後，碧燕真的是無語問蒼天。
既然這是上天賜給他們母子的緣分，再艱苦她也會珍惜。
好在，找回自己真實身分的碧燕有了家人，不再是隻身一人，
這次，她決定逃得遠遠的，不讓那個男人左右她和孩子的人生。
卻沒想到，事情完全與她記憶中的發展背道而馳，
那個男人堂而皇之的出現在她面前，兩人「巧遇」的次數，
多到碧燕想大喊：孽緣，這絕對是孽緣——

炮鳳烹龍，回味無窮／昭華

2023年4月出版

廚神大嫁光臨

生活改善了，安全也得顧上，畢竟家裡都是老弱婦孺，
於是她讓他有空時去找條狗崽子回來養著好看家護院，
結果他竟帶了條蛇回來，還說能長很大，比較有震懾力，
不是啊，不管牠能長多大，也沒人拿蛇來看家護院哪！
真讓小蛇長成巨蟒，誰還敢來她家？客人都得被嚇跑啊！

文創風 1151 1

許沁玉懵了，她剛拿下世界級廚神的冠軍，結果回酒店的路上就出了車禍，
睜開眼後，她竟來到了盛朝，成為流放西南的一個新婚小婦人！
說起這個原身，來頭還不小，是德昌侯府二房的嫡二姑娘，嫁的是四皇子，
但本來要嫁給四皇子裴危玄的不是原身，而是原身三房的嫡三妹妹，
可四皇子的親哥大皇子爭奪皇位失敗，新帝登基後就流放了他們一家，
三妹妹不願嫁去受罪，於是入宮勾著新帝下了紙詔書，讓原身代妹出嫁，
然後原身在流放時香消玉殞，她又穿成了原身，這番劇情操作她能不懵嗎？

文創風 1152 2

好吧，既來之則安之，許沁玉決定代替原身好好活下去，
既然她如今占了原身的身體，總該替人家盡盡孝道，
不過眼下最要緊的，還是得趕快想想辦法活著，
否則都不用等他們到達流放地，一家子就要餓死、病死在路上了，
幸好她擁有廚藝這項金手指，而且她的廚藝不是普通的好，
再加上這朝代的食物多是蒸煮出來的，炒還不盛行，炒菜的味道也很一般，
所以她靠著幫押送犯人的官兵們煮飯，成功換來自家的特殊待遇活下來啦！

文創風 1153 3

大家見許沁玉年紀小，覺得她頂多是個小廚娘罷了，大多不把她放在眼裡，
可身為廚神，在這美食沙漠的朝代，她就是綠洲般的存在，是神的等級啊！
她甚至不用出全力，只拿出兩三成的實力，就夠讓食客們讚不絕口了，
果然不論身處什麼地方，有一技在身就不怕餓死，
食肆、酒樓、飯莊，她的店鋪一家家地開，還越開越大間，
珍饈美食一道道地端出來賣，眾人大排長龍也心甘情願，只求嚐上一口，
這下子，她還愁沒錢賺嗎？她愁的是店裡的人手不夠多、店面不夠大啊！

文創風 1154 4

她就覺得奇怪，四哥裴危玄怎麼說也是個成年皇子，又是大皇子的親弟弟，
為何新帝登基後沒有趕盡殺絕，只是將他流放而已？
原來四哥從小就是個病秧子，人家新帝是為顯仁慈又覺得他根本不足威脅，
殊不知四哥被她一路餵養，活得很好，而且他不是身體孱弱，是自幼中毒，
經過他自個兒的解毒後，病弱的身體漸漸好了起來，
許沁玉這才曉得四哥醫術、武功都很好，還能觀天象，並擁有馭獸的能力，
老實說，嫁給這種各方面條件俱佳的夫君，她不虧，可他們之間沒有愛啊！

文創風 1155 5 完

趁著四哥跑商回家休息的空檔，許沁玉跟他提了一嘴和離的事，
豈料四哥聽完後，臉色徹底黑了，跟她說不要和離，他想娶的人是她，
本來以為四哥只是把她當成妹妹看待，沒想到四哥竟然想娶她？
一想到他喜歡她，她的心就跳得厲害，心裡不知為何竟有絲絲甜意泛起，
那……既然似乎是兩情相悅，不然就先談個戀愛看看？
倘若能行，她堂堂廚神就大嫁光臨，與他做一對真夫妻；
如果不成，那彼此應該還是可以繼續維持著兄妹關係……吧？

2023年3月出版

大齡女出頭天

文創風 1143~1144

委身做妾又被人打發拋棄的大齡女，
與年近而立的黃金單身漢比鄰而居，
曠男怨女喜相逢，命定姻緣隨即來！

女人有底氣，從容納福運／櫻桃熟了

當王府外頭正歡天喜地、張燈結綵地迎接新主母入住之際，
作為寵妾的李清珮從沒想過自己會有被打發出府的一天。
雖說她才區區二十歲，但在世俗眼中已是大齡女一枚了，
換作他人早就哭得死去活來，她卻灑脫地敞開肚皮大吃大喝；
天知道，在王府後院以色事人，飯不能多吃，覺不能起晚，
好不容易返還了自由身，當然要活得瀟灑愜意，讓別人都豔羨！
只不過這人生一放縱，她就因為吃多了管不住自己的嘴而出糗，
好在隔壁鄰家有一位好心的帥大叔，屢次替她治療積食不說，
還信手取來知名大儒的推舉函，鼓勵她參與女子科舉拚前程。
這股熟男魅力實在很對她的胃口，她就打著敦親睦鄰的名堂多親近，
有道是女追男隔層紗，沒料到對方會一頭栽進情坑急於求娶她，
難道兩人在一起，不能只談情說愛就好，談婚論嫁則大可不必嗎？

2023年2月出版

一句獨秀

文創風 1137～1138

沒讓她穿成女主就算了，穿成一個人人喊打的女配，
老天為什麼要這樣捉弄她呀？
幸好現代的知識讓她穿來自帶技能，掌勺、擺攤都難不倒她，
希望她這個女配突然變得這麼能幹，不要被懷疑才好……

步步反轉，幸福璀璨／南小笙

如果喬月可以選擇，她絕不會想穿越成一本書的女配！
說起這個女配，因為出生時臉上有一塊胎記，被認定不祥而被拋棄，
剛巧蘇家人經過，把她救回去當作親生女兒養大，
誰知女配不知感恩，犯下一連串不可原諒的事，最後下場淒慘……
身為讀者的她當時看到這裡還覺得大快人心，現在簡直欲哭無淚，
她不能背負這些爛名聲，她要翻轉人生，改寫結局！
首先，蘇家人最重視的就是老三，也就是男主蘇彥之的身體，
蘇彥之滿腹才華，是做官的好苗子，卻因為身體不好沒少受折騰，
原書中女配屢次私吞他的救命藥錢，還為了貪圖榮華對他下藥，
如今若能醫好蘇彥之的病，是否就能翻轉整個蘇家對她的偏見？
可她記得，這個男主雖然個性溫和儒雅，對女配卻一直沒有好臉色，
看來她得想個法子，讓蘇彥之願意對她敞開心胸才成……

文創風
1174

棄婦超搶手 6 完

國家圖書館出版品預行編目資料

棄婦超搶手 / 瀟瀟清泉著. --
初版. -- 臺北市 : 狗屋出版社有限公司, 2023.06
冊 ; 公分. --（文創風 ; 1169-1174）
ISBN 978-986-509-435-5（第6冊 : 平裝）. --

857.7　　112006627

著作者　瀟瀟清泉
編輯　黃淑珍　李佩倫
校對　吳帛奕
發行所　狗屋出版社有限公司
地址　台北市104中山區龍江路71巷15號1樓
電話　02-2776-5889～0
發行字號　局版台業字845號
法律顧問　蕭雄淋律師
總經銷　知遠文化事業有限公司
電話　02-2664-8800
初版　2023年6月
國際書碼　ISBN-13　978-986-509-435-5

本著作物由起點中文網（www.qidian.com）授權出版

定價280元
狗屋劃撥帳號：19001626
網址：love.doghouse.com.tw　E-mail：love@doghouse.com.tw